D1870469

grafit

Chemnitzer Str. 31, D-44139 Dortmund
Internet: http://www.grafit.de
E-Mail: info@grafit.de

Druck und Bindearbeiten: CPI – Clausen & Bosse, Leck
ISBN 978-3-89425-453-3
1. 2. 3. / 2016 15 14

Lucie Flebbe

Tödlicher Kick

Kriminalroman

grafit

Die Autorin

Lucie Flebbe kam 1977 in Hameln zur Welt. Sie ist Physiotherapeutin und lebt mit Mann und Kindern in Bad Pyrmont. Mit ihrem Krimidebüt *Der 13. Brief* (noch unter dem Namen Lucie Klassen) mischte sie 2008 die deutsche Krimiszene auf. Folgerichtig wurde sie mit dem ›Friedrich-Glauser-Preis‹ als beste Newcomerin in der Sparte ›Romandebüt‹ ausgezeichnet. Es folgten: *Hämatom, Fliege machen, 77 Tage* und *Das fünfte Foto.*

www.lucieflebbe.de

Sämtliche Personen und Geschehnisse sind frei erfunden.

1.

Mein Name ist Lila, ich bin zwanzig Jahre alt und ich hätte, wäre es nach meiner Mutter gegangen, Konzertpianistin werden sollen. Oder Primaballerina. Oder wenigstens Dressurreiterin.

Mein Vater wollte eine Staranwältin aus mir machen, doch meine Mutter hatte davon geträumt, dass ich einen musisch-künstlerischen Beruf ergriff. Denn so hätte ich legitimen Zutritt zum Blingbling der Glitzerwelt der Reichen und Berühmten erhalten. Um mir dort einen noch reicheren und berühmteren Ehemann zu angeln, zwei bis fünf blonde, begabte Enkel in die Welt zu setzen und mich den Rest meines Lebens deren künstlerischer Förderung zu widmen.

»Tooooor!« Danner und Staschek rissen jubelnd die Arme in die Höhe. Gemeinsam mit 29.922 anderen, überwiegend blau gekleideten Menschen.

Ehe ich realisierte, was passierte, hatte Danner mich hochgehoben. Bier schwappte aus dem Plastikbecher in meiner Hand. Musik übertönte den ohrenbetäubenden Applaus.

»Das Tor schoss für uns Justiiiiiiin …?«, fragte der Stadionsprecher.

»Jankowski!!!«, antworteten die Fans, während Danner mich küsste.

Der Bierbecher fiel zu Boden und kullerte die Betonstufen hinunter, zwischen die Füße der *VfL*-Fans in der Ostkurve des Bochumer Rewirpowerstadions.

Das Stadion drohte zu bersten. Der Jubel schäumte weiter hoch, die Trommeln, die sich irgendwo zwischen den Fans befanden, übertönten alles. Konfetti flog in Richtung Spielfeld. Unten auf dem Rasen schlug der glückliche Schütze einen Salto, bevor sich seine Mannschaftskameraden auf ihn stürzten.

Meine Mutter hätte vor Entsetzen einen Herzinfarkt vorgetäuscht, hätte sie gewusst, dass ich mit einem Fanschal um den Hals und einem Brötchen mit Bratwurst in der Hand den Ausgleichstreffer einer zweitklassigen Fußballmannschaft bejubelte.

Doch ich musste zugeben: Der erste Stadionbesuch meines Lebens gefiel mir besser, als ich erwartet hatte. Während die Spieler unten im Regen um den Ball kämpften, saßen wir auf den Tribünen im Trockenen. Und der Spielverlauf war nervenzerfetzend.

Für den Verein ging es um alles: Der *VfL* hatte es als Tabellendritter endlich in die Relegation geschafft. Ein Sieg bedeutete den lang ersehnten Aufstieg zurück in die erste Liga!

Mit dem Argument, auch wir müssten die Bochumer Jungs moralisch unterstützen, hatten mich Danner und Staschek ins Stadion geschleppt. Dabei zählten die beiden selbst nicht zu den hartgesottenen Dauerkartenbesitzern, deren Treue auch die dreihundertsechsundfünfzigste Heimniederlage in Folge nicht wanken ließ.

Heute werde jeder Fan gebraucht, hatte mich Danner aufgeklärt, denn der Gegner würde ebenfalls mit ›Rückendeckung‹ anreisen. Die Bedeutung dieser Worte hatte ich massiv unterschätzt, bis ich die ›Rückendeckung‹ seitlich vom gegenüberliegenden Tor sah: Die andere Mannschaft war mit der kompletten eigenen Fankurve angereist.

Okay, das war kein allzu großes Kunststück, denn von Gelsenkirchen bis zur Castroper Straße brauchte man mit der Straßenbahn keine halbe Stunde. Und wenn Schalke heute verlor, ging es für den Traditionsklub abwärts. Die zweite Liga winkte ihnen zu.

Allerdings reichte den Schalkern, die im weißen Auswärtstrikot spielten, ein Unentschieden, um den Klassenerhalt zu schaffen.

Bochum hingegen musste gewinnen. Selbstverständlich war das Stadion ausverkauft.

Danner fügte sich in die Fanreihen der Ostkurve ein, als wäre er an der Castroper Straße so lange zu Hause wie der Fußballverein selbst. Und das lag nicht nur an der Mütze mit *Glück-auf*-Aufdruck, die er sich über seine Glatze gezogen hatte, und dem blauen Shirt mit der Aufschrift *Bochumer Junge*, das in der Fankurve die Wirkung einer Chamäleonhaut zeigte. Danner war nur unwesentlich größer als ich, durchtrainiert und unrasiert – mit dem biergefüllten Plastikbecher in der Hand konnte es leicht passieren, dass ihn die Fußballhooligans zu einer fröhlichen Schlägerei einluden.

Das würde Danners Kumpel Kriminalkommissar Lennart Staschek garantiert nicht passieren. Der wirkte trotz des blauen *VfL*-Buttons an seinem Achthundert-Euro-Kaschmirmantel, als hätte er sich auf dem Weg zum Golfplatz verirrt. Sein kastanienfarbenes Haar war wie immer perfekt geföhnt, das schmale Gesicht glatt rasiert und der Duftwolke von teurem Parfum, in die er sich hüllte, konnte nicht einmal der Geruch von verschüttetem Bier etwas anhaben.

»*VfL*, wir werden immer zu dir stehen!«, hatten die Anhänger des Vereins vor Spielbeginn optimistisch gesungen.

Doch bereits knapp zehn Minuten nach dem Anpfiff war die Stimmung gekippt: Schalke machte das 0:1.

Schlagartig war es totenstill geworden. Sogar das elektronische Werbebanner, das gerade eine Kreditwerbung der örtlichen Bank zeigte, schien innezuhalten. Und während auf den Rängen noch fassungslose Schockstarre herrschte, wäre um ein Haar das zweite Tor für den Gegner gefallen. Das grau-weiße Leder mit den orangefarbenen Applikationen donnerte unter die Latte, prallte dann mit Wucht auf die Torlinie und sprang wieder aus dem Kasten.

Unser Teil der Tribüne schien einen kollektiven Herzstillstand zu erleiden.

»Der war doch nicht drin«, hatte Danner gemurrt. »Wenn der Schiri das Ding gibt, fress ich meine Mütze.«

Klang, als wollte er sich selbst überzeugen.

In dieser Situation wäre der Schiedsrichter früher todsicher gelyncht worden, die Frage war nur, von welcher Seite. Doch die Unparteiischen verfügten neuerdings über eine Entscheidungshilfe. Der Mann im neongelben Dress warf einen Blick auf das Ding an seinem Handgelenk, das wie eine Armbanduhr aussah.

»Diese Bälle sind seit Beginn der Saison im Einsatz«, hatte Staschek mir erklärt. »Eine Tor-Kontrolltechnologie erzeugt ein Magnetfeld, das wie ein unsichtbarer Vorhang vor dem Kasten hängt. Im Ball ist eine Kupferspule eingebaut, die vom Magnetfeld registriert wird, sobald der Ball die Linie überquert. Das entsprechende Signal empfängt die Armbanduhr des Schiedsrichters per Funk.«

Nicht der Schiri hatte also das letzte Wort, sondern der Ball: kein Tor. Es war beim 0:1 geblieben.

Rückstand.

Die Stimmung der heimischen Fans war trotzdem weiter ins Bodenlose gesackt. Während die Schalker fröhliche Lieder anstimmten, hatte es unter den *VfL*-Anhängern zu rumoren begonnen.

»Der Scheißschiri ist doch gekauft!«, brüllte der rotgesichtige Dicke neben mir.

Die Fußballfreunde um ihn herum stimmten sofort ein. Trommler gaben den Takt des Protestes vor. Der Fanblock erhitzte sich spürbar.

Auf der anderen Stadionseite stieg plötzlich schwarzer Qualm auf.

»Liebe Gäste, bitte unterlasst das Abbrennen jeglicher pyrotechnischer Mittel. Vielen Dank«, bat der Stadionsprecher die Fans. Angesichts der im Regen aufsteigenden Rauchsäule in bemerkenswert höflichem Ton.

Mir wurde etwas mulmig. Die Treppen, die zu den Ausgängen führten, würden in einem Tumult schnell verstopfen.

Was passierte, wenn Bochum heute wirklich verlor? Was, wenn die Fans der beiden Lager vor dem Stadion auf der Castroper Straße ohne Sicherheitsgitter aufeinandertrafen?

Doch so abrupt die Stimmung beim 0:1 gekippt war, so plötzlich fegte jetzt beim »Tooor!« für den *VfL* der Begeisterungssturm über die Ränge.

Der Ausgleich! Alles war wieder möglich!

Der blau-weiße Dicke neben mir hopste unbeholfen auf und ab, kam gar nicht mehr zur Ruhe. Erstaunlich, welch starke Emotionen Fußball bei Menschen auslösen kann.

Die Großbildleinwand zeigte den Torschützen. Der erst neunzehnjährige Nachwuchsspieler Justin Jankowski hatte den Schalkern den Ball abgeluchst und war zusammen mit einem zweiten jungen Spieler namens Mongabadhi durch die Abwehr des Gegners geschlüpft. Zwei Mal war der Ball hin und her gegangen, dann hatte Jankowski auf den Kasten geschossen. Halb hoch. Der Torwart hatte keine Chance gehabt.

»Und da behaupten manche, dass Mongabadhi für die nächste Saison bei Schalke unterschrieben hätte.« Staschek tippte sich an die Stirn.

»Der hat super vorgelegt«, nickte Danner.

Die Fans tobten immer noch.

»Die sollen bloß den Ball flach halten«, murrte Staschek. »Ich will das Spiel sehen, keine Hooligans in den Knast schleppen müssen.«

Seine Worte ließen mich grinsen. Mein Lieblingspolizist hatte bereits ein Sixpack *Fiege*-Bier vernichtet, was ihm das Erklären der Rechte bei der Festnahme von Hooligans nicht leicht machen würde.

Das Spiel ging weiter und in der Ostkurve herrschte Erstliga-Laune.

»Auf geht's!«, stimmte Danner in den Gesang ein. »*VfL*-Bochum, schieß ein Tor!«

Nur noch ein einziger Treffer trennte Bochum vom Aufstieg!

Und der schien plötzlich gar nicht mehr unmöglich. Entweder hatte das Tor den Spielern den nötigen Kick gegeben oder der Energydrink, für den auf den *VfL*-Trikots geworben wurde, zeigte Wirkung: Torschütze Jankowski, sein flinker Kollege Mongabadhi und ein mutig gewordener Mittelfeldspieler namens Gutschenk schossen jetzt im Minutentakt auf das gegnerische Tor.

Schließlich verlor ein Schalker Abwehrspieler die Nerven und grätschte Gutschenk von hinten in die Beine. Der wälzte sich mit schmerzverzerrtem Gesicht im Gras.

Der Schiedsrichter kam mit einer gelben Karte in der Hand angerannt. Der Schalker Torwart und der gefoulte Gutschenk sahen aus, als wollten sie die Sache im Boxring klären. Der Bochumer Trainer am Spielfeldrand tobte.

»Was?«, schnaufte auch Staschek empört. »Von hinten in die Beine, das ist eindeutig Rot!«

»Schiri, du Weichei! Meld dich lieber zum Häkelkurs an!«, brüllte Danner.

»Schick den Torwart wegen Meckern raus!«, schlug ein Optimist hinter uns vor.

Es blieb bei Gelb – was die Fankurve mit einem empörten Trommelwirbel quittierte.

Der Bochumer Trainer, ein schlanker, rothaariger Mann, dem Mantel und Schal einen leicht größenwahnsinnigen Chic à la Nationaltrainer verliehen, lief an der Seitenlinie schimpfend auf den Schiedsrichter zu.

Nach einer kurzen Diskussion verwies der Unparteiische den wutschnaubenden Mann mit einem strengen Fingerzeig auf die Tribüne.

»Schiri, du Arschloch!«, sang die Ostkurve einstimmig.

Gab es für den Neongelben beim Verlassen des Stadions eigentlich Personenschutz?

Erneuter Anpfiff.

Der südländisch aussehende Nachwuchsstürmer Mongabadhi preschte wieder vor, schnappte sich den Ball und näherte sich zielstrebig dem gegnerischen Tor. Vier weiß gekleidete Schalker Spieler steuerten sternförmig auf den Angreifer zu, um ihn aufzuhalten.

Mein Blick wanderte zur Zeitanzeige auf der Leinwand. Es waren nur noch wenige Sekunden bis zum Abpfiff. Traf Mongabadhi jetzt, würde er das Spiel aller Wahrscheinlichkeit nach für Bochum entscheiden.

Doch soweit hatten auch die Schalker gedacht! Immer mehr Gegenspieler rannten auf Mongabadhi zu. Der Torwart trippelte im Kasten hin und her.

Einen Moment lang stand die Zeit an der Castroper Straße still.

Mongabadhi holte aus und – ein Schalker warf sich ihm in den Weg. Seine gestreckten Beine rissen den Jungen von den Füßen. Der Bochumer überschlug sich in der Luft.

»Foul!«, schrie die Ostkurve wie aus einem Mund.

»Schon wieder!«, motzte Danner. »Will der Schiri den auch mit Gelb verhätscheln?«

Der Trainer, der auf der Tribüne eine Art Kriegstanz aufführte, brüllte wohl Ähnliches.

»Der war der letzte Mann!«, machte selbst Staschek seinem Ärger Luft.

Der Neongelbe stieß einen lang gezogenen Pfiff aus.

Mongabadhi lag am Boden. Der Schalker Spieler trollte sich, nicht ohne triumphierend zu grinsen.

»Elfmeter!«, forderte Danner.

Und tatsächlich zeigte der Gelbe trillernd auf den Punkt vorm Tor, bevor er die rote Karte zückte.

Na also, ging doch.

»Elfmeter! Sag ich doch!« Danner verteilte, den Pappbecher schwenkend, wässriges Stadionbier in der Umgebung.

Mongabadhi kam umständlich auf die Füße. Die Bochumer Spieler drehten sich Rat suchend zur Trainerbank um.

Der des Spielfeldes verwiesene Chef der Kicker war die Treppe der Tribüne hinabgestiegen. Weil das Stadion als reine Fußballarena keine Tartanbahn besaß, konnte der Trainer sich über die Bande hinweg mit seinem Assistenten beraten.

»Lass nicht den Kameltreiber schießen!«, geriet der Dicke neben mir außer Kontrolle. »Der ist übergelaufen! Der ist schon bei Schalke unter Vertrag, da will der doch nicht in der zweiten Liga spielen!«

Danners Blick wanderte interessiert zu meinem Sitznachbarn. Er schob die Fanmütze auf seiner Glatze nach hinten.

»Was meint der Dicke denn?«, erkundigte ich mich leise.

»Goldstein, der Trainer, will wohl echt Mongabadhi das Ding machen lassen.«

Mongabadhi war der Stürmer, der eben gefoult worden war. Das hatte ich mitgekriegt.

»Der hat einen Wahnsinnsbums«, erklärte Danner. Er war nicht nur mein Boss, sondern auch so etwas wie mein Lebensgefährte. Seit über einem halben Jahr immerhin unterhielten wir eine mal mehr, mal weniger verhängnisvolle Affäre. In letzter Zeit eher weniger verhängnisvoll. »Aber eigentlich sollte nie derjenige schießen, der gefoult worden ist, das geht meist in die Hose. Und Mongabadhi ist ja noch extrem jung und nicht besonders abgebrüht. Unser NPD-Sympathisant neben dir ist jedenfalls offensichtlich dagegen.«

Tatsächlich trat jetzt aber der eben attackierte Mongabadhi hinter den auf dem Elfmeterpunkt bereitliegenden Ball.

»Der Idiot lässt den Kümmelfresser schießen!« Der Dicke stampfte und hopste, dass der Boden bebte.

Das Raunen in den Rängen verriet, dass der Immigrationsgegner neben mir nicht der Einzige war, der den Geisteszustand des Trainers anzweifelte.

Wahnsinn. Der Junge da unten auf dem Rasen war jünger als ich selbst. Wie sollte der diesen Druck aushalten? Das konnte ja gar nicht gut gehen.

Mongabadhi fixierte den Ball, als handelte es sich um eine Bombe, die er mit seinem Tritt über die Tribünen hinweg aus dem Stadion befördern musste, um ganz Bochum vor einer Katastrophe zu retten. Der Schuss würde alles entscheiden: zweite Klasse oder Aufstieg? Versager oder Held? Apokalypse oder Rettung der Welt?

Wieder wurde es totenstill. Die Hochspannung auf dem Spielfeld drohte elektrische Lichtbögen im Regen zu erzeugen.

Mongabadhi lief los: drei – vier – fünf Schritte, ausholen und Schuss!

Der Torwart sprang in die falsche Richtung: ein Bombending. Unhaltbar zischte der Ball aufs linke obere Eck zu und – unter die Latte! Ein Aufschrei aus zigtausend Kehlen.

Mit einem Knall prallte das Leder auf den Boden, hopste wieder hoch und – der Torwart fischte den Ball aus dem Kasten! Doch greifen konnte er das nasse Rund nicht, es kullerte zurück aufs Spielfeld. Mongabadhi stand immer noch da und trat geistesgegenwärtig nach …

Drüber weg!

Übers Tor, die Tribüne, ins Weltall.

Einen Augenblick lang starrten 29.922 Augenpaare dem Ball auf seinem Weg in die unendlichen Weiten fassungslos hinterher. Dann drehten sich alle Köpfe in Richtung Schiri.

Eine letzte, klitzekleine Hoffnung blieb den Bochumern: Was sagte der Funkempfänger? Hatte der Ball das Magnetfeld an der Torlinie vielleicht doch schon beim ersten Lattentreffer durchbrochen?

Der Unparteiische starrte länger als gefühlt nötig auf sein Handgelenk.

O je.

Wahrscheinlich überlegte er bereits, wie er lebend vom Platz kam, nachdem er das Ergebnis verkündet hatte.

Endlich winkte er ab.

Kein Tor!

Die ganze Arena schien aufzustöhnen.

»Versemmelt!«, seufzte auch Danner.

Aus. Vorbei. Gelaufen.

Schon wieder zweite Liga.

»Ich hab's doch gewusst!«, explodierte mein Sitznachbar. »Das war eine bombensichere Sache! Und der Dönerverkäufer haut das Ding daneben!«

Plötzlich schrie der Dicke mich an, als wäre ich persönlich dafür verantwortlich, dass die Bombe nicht ins Netz gekullert war. Der Typ riss sich sein blau-weißes Käppi vom Kopf. Verschwitztes, graublondes Haar fiel ihm in den speckigen Nacken. Wutentbrannt schleuderte er die Kopfbedeckung in Richtung Spielfeld.

»So eine Scheiße! Der Goldstein hat doch nicht alle Lampen am Brennen! Ich hab gleich gesagt, der hätte in Paderborn bleiben sollen!«

Na ja. Ich verfolgte das Ligageschehen zwar nicht zwanghaft, aber soweit ich informiert war, war der dritte Tabellenplatz nach Bochumer Maßstäben ein kleines Wunder. Mit dem neuen Trainer Goldstein hatte die Mannschaft die beste Saison seit Jahren gespielt.

Inzwischen flogen halb mit Bier gefüllte Plastikbecher über unsere Köpfe hinweg und die zugehörigen Pappuntersetzer segelten wie Frisbeescheiben durch den Regen aufs Spielfeld.

Es wurde ungemütlich. Die Tribüne entwickelte ein Eigenleben. Wie ein gigantisches, blau-weißes Ungeheuer, das gerade aus dem Schlaf erwachte, begann sie sich zu bewegen.

»Zeit zu gehen«, fand ich.

»Kannste vergessen.« Danner deutete auf die Menschenmassen, die plötzlich die Treppen zu den Ausgängen verstopften, während sich die Schalker jubelnd umarmten.

Das aus dem Schlaf erwachte Ungeheuer fing an zu husten und zu fauchen. Und Feuer zu spucken: Ein brennender Schal landete auf dem Rasen. Dann ein T-Shirt. Und die gegnerischen Fans zündeten die nächste Rauchbombe. Der Stadionsprecher machte Durchsagen in warnendem Ton, doch seine Worte gingen in Qualm und Getöse unter.

Immer mehr brennende Fanartikel segelten auf den Rasen. Die Sicherheitsleute in den Warnwesten brüllten Kommandos in die Menge.

Der Schiedsrichter flüchtete eine Treppe am Spielfeldrand hinunter, in die Katakomben des Stadions.

Die Spieler folgten ihm eilig.

2.

Es war beinahe elf Uhr, als Danner und ich es endlich mit der U-Bahn zurück nach Stahlhausen geschafft hatten.

Unsere kleine Wohnung lag zehn Gehminuten von der Innenstadt entfernt, im zweiten Stock und praktischerweise direkt über unserer Stammkneipe *Bei Molle.*

Danner zog sich die graue *Glück-auf*-Mütze von der Glatze und schnippte die Kopfbedeckung in Richtung Garderobenhaken. Sie segelte vorbei, prallte von der Wand ab und landete auf dem hellen Teppich, der direkt neben der Wohnungstür besonders abgelatscht und fleckig war.

Unsere Bude war Wohnung und Detektei in einem. Vom Treppenhaus trat man sofort ins Wohnzimmer, das uns gleichzeitig als Büro diente. Neben einem durchgesessenen, grauen Sofa, dem dazugehörigen Sessel, einem Couchtisch mit dunkler Marmorplatte und einem übertrieben großen Flachbildfernseher gab es einen unordentlichen Schreibtisch unter dem Fenster und ein hoffnungslos mit Akten überfülltes Regal, das die ganze Wandfläche einnahm.

»Immer noch zweite Liga.« Danner ließ sich rückwärts aufs Sofa kippen. Er legte die Unterarme übers Gesicht. Vergeblich bemühte er sich, die Stiefel von den Füßen zu streifen, ohne die Hände zu Hilfe zu nehmen. Das Stadionbier würde ihm morgen vermutlich Kopfschmerzen bereiten.

»Noch ein Jahr unten«, stöhnte er.

Das klang, als müsste er selbst das nächste Jahr obdachlos

in der Gosse verbringen. Ich hatte Mitleid und packte den Absatz seines linken Schuhs. Mit einem Ruck zog ich ihn von seinem Fuß.

»Tief im Westen«, nölte in dem Moment plötzlich Herbert Grönemeyer los.

»Ach, scheiß drauf«, murrte Danner.

»Oh, Glück auf!«, appellierte Grönemeyer rührselig weiter an Danners Lokalpatriotismus.

Der verdrehte die Augen: »Von Glück kann man heute wohl nicht reden.«

»Dein Handy.« Ich schubste seine Füße vom Couchtisch. »Hör auf zu heulen und such es endlich.«

»Richtig. Ich muss den Klingelton ändern.« Danner fummelte sein Smartphone aus der Jackentasche und hielt es ans Ohr, während er versuchte, den zweiten Stiefel von seinem Fuß zu schütteln.

»Wer stört?«, begrüßte Danner den unbekannten Anrufer genervt.

Samstagnacht konnte es sich eigentlich sowieso nur um Staschek handeln, der unten in Molles Kneipe weitertrauern wollte.

Danner hörte auf, seinen Stiefel zu schütteln. Jetzt setzte er sich auf: »Ja?«

Seine Augenbrauen rückten aufeinander zu. Er fuhr sich mit der Hand über den Dreitagebart. Plötzlich kam er mir eher verwirrt als betrunken vor.

»Ja …?«

Ja? Wieso ja? Normalerweise benutzte er ausgerechnet dieses Wort nicht inflationär. Und schon gar nicht ohne den Zusatz »aber«. Und warum verlor sein Gesicht zusehends Farbe?

»Stroke Unit?«, murmelte er. »Bin unterwegs.«

›Unterwegs‹ war allerdings leichter gesagt als getan.

Schwarze Wolkenberge wälzten sich über den Nachthimmel, der Regen prasselte auf das Kopfsteinpflaster der Annastraße. Die dicken Tropfen klatschten mir in die Haare.

Und Danner hatte gute zwei Liter Bier intus.

Ich hingegen hatte den mit *Fiege* gefüllten Plastikbecher ja eher zur Komplettierung des richtigen Fußballfeelings in der Hand gehalten. Deshalb sprang ich jetzt hinter das mit Leder ummantelte Lenkrad unseres neuen Oldtimers und schlug die Tür hinter mir zu, während der Regen aufs Faltdach trommelte.

Nun ja, ›neu‹ war bei einem Wagen Baujahr 1977 natürlich relativ. In unserem Besitz jedenfalls befand sich der Blechdinosaurier erst knapp zwei Wochen. Nachdem unser altes Auto – bekannt unter dem sich selbst erklärenden Namen ›Schrottschüssel‹ – endgültig dem Rost erlegen war, hatte Danner den nachtschwarzen Zweisitzer, einen Triumph Spitfire Roadster, in einem ungewöhnlichen Anfall von Gefühlsduselei erworben. Sein Vater hatte irgendwann mal das gleiche Modell besessen, hatte er mir erzählt. *Und dann hat er die Kiste gegen die Brücke an der Universitätsstraße gesemmelt.*

Kaufargument war also eine Kindheitserinnerung und keine logische oder sogar ökonomische Betrachtung des Preis-Leistungs-Verhältnisses gewesen.

Was einiges erklärte.

Unter anderem zum Beispiel das Regenwasser, das durch einen Riss im vierzig Jahre alten Stoffdach lief. Der altertümliche Wagen taugte dazu, in einer Garage von einem Oldtimerliebhaber mit viel Taschengeld poliert zu werden. Zum Fahren, noch dazu bei schlechtem Wetter, war das Ding definitiv ungeeignet.

Danner rumste die Beifahrertür dreimal kräftig zu, bevor

sie endlich geschlossen blieb. Dann stützte er stöhnend sein Gesicht in die Hände.

»Wo geht es hin?«, erkundigte ich mich, weil er sich seit dem mysteriösen Telefonat in hartnäckiges Schweigen hüllte.

»Uniklinik«, murmelte er. »Das Hospital in Linden.«

Uniklinik? Plötzlich fühlte sich das Lederlenkrad unter meinen Fingern feucht an. »Was ist passiert?«

Schon wieder gab Danner nur ein Brummen von sich.

Was wollte er mir nicht sagen?

Mein dicker Sitznachbar aus dem Stadion drängte sich in meine Erinnerung. Besser gesagt, sein schwabbeliger, nackter Bauch. Vor den Staschek seinen Polizeiausweis gehalten hatte, bevor der Dicke sein Fantrikot abfackeln konnte.

»Hat es Ärger im Stadion gegeben?«, hakte ich nach. Ich versuchte, meine plötzliche Nervosität nicht durch meine Stimme zu verraten.

»Lenny geht's gut«, murrte Danner, ohne den Kopf zu heben.

»Warum fahren wir dann ins Krankenhaus?«, bohrte ich weiter.

Doch Danner schwieg.

Wütend drehte ich den Zündschlüssel des Oldtimers um. Zum ersten Mal. Bisher war immer Danner gefahren.

Der Motor orgelte. Ich brauchte zwei, drei Versuche, bevor er klappernd ansprang. Ganz gesund klang der Dino definitiv nicht. Doch die Reaktionsfähigkeit der alten Karre überraschte mich: Der Wagen hopste mit einem Satz vom Bordstein herunter.

»Ey, sachte!«, fuhr Danner mich an.

»Ich dachte schon, du hättest dich ins Koma gesoffen«, giftete ich.

Danners Bierfahne kondensierte zusammen mit dem durchs

Dach tropfenden Regen an der Windschutzscheibe und nahm mir jede Sicht. Weil Danner wieder nicht konterte, warf ich ihm einen Seitenblick zu.

Er sah aus, als hätte ich ihm eine gescheuert.

Verdammt, es musste etwas wirklich Schlimmes passiert sein.

Ich drückte ein paar Knöpfe am Armaturenbrett. Der Scheibenwischer setzte sich quietschend in Bewegung. Die Lüftung klapperte. Doch an der beschlagenen Frontscheibe änderte das nichts. Mir blieb nichts anderes übrig, als die Sicht alle paar Minuten manuell wiederherzustellen. Mithilfe eines Lappens.

Mein Glück war, dass offenbar ganz Bochum den versemmelten Aufstieg betrauerte. Die Innenstadt war gespenstisch leer, nur hin und wieder kamen uns die blendenden Scheinwerfer eines anderen Wagens entgegen.

Grellweiße Blitze rissen den tiefschwarzen Himmel in Stücke, als wir auf dem Parkplatz des Hospitals im Bochumer Stadtteil Linden aus dem Auto stiegen.

Noch während ich mit den altertümlichen Türschlössern kämpfte, drang der Regen durch meine alte Cordjacke und den Jeansstoff meiner Hose. Wäre ich zu Fuß gegangen, hätte ich auch nicht viel nasser werden können.

Als ich mich Sekunden später umdrehte, war Danner verschwunden.

Häh? Hatte mich der Mistkerl stehen lassen?

Verflucht, der wollte mir nicht nur verschweigen, was passiert war, er wollte mich hier auf dem Parkplatz abhängen und allein ins Krankenhaus hineingehen! Ich hatte ja nicht einmal eine Ahnung, nach welchem Patienten ich am Empfang fragen sollte.

Ich rannte los. Durch den Regen über den Parkplatz, zwischen den zur Seite springenden Glastüren des hell erleuchteten Eingangsbereichs hindurch.

Danner stand einigermaßen ratlos vor den Hinweistafeln in der Empfangshalle, die den Weg zu den verschiedenen Stationen des riesigen Klinikkomplexes erklären sollten. Das funktionierte zu meinem Glück nicht auf Anhieb. Nicht nur die verzwickte Nummerierung der Stationen, sondern auch die lateinischen Namen der medizinischen Fachbereiche trugen zur Verwirrung der Besucher bei.

»Sind wir im Kindergarten und spielen Hase-und-Jäger, oder was?«, fauchte ich Danner an, als ich ihn eingeholt hatte. »Als Hase bist du jedenfalls eine Niete.«

Ich schüttelte den Regen aus meinen Haaren, zog meine Jacke aus und band sie mir um die Hüften.

Danner ließ mich gleich noch mal wortlos stehen und trat an den lang gestreckten Empfangstresen vor eine schlecht gelaunt aussehende Dame, deren Kurzhaarfrisur in Signalrot vermutlich bereits vor ihrer Giftigkeit warnen sollte. Der Fliegenpilzeffekt, sozusagen.

Schnell stellte ich mich neben Danner. Ein zweites Mal hängte der mich nicht ab!

»Intensivstation, *Stroke Unit?*«, fragte Danner.

Intensivstation?

Scheiße.

Wenn Staschek nichts passiert war, wem dann?

Groß war die Auswahl nicht.

Kalte Angst kroch mir in den Nacken.

Doch nicht Molle?!

Das ging gar nicht.

Molle mustert mich über den Rand seiner halbmondförmigen Brille hinweg: »Haste schon mal gekellnert?« Mir fallen die unzähligen Lachfältchen in seinen Augenwinkeln auf.

Molle durfte nichts passieren! Blitzartig überlegte ich, ob ich Molles Stimme vorhin beim Heimkommen in der Kneipe gehört hatte. Warum war ich nicht reingegangen? Warum hatte ich nicht kurz über das blöde Ergebnis des Spiels geschnackt und gefragt, ob er meine Hilfe in der Kneipe brauchte?

Hatte Danner mich aus diesem Grund nicht mit ins Krankenhaus nehmen wollen? Weil er wusste, dass ich Amok laufen würde?

Die Empfangsdame musterte unter ihrer fransigen, roten Ponyfrisur hindurch Danners unrasiertes Gesicht, seinen durchnässten Parka und die Fußballmütze, die er in der Eile erneut gegriffen hatte.

»Sechster Stock.« Sie deutete auf den Fahrstuhl.

»Spuck jetzt endlich aus, was los ist!«, zischte ich Danner an, als ich den leuchtenden Knopf neben der Aufzugtür drückte. »Wenn Molle was passiert ist und du deine Zähne nicht auseinanderkriegst, mach ich dich kalt!«

Die Stockwerkanzeige über dem Fahrstuhl zeigte, dass die Kabine zu uns herunterrauschte. Mit einem leisen ›Ping‹ öffnete sich gleich darauf die Tür.

»Molle ist in Ordnung.« Danners Blick traf meinen, als er sich mir gegenüber an die verspiegelte Fahrstuhlwand lehnte.

Gott sei Dank. Ich atmete auf.

Doch Danners Miene ließ mich innehalten. Die Kälte in seinen grauen Augen, der vorgeschobene Unterkiefer, die angespannte Wangenmuskulatur – ich kannte den Gesichtsausdruck.

Er wollte mich loswerden. Beim letzten Mal, als er mich so angesehen hatte, war er nicht einmal davor zurückgeschreckt, mir eine zu scheuern.

Allerdings hatte sich seitdem einiges verändert. Glaubte

ich zumindest. Wir schliefen seit einem halben Jahr miteinander, mein Name stand auf dem Türschild und neuerdings erledigten wir sogar die Wäsche gemeinsam.

Danner wandte den Blick ab und fixierte die rot leuchtende Stockwerkanzeige.

»Ping.«

Die Tür glitt zur Seite.

Ein grüner Tresen, hinter dem zwei ebenso grün gekleidete Krankenschwestern Papiere sortierten, stand im Flur wie eine Zollstation an der Grenze. An der geschlossenen Tür dahinter las ich: *Station 6 A – Intensivmedizin / Stroke Unit.*

Das ›Ping‹ der Fahrstuhltür ließ die Blondere der beiden Grünen den Kopf heben. Sie sah uns interessiert entgegen, betrachtete kurz mein tropfendes Haar, bevor ihre Augen an der Aufschrift *Bochumer Junge* auf Danners Fußballshirt hängen blieben.

Vermutlich suchte sie nach einer Schublade, in die wir hineinpassen könnten.

Danner trat an den Tresen: »Ben Danner. Man hat mich angerufen.«

»Wegen …?«, wollte die Grüne wissen.

»Mein Vater soll heute Nachmittag eingeliefert worden sein. Gerhard Danner.«

Oh.

Die Schwester blätterte in ihren Unterlagen: »Gerhard Danner … Ja, der ist hier, Zimmer 646.« Sie hob die Nase über die Kante des Tresens. »Und wer sind Sie, bitte?«

»Ich?«

Danner verschränkte abwartend die Arme.

Verdammt! Er versuchte schon wieder, mich abzuschütteln. Ich war ja keine Angehörige. Die Schwestern würden mich nicht reinlassen.

Eigentlich ging mich die Sache auch gar nichts an, mahnte mich mein Gewissen mit leiser Stimme zu Zurückhaltung. Als würde ein winzig kleiner, blonder Engel auf meiner Schulter sitzen und mir ins Ohr säuseln. Es war allerdings ziemlich schwer, das Engelchen zu verstehen, denn auf meiner anderen Schulter hockte meine Neugier in Gestalt einer Teufelin mit lila Punkfrisur und brüllte mich an, bloß nicht artig vor der Tür zu warten wie ein angeleinter Pudel vor einem Supermarkt.

Kurzerhand klemmte ich meine nassen Haare hinter die Ohren, drehte die Spitzen meiner Turnschuhe nach innen und rieb mir so fest die Augen, dass sich meine Lider rot färben mussten.

»Ich bin die Enkelin«, antwortete ich dann. Das Wort ließ Danner zusammenzucken.

Die Krankenschwester hingegen nickte zufrieden. Mit ein bisschen Quetschen und Drücken passte meine Erklärung vermutlich ganz gut in die von ihr in Erwägung gezogene Schublade.

»Ziehen Sie vorsichtshalber Schutzkleidung über und desinfizieren Sie Ihre Hände. Eine reine Vorsichtsmaßnahme, in seinem kritischen Zustand wollen wir das Risiko einer zusätzlichen Infektion minimieren. Kittel finden Sie in der Schleuse. Wenn Sie so weit sind, drücken Sie einfach die Klingel.«

Ein Summen ertönte und die Tür zur Intensivstation ließ sich öffnen.

Im Zwischenraum bis zur nächsten Tür gab es eine Garderobe und ein Regal, in dem sich die grüne Schutzkleidung stapelte.

Danner drückte die Tür hinter uns zu. »Der Enkeltrick ist ja wohl eine ganz miese Nummer.«

»Sie hat ihn mir abgekauft.« Schulterzuckend schlüpfte ich in den Kittel.

»Eben.«

3.

Die Wände auf der Intensivstation waren nur bis auf Hüfthöhe gemauert. Der obere Wandbereich bestand aus Fensterglas. In vielen Zimmern verhinderten bunte Vorhänge die Einsicht, doch in einigen konnte ich vom Flur aus die schwerkranken Patienten in von Apparaten umstellten Betten liegen sehen. Das waren wohl die besonders kritischen Fälle. Auf diese Weise konnten die Pflegekräfte im Vorbeigehen kontrollieren, ob alles in Ordnung war.

Die Vorhänge von Zimmer Nummer 646 waren zur Seite gezogen. Danner blieb in der Tür stehen und versperrte den Weg.

Das Brummen, Zischen und Piepen der Apparate war bis auf den Flur zu hören. Der gläserne Teil der Wand gab den Blick auf ein gigantisches, von blinkenden Maschinen umringtes Pflegebett frei. Auf ein aufgebauschtes, weißes Kissen, in dem ein eingefallenes, graues Gesicht mit fusseligem Haar versank. Und auf ein dünnes Laken, unter dem sich die Konturen eines knochigen Körpers abzeichneten.

Danner rührte sich nicht.

Sein Vater zeigte ebenfalls keine Regung. Speichel rann ihm aus dem offen stehenden Mund, seine knochigen Hände hatte eine heftige Spastik im dauerhaften Krampf auf die magere Brust gepresst.

Ich versuchte mir vorzustellen, wie es mir an Danners Stelle in diesem Augenblick gehen würde. Wenn mein Vater vor mir im Bett liegen würde, nur noch von Maschinen am Leben gehalten.

Mein Vater ...

Die Faust zuckt auf mich zu. Ich weiß genau, dass ich mich nicht rechtzeitig wegdrehen kann. Es knackt, als der Schlag meine Wirbelsäule trifft. Der Schmerz rast meinen Rücken hinab, dunkle Punkte tanzen vor meinen Augen. Als ich zu Boden falle, glaube ich einen Moment lang, mir einen Querschnitt eingehandelt zu haben.

Rasch verdrängte ich die Erinnerung an die jahrelangen Prügel. Ich wollte mir einfach nicht vorstellen, dass mich das Schicksal meines Vaters irgendwie berühren könnte.

»Ziemlich sicher willst du in so einem Moment aber nicht angegafft werden«, zickte mein Gewissen mich an. Das neugierige lila Teufelchen in mir hielt zur Abwechslung mal seine große Klappe.

Ich wandte mich ab und entfernte mich.

Ein Stück den Flur hinunter, neben einem Wasserspender standen zwei abwischbare Plastikstühle. Auf der Sitzfläche des linken war eine zerfledderte Klatschzeitschrift liegen geblieben. Ich ließ Wasser in einen Einwegbecher laufen.

Danners Situation ließ sich mit meiner eigenen natürlich nicht vergleichen. Auch wenn sein Verhältnis zu seinem Vater ebenfalls nicht von Zuneigung geprägt war. Achtzehn Jahre lang hatte Gerhard Danner seine Familie mit seiner Alkoholsucht terrorisiert, dann war Danners Mutter Richtung Frankreich verschwunden. Kurz darauf hatte auch Danner den Kontakt abgebrochen.

Sein Vater hatte unbeeindruckt weitergesoffen. Schon vor Jahren war es ihm gelungen, sein Resthirn endgültig im Schnaps zu ertränken. Seitdem holte sich das Sozialamt das Geld für das Pflegeheim von Danner zurück.

Meine Neugier hatte mich in Sichtweite zu Zimmer 646 zurückgetrieben. Mit dem Wasserbecher in der Hand beobachtete ich durch die Glasscheibe, wie Danner zwei Schritte näher an das Krankenbett herantrat.

Das Klackern von Schuhabsätzen lenkte meine Aufmerksamkeit zurück in den Flur. Eine Ärztin kam mit offenem, nach hinten wehendem Kittel auf mich zu. Ihre langen, dunkelbraunen Haare trug sie hochgesteckt, doch der vordere Teil der Frisur hatte sich aufgelöst und fiel ihr ins Gesicht. Sie war noch jung, Anfang dreißig vielleicht, und trug einen knallroten Lippenstift. Ihr Stethoskop wippte auf einer beachtlichen, aber unter dem Kittel irgendwie verrutschten Oberweite auf und ab.

Sie nickte mir zu und klackerte an mir vorbei, hinein in Zimmer 646.

»Herr Danner?« Sie sprach Danner so laut an, als wollte sie ihn erschrecken.

Danner drehte sich um.

»Ich bin Marianna Stefanowa. Ich habe Ihren bedauernswerten Herrn Papa vorhin aufgenommen.«

Danner runzelte die Stirn, gab Marianna aber brav die Hand.

Reflexartig drückte die Ärztin den Rücken durch und schob sich ein wenig näher an ihn heran. Ihre nach oben geschraubte Oberweite richtete sich auf Danners Gesicht.

Ich tippte auf eine Korsage unter dem Kittel. Vielleicht sogar so ein Lack-und-Leder-Teil mit eingenähten Eisenstäben, die tiefes Einatmen zuverlässig verhinderten. Reichlich unpraktisch für die Arbeit. Es sei denn, ein fescher Assistenzarzt fesselte sie hin und wieder an ein leeres Pflegebett.

In diesem Moment registrierte die Ärztin offenbar Danners Alkoholfahne und ging wieder auf Abstand.

»Ihr Vater hat heute Mittag einen schweren Schlaganfall erlitten.« Der rollende, osteuropäische Akzent verlieh ihrer Stimme einen angenehm weichen Klang, der ganz gut zu ihren vollen, roten Lippen passte. »Leider scheint sich eine beidseitige Spastik zu entwickeln. Es ist zu befürchten, dass sein Gehirn schwer geschädigt wurde. Allerdings hat uns sein Betreuer aus dem Seniorenheim berichtet, dass er bereits vor dem Apoplex unter einer alkoholbedingten Demenz litt und seit Jahren nicht mehr orientiert war?!«

Danner nickte knapp.

Die Ärztin nestelte an ihrem Stethoskop herum, das auf ihrem Busen lag wie auf einem Tisch. Ich schätzte, dass sie noch nicht viel Übung im Überbringen schlechter Nachrichten hatte.

»Während seines Aufenthaltes im Seniorenheim hat Ihr Vater keine Patientenverfügung erstellt.« Ein imaginärer Fussel auf ihrer Brust schien immer interessanter zu werden. »Die letzten Jahre wäre er dazu auch gar nicht mehr in der Lage gewesen, hat uns seine gesetzliche Betreuerin gesagt.«

»Und?« Der lauernde Tonfall in Danners Stimme verriet, dass er bereits wusste, worauf die Ärztin hinauswollte.

»Hat er früher womöglich schon irgendwo schriftlich festgehalten, wie in einem Fall wie diesem – ähm … verfahren werden soll?«

Die Haut in meinem Nacken fing an zu kribbeln.

Danner zuckte die Schultern: »Sie fragen den Falschen. Ich hab nie Kontakt zu ihm gehabt – mal abgesehen von dem Tag, an dem er die Spiegeleier in der Bratpfanne vergessen und seine Wohnung abgefackelt hat.«

»Sie sind sein einziger lebender Verwandter?!«

Danners Augen hatten sich zu glitzernden Schlitzen verengt: »Soweit ich weiß.«

»Nun«, druckste die Ärztin herum. »Als einziger lebender Verwandter von Herrn Danner – also von Ihrem Herrn Papa, sollten Sie …«, sie räusperte sich, »… nun – entscheiden, inwieweit die lebenserhaltenden Maßnahmen vor diesem Krankheitshintergrund aufrechterhalten werden sollen.«

Danner schwieg.

Die Ärztin begann von einem Fuß auf den anderen zu trippeln. »Ihr Vater war ja bereits seit geraumer Zeit ein Schwerstpflegefall, aus medizinischer Sicht ist das Einstellen der lebensverlängernden Maßnahmen indiziert. Auch seine gesetzliche Betreuerin hat bereits eingewilligt. Sie ist natürlich mit einer Menge Fälle betraut und kennt ihren Vater nur von wenigen persönlichen Treffen, sie wird sich nicht über Sie als Angehörigen hinwegsetzen. Wir benötigen Ihre schriftliche Einwilligung.«

»Vergessen Sie es«, brach Danner sein Schweigen.

»Wie bitte?« Die Ärztin hörte auf zu zappeln.

»Ich werde nicht zustimmen«, erklärte er entschieden. »Ich denke gar nicht dran! Ich werde nicht entscheiden, ob hier irgendwelche Geräte abgestellt werden.«

»Aber Sie sind –«

»Sie sind die Ärztin. Tun Sie, was Sie für richtig halten, aber lassen Sie mich da raus.«

»Sie verstehen nicht. Aus rechtlichen Gründen …«, protestierte sie.

Danner zuckte die Schultern: »Dann lassen Sie die Geräte an. Vielleicht verreckt er ja trotzdem.«

Der rote Mund der Ärztin klappte auf.

Danner drehte sich mit einem Ruck um und ließ sie neben dem Pflegebett stehen. Ich stellte den Wasserbecher auf einen der Plastikstühle und folgte ihm zum Ausgang der Intensivstation.

Gleich darauf standen wir uns wieder im Fahrstuhl gegenüber, angelehnt an die verspiegelten Wände der Kabine, während diese abwärts sackte.

Danners Miene war noch immer wie versteinert. Weil die Ärztin nicht mehr zur Verfügung stand, musste ich jetzt seinen bohrenden Blick aushalten. Ich verschränkte die Arme und starrte schweigend zurück.

Die Kabine verlangsamte ihre Fahrt, um im Erdgeschoss zu stoppen.

Ich öffnete den Mund, doch Danner hob warnend die Hand. »Halt zur Abwechslung einfach mal die Klappe. Am besten tust du so, als wären wir nie hier gewesen, okay?«

Ich knirschte wütend mit den Zähnen.

4.

6:56 Uhr.

Sonntagmorgen.

Ich war aufgewacht, weil ich meinte, ein Klingeln gehört zu haben.

Ich öffnete ein Auge halb.

Innerhalb von Sekunden stürzten die Ereignisse der vergangenen Nacht auf mich ein: die Tumulte nach dem verlorenen Fußballspiel, Danners Vater auf der Intensivstation, Danners leere Bettseite irgendwann in den frühen Morgenstunden.

Das leere Bett? Hatte ich geträumt?

Nee, ich erinnerte mich deutlich. In den frühen Morgenstunden hatte mich ein klirrendes Geräusch in der Küche geweckt. Ich war aufgestanden und hatte durch den Türspalt die Langhantel gesehen. Danners dunkles Shirt hatte an seinem Oberkörper geklebt. Weil er nur Boxershorts trug, hatte ich erkennen können, dass seine Oberschenkel bis zum Zerreißen gespannt gewesen waren.

Mein Blick wanderte zur Seite. Im Moment lag Danner auf dem Bauch neben mir und zog sich das Kopfkissen in den Nacken.

Wieder klingelte es. Länger diesmal. Ich hatte mich nicht getäuscht.

Danner sprang auf und suchte in der Wäsche auf dem Fußboden nach seiner Jogginghose. Anscheinend hatte er den gleichen Gedanken wie ich: Sonntagmorgen um sieben konnte die Türklingel nur die nächste Katastrophe ankündigen.

Ich wurschtelte mich ebenfalls aus der Bettdecke und angelte nach meiner Jeans. Sekunden später tappte ich ungekämmt, mit nackten Füßen und in dem T-Shirt, in dem ich geschlafen hatte, in unser Wohnbüro. Danner riss die Wohnungstür auf.

Das große Mädchen im Treppenhaus zuckte erschrocken zusammen. Der Anblick seines nackten Oberkörpers oder seine Alkoholfahne ließen sie zurückweichen.

»Was ist?«, schnauzte er.

Die junge Frau stolperte rückwärts, die Treppe wieder hinab. Danner fuhr sich genervt durch das unrasierte Gesicht.

»Entschuldigung«, murmelte sie. Ihre Arme und Beine wirkten im Verhältnis zu ihrem mageren Körper lang und schlaksig wie bei einem zu schnell gewachsenen Teenager. Wahrscheinlich war sie jünger als ich.

Und sie hatte geweint.

»Die Haustür unten war nicht abgeschlossen ...«, stammelte sie jetzt.

So ähnlich hatte ich vor nicht allzu langer Zeit auch vor Danners Tür gestanden. *Danner mustert mich auf entmuti-*

gende Weise unbewegt. Wenn ich seinen Beruf erraten sollte, würde ich auf Rausschmeißer oder hauptberuflicher Rechtsradikaler tippen. Vor Schreck habe ich das Gefühl, rot zu werden, was mir normalerweise nie passiert.

»Zieh dir was an.« Ich schob Danner zur Seite, bevor er die junge Frau endgültig in die Flucht schlug.

»Hi, ich bin Lila«, sagte ich zu ihr. »Kann ich Ihnen helfen?«

Eine aufsehenerregende Afrokrause umgab ihr Gesicht wie eine altmodische Föhnhaube. Ihr schwarzes Haar passte zu ihrer Hautfarbe, den vollen Lippen und der kleinen, breiten Nase. Aufgrund ihrer Frisur war ihr Kopf der Körperteil mit dem weitaus größten Volumen.

Zu einer Jeans, durch deren Risse dunkle Haut schimmerte, trug das Mädchen einen weinroten Kapuzenpulli, dessen Saum ihr bis an die Oberschenkel reichte. Das Ding verhüllte zuverlässig jede Figur. Mein Blick wanderte in ihren Ausschnitt. Grätenartig zeichneten sich ihre vorstehenden Schlüsselbeinknochen unter der Haut ab.

Mir fielen zwei Gründe ein, aus denen frau ein drei bis vier Nummern zu großes Kleidungsstück wählte: Entweder wollte sie verhindern, dass ihr sabbernde Kerle auf den Busen glotzten, oder sie wollte verhindern, dass jemand bemerkte, wie dünn sie tatsächlich war. Weil Skelette keine Busen zum Glotzen hatten, tippte ich auf Möglichkeit Nummer zwei.

Magersucht?

Oder Drogen?

Ihre Schreckstarre löste sich, als sie meine nackten Füße bemerkte. Sie traute sich, eine Stufe näher zu kommen.

»Ich suche einen Privatdetektiv – oder eine Detektivin?«, verbesserte sie schnell. Ihre Stimme klang nach Kettenraucherin. War sie doch älter, als ich auf den ersten Blick geschätzt hatte?

Ich tippte auf das unscheinbar kleine Schild neben unserer Wohnungstür. »Die haben Sie gefunden. Ich bin Lila Ziegler und der mürrische Kerl ist mein Partner, Ben Danner.«

Lockenkopf atmete erleichtert auf.

»Und wer sind Sie?«, erkundigte ich mich, weil sie nichts sagte.

Sie zuckte zusammen, als hätte ich gefragt, ob sie der von Interpol gesuchte Wikileaks-Informant sei.

»Curly?«

»Klingt ja, als wären Sie sich selbst nicht sicher. ›Curly‹ steht doch vermutlich nicht in Ihrem Ausweis, oder?«, wollte ich es genauer wissen.

»Sie können mich auch Mo nennen.«

Das klang ja, als hätte ich die freie Auswahl. Ich musste mir auf die Zunge beißen, um nicht zu fragen, ob ihr auch Donatella oder Finchen recht wäre.

»Ich muss Sie beauftragen«, sagte Curly-Mo ohne Nachnamen. »Ich habe auch Geld«, fügte sie rasch hinzu, als sie meine noch immer gerunzelte Stirn bemerkte. Sie zerrte einen Haufen zusammengeknüllter Geldscheine aus der Hosentasche und ließ sie prompt fallen, sodass die Banknoten durch das Treppenhaus segelten.

Fünf, sechs, sieben, acht – das mussten etwa tausend Euro sein, schätzte ich.

»Ich sitze echt in der Scheiße«, gestand Curly, während sie das Geld von den Stufen sammelte. Als sie zu mir aufsah, glänzten ihre großen, dunklen Augen verräterisch. »Sie müssen mir da raushelfen, Frau Ziegler.«

»Kaffee?«, schlug ich vor.

Als Curly zögernd auf dem abgewetzten, grauen Sofa vor unserem Couchtisch Platz nahm, registrierte ich das Zittern ihrer Knie. Sie schob das Geld zu mir herüber. »Das ist alles, was ich habe.«

Danner lehnte im Rahmen der Küchentür. Immerhin hatte er sich inzwischen ein T-Shirt übergezogen. Nachdenklich betrachtete er erst die wackelnden Knie des Mädchens, dann ihre Wahnsinnsfrisur.

»Sind wir uns irgendwo schon mal begegnet?«, erkundigte sich Danner dann.

Curly senkte den Blick.

»Na schön, dann hole ich erst mal den Kaffee«, ließ Danner von ihr ab und verschwand in der Küche.

Ich setzte mich Curly gegenüber in den Sessel. Das altersschwache Ding wackelte, weil ein Fuß fehlte.

Weil das Mädchen seine Ellenbogen auf die Knie stützte, um seine Beine ruhig zu halten, konnte ich sehen, dass die Ärmel des Pullovers verklebt und schmutzig waren.

»Wie genau können wir Ihnen helfen, Mo?«, erkundigte ich mich.

»Ich glaube, die Polizei sucht nach mir.«

In der Küche schnalzte Danner mit der Zunge. Etwas raschelte. Im nächsten Moment tauchte er mit der Tageszeitung in der Hand wieder auf.

»Ich wusste doch, dass ich Sie schon mal gesehen habe.«

Er hielt sich eine Zeitungsseite vor die Brust.

Die junge Frau wandte den Kopf ab.

Selbst aus der Entfernung erkannte ich Curly-Mos schwarzen Wuschelkopf auf dem größten Bild.

Ich winkte Danner heran.

Das Bild im Sportteil zeigte Curly neben einem gut aussehenden Jungen, der eine gewisse Ähnlichkeit mit Walt Disneys Zeichentrick-Ali-Baba aufwies. Er hatte glühende, dunkle Augen unter spitzbübisch geschwungenen Brauen, volle Lippen und eine frech ins Gesicht fallende, schwarze Locke.

Ich kannte Ali Baba. »Ist das nicht –?«

»Der meistgehasste Mann Bochums«, nickte Danner und reichte mir die Zeitung.

Wird Nachwuchshoffnung Mongabadhi dem VfL *zum Verhängnis?*, titelte das Blatt.

Ich überflog die Bildunterschrift. Offenbar war Mongabadhi bereits vor dem Spiel nicht jedermanns Liebling gewesen. *Mongabadhi mit seiner Freundin Moesha »Curly« Schmidtmüller* – womit die Frage nach ihrem Nachnamen geklärt wäre. *Die Affäre der beiden sorgt seit Wochen für Schlagzeilen*, las ich weiter. *Angeblich hat der Fußballer die ehemalige Prostituierte auf einer Sexparty kennengelernt.*

Prostituierte?

Ich streifte Curly mit einem kurzen Blick. Sie schien auf unserem Sofa zusammenzuschrumpfen. Konzentriert betrachtete sie ihre Turnschuhe.

Erst sorgt der muslimisch erzogene Mongabadhi mit seiner Beziehung zu einer Prostituierten für Wirbel, dann spielt er gute Fee für ein lesbisches Fan-Pärchen und direkt vor dem alles entscheidenden Spiel werden Gerüchte laut, er hätte beim Gegner unterzeichnet. Eins ist klar: Sollte Skandalnudel Mongabadhi den VfL *tatsächlich in der nächsten Saison verlassen, wird es um einiges ruhiger um unsere Jungs.*

Danner zog sich den drehbaren Schreibtischstuhl heran.

»Warum ist die Polizei hinter Ihnen her, Frau Schmidtmüller?«, wollte er wissen.

Ich ließ die Zeitung sinken.

Curlys Unterlippe bebte, als sie den Kopf schüttelte. »Oran ist tot«, flüsterte sie so leise, dass ich einen Moment glaubte, mich verhört zu haben. »Er ist umgebracht worden.«

»Der Fußballspieler? Im Ernst?«, rutschte es mir heraus.

»Wegen des versemmelten Elfmeters, oder was?«, erkundigte sich Danner, nicht ganz ernst gemeint. Offenbar zweifelte auch er an der Zurechnungsfähigkeit unserer Möchtegernklientin.

Curly sah irritiert von ihren Turnschuhen auf.

»Haben Sie letzte Nacht irgendwas genommen?«, wollte Danner wissen.

Ihre Augen wurden schmal: »Genommen?«

»Hasch, Koks, irgendwelche bunten Pillen?«

»Spinnen Sie?«, funkelte sie ihn empört an. »Glauben Sie mir nicht, oder was?«

»Ich würde es gern wissen, bevor die Polizei es mir erzählt.« Danner betrachtete nachdenklich die fleckigen Ärmel ihres Pullovers, in denen ihre Hände verschwanden.

Curly sprang wütend auf: »Sie sollen mir aus der Scheiße raushelfen, nicht die Bullen rufen, Sie Arsch!«

»Was glauben Sie denn, warum ich frage?«, schnauzte er zurück.

Erschrocken plumpste Curly zurück auf das Sofa.

»Es wäre für uns alle die einfachste Lösung, wenn Sie ein paar Ecstasy zu viel gelutscht haben und auf einem rosa Elefanten hierhergeritten sind, kapiert?«

Darüber dachte Curly einen Augenblick lang nach.

»Ich hab nichts genommen«, wiederholte sie dann entschlossen. »Nach der Niederlage haben sich Oran und ein paar andere Spieler betrunken. Ich war müde und bin irgendwann nach Hause gefahren. Als er heute Morgen immer noch nicht da war, bin ich zum Stadion zurück. Und da … ich hab ihn da gefunden. Auf dem Parkplatz.«

Sie zog die fleckigen Ärmel ihres Pullovers hoch.

Mir stockte der Atem, als ihre Finger mit den glitzernd lackierten Nägeln zum Vorschein kamen. Die dunkle Haut ihrer Hände war blutverschmiert.

»Sein Gesicht war einfach …«, sie schluchzte auf, »… weg!«

5.

Blaulicht zuckte an den Nebelwänden empor. Der Platzregen der letzten Nacht hing als dichter Dunst über dem Stadionparkplatz.

Allein die Anzahl an Lichtern verriet, dass Curly nicht unter drogenbedingten Halluzinationen litt.

Links von uns wuchs die blaue Fassade des Stadioncenters in die Höhe und verschwand im Nebel, rechts umgrenzten Metallzäune die Rasenflächen der Trainingsplätze.

Das Blaulicht wies Danner und mir den Weg, Curly hatten wir in unserem am Straßenrand parkenden Wagen zurückgelassen.

Ein blau lackierter Zaun mit Pförtnerhäuschen trennte den vor uns liegenden VIP-Parkplatz vom öffentlichen Bereich ab. Doch das elektrische Rolltor stand offen, zwei Uniformierte versuchten, die etwa fünf Meter breite Durchfahrt mithilfe von rot-weißem Flatterband abzusperren. Allerdings war der gesamte Zaun nur etwa einen Meter zwanzig hoch, selbst bei geschlossenem Rolltor stellte er kein echtes Hindernis dar.

Hinter dem Zaun zählte ich vier Streifenwagen, die mit blitzendem Blaulicht und offenen Türen abgestellt worden waren. Außerdem leuchtete das Orange eines Rettungswagens und eines kleineren Notarztfahrzeugs durch den Nebel und die Konturen mehrerer ziviler Fahrzeuge mit aufsetzbaren Blaulichtern auf den Dächern zeichneten sich dunkel ab.

Zwischen ihnen huschten weiße Gestalten wie Gespenster im Nebel hin und her. Die Spurensicherung war schon da.

Danner tippte mich an. Ganz in der Nähe der Absperrung parkte Staschcks dunkelgrüner Kombi neben einem silbermetallicfarbenen Smart.

Davor meinte ich, Schnabelnase Wegner zu erkennen. Die strebsame Nicht-mehr-ganz-Jungkommissarin gehörte zu Staschcks Mordermittlern und sägte seit Längerem an den Beinen seines Chefsessels. Ganz sicher konnte ich sie allerdings nicht identifizieren, denn ihr strenger, brünetter Pferdeschwanz war offenbar einem feschen Kurzhaarschnitt gewichen.

Die hochgewachsene Frau stand mit einer älteren Dame mit grauer Kurzhaarfrisur zusammen. Die Ältere gestikulierte aufgeregt. Ihre hohe, schnatternde Stimme erzeugte ein Echo an der blauen Gebäudewand in unserem Rücken, während die Oma mit einer schwungvollen Armbewegung in den Nebel deutete. Die Polizistin zuckte zurück, um einem versehentlichen Kinnhaken der Frau auszuweichen.

Dabei streifte mich der Blick der Beamtin und jetzt erkannte ich KK Wegner eindeutig an ihrem – nun ja, Schnabel.

Doch obwohl ich ihr bereits mehr als einmal unangenehm aufgefallen war, schien sie sich nicht an mich zu erinnern. Lag wohl daran, dass sich auch mein Erscheinungsbild verändert hatte: Verhaltensgestörter Freak mit lila Haaren war gestern. Lässige Profidetektivin hieß mein neuer Look mit Röhrenjeans, schwarzen Turnschuhen und gleichfarbigem Langarmshirt sowie einem fransigen, ohrlangen Blondschopf. Meine neue Unauffälligkeit war gewöhnungsbedürftig.

Erst als die Wegner Danner neben mir entdeckte, rückten ihre dünnen Brauen zusammen. Mit einer knappen Handbewegung brachte sie die gestikulierende Frau zum Schweigen und marschierte im Stechschritt auf uns zu. »Sie haben hier keinen Zutritt, Danner«, sagte sie, bevor wir zu Wort kamen.

»Ihr Einsatzleiter könnte das anders beurteilen.« Danner deutete über die Absperrung in die blitzenden Lichter.

»Die Ermittlungen leite ich«, blockte Schnabelnase schroff ab. »EKHK Staschek koordiniert den Einsatz nur.«

Ich begutachtete ihre neue Frisur aus der Nähe. Sie trug die dunklen Haare jetzt seitlich ins knochige Gesicht geföhnt, mit dem Ergebnis, dass eigentlich nur noch ihre Nase aus all dem Haar hervorragte.

»Und ich koordiniere meine Informationen mit Staschek«, entschied Danner. »Oder mit der Presse, die ja mit Sicherheit in ein paar Minuten auftauchen wird. Wenn die Polizeipräsidentin wichtige Infos zu Oran Mongabadhis Tod in der Zeitung nachlesen muss, werden Sie diesmal wohl eher nicht belobigt«, gab Danner zu bedenken.

Die Wegner zuckte zusammen, als Danner Mongabadhis Namen nannte.

»Woher kennen Sie die Identität des Opfers? Wir haben ja noch nicht mal die Zeugin befragt.«

Des Opfers.

Der Fußballspieler war tatsächlich tot.

»Die Dame da drüben hat die Leiche entdeckt?«, mischte ich mich ein. »Was macht die denn um diese Uhrzeit auf dem Parkplatz?«

Die unechten Augenbrauen der Polizistin zerknitterten: »Hören Sie auf, Ihre Befragungstricks aus dem ersten Schnüffellehrjahr an mir auszuprobieren, Frau Ziegler. Sie beide erklären mir auf der Stelle, woher Sie von dem Mord wissen.«

»Er ist ermordet worden? Echt?« Curly steckte wirklich in der Scheiße.

»Hmpf!«, machte die Kommissarin.

»Woher wir von Mongabadhis Tod wissen, erklären wir Staschek, sobald Sie nicht mehr im Weg rumstehen«, korrigierte Danner und hielt das Flatterband für mich hoch.

»Hmpf!«, machte Schnabelnase wieder, doch sie ließ zu, dass ich mich unter der Polizeiabsperrung hindurchbückte. Ein nervöses Kribbeln breitete sich in meinem Bauch aus, als ich den Tatort betrat.

Vor uns tauchte Staschek im Nebel auf, ich erkannte die schlanke Silhouette seines Mantels sofort. Neben ihm materialisierte sich eine bullige, orangefarbene Gestalt. KK Wegner stakste hastig an Danner und mir vorbei, um Staschek vor uns zu erreichen.

Staschek Samtstimme fehlte heute das unterschwellige Schnurren. Der Kriminalkommissar diskutierte mit einem Notarzt und einer Spurensicherin, deren weißer Plastikoverall im Nebel verschwamm. Aus der Entfernung sah es aus, als schwebte ihr Kopf mit dem dunkelgelocktem Pferdeschwanz und der knallroten Nana-Mouskouri-Brille körperlos in der Luft.

Unwillig fuhr Staschek herum, als Schnabelnase durch ein Antippen seiner Schulter sein Gespräch unterbrach.

»Ich hab hier noch zwei Zeugen«, wies sie uns schnell die Schuld an der Störung zu.

Auch heute war Staschek geschmackvoll gekleidet: Der Pullover unter seinem knielangen Kaschmirmantel war farblich perfekt auf sein kastanienfarbenes Haar abgestimmt. Nur die Ringe unter seinen Augen ließen ahnen, dass er den verpatzten Aufstieg in Molles Kneipe noch gebührend betrauert hatte.

Hinter dem Kriminalkommissar warf ein Baustrahler gleißend helles Licht auf den nassen Asphalt.

»Zeugen?« Staschek verdrehte die Augen, als ich ihm zuwinkte. »Sie haben sich verarschen lassen, Katrin«, tadelte er die Wegner.

»Herr Danner und Frau Ziegler wissen, was passiert ist«, verteidigte sich die Kommissarin. »Und sie könnten was mit der Sache zu tun haben«, ergänzte sie vielsagend.

Staschek blinzelte seine Kollegin an, als hätte sie behauptet, die Bundeskanzlerin könne etwas mit der Uli-Hoeneß-Steueraffäre ›zu tun haben‹. Obwohl – er kniff argwöhnisch die Augen zusammen und marschierte verärgert auf Danner und mich zu.

»Entweder seid ihr gestern nach dem Spiel noch mal zum Stadion zurückgefahren, habt Mongabadhi aus Wut über den vermasselten Elfmeter gelyncht und wollt jetzt gestehen«, fuhr Staschek uns an, »oder ihr verlasst fluchtartig diesen Tatort.«

»Soll ich meine Geschichte lieber den Journalisten vor deiner Absperrung erzählen?«, konterte Danner bereitwillig.

Während das Gerangel zwischen den beiden noch ein paar Mal hin und her ging, wandte ich mich dem Lichtkegel des Baustrahlers zu.

Niemand bemerkte, dass ich neben die surrende Lichtquelle trat. Wie ein dreidimensionaler, dunkler Schatten lag die leblose Gestalt auf dem glitzernden Asphalt. Ich musste genau hinsehen, um zu erkennen, ob er auf dem Rücken, oder dem Bauch lag, weil er komplett schwarze Lederkleidung trug. Einen Motorradanzug. Der Schutzhelm war zur Seite gekullert.

Bauchlage. Von hier aus konnte ich nur die verklebten, dunklen Locken an seinem Hinterkopf sehen. Vorsichtig setzte ich meine Füße zwischen die Schildchen, die die Spurensicherung aufgestellt hatte. Leise, als dürfte ich ihn nicht stören, schlich ich um den Toten herum. Um seinen Kopf hatte eine glänzende, dunkle Pfütze die Unebenheiten des Asphalts aufgefüllt. Und sein Gesicht war – ich zuckte zurück – weg!

Wie Curly es gesagt hatte.

Ali Baba tauchte in meiner Erinnerung auf, pustete sich eine schwarze Locke aus dem Gesicht und sauste auf seinem fliegenden Teppich davon. Nichts von ihm war übrig geblieben.

Die Spurensicherer hatten für ihre Fotos jedes grausige Detail ausgeleuchtet. Der obere Teil des Gesichtes war zu einer deformierten, blutigen Masse geworden, an der zerfetzte Haut hing. Wo einmal eine Nase gewesen war, klaffte ein Loch, aus dem dunkelrote Flüssigkeit sickerte. Daneben meinte ich, den Rest eines Auges zu erkennen.

Bittere Galle prickelte in meiner Kehle. Ich würgte sie wieder hinunter.

Ein junger Mann mit blasser Haut und roten Haaren stellte einen Koffer ab und streifte sich Schutzhandschuhe über, bevor er neben der Leiche in die Knie ging. Im gleichen Moment legte mir Staschek die Hände auf die Schultern.

»Wie kann so was passieren, Lenny?«

Der Kommissar drehte mich zu sich um, sodass ich meinen Blick von dem Toten abwenden musste.

»Ein Schuss in den Hinterkopf. Muss ein ziemlich großes Kaliber gewesen sein. Die Kugel ist im Gesichtsbereich wieder ausgetreten. Wir suchen das Projektil noch.«

In den Hinterkopf?

»Klingt ja wie eine Hinrichtung«, fand Danner.

Staschek hob ratlos die Schulterpolster unter dem Kaschmir. Dann schob er mich vorwärts, weg von dem toten Fußballspieler.

»Der Schuss ist aber nicht seine einzige Verletzung«, murmelte der Rothaarige, der neben der Leiche hockte. »Ich sehe hier frische Blutergüsse im Kopf- und Hals- und Brustbereich. Über den Rest des Körpers kann ich natürlich erst etwas sagen, wenn ich ihm die Lederklamotten ausgezogen habe.«

Danner kratzte sich die Glatze: »Sieht aus, als hätte ihm nach dem Spiel jemand aufgelauert und es kam zum Kampf, bevor er erschossen wurde.«

Staschek seufzte: »Durch den missglückten Elfmeter gestern hat sich Mongabadhi jedenfalls keine Freunde gemacht. Einige Fans haben bis tief in die Nacht randaliert. In Gerthe wurde sogar ein Auto mit einem Schalke-Aufkleber angesteckt.«

Danner kratzte sich die Glatze. »Du meinst, ein paar Hooligans sind ausgeflippt und haben den Jungen einfach abgeknallt? Wir sind doch nicht in Kolumbien.«

Staschek zuckte die Schultern: »Auch einen ausländerfeindlichen Hintergrund können wir nicht ausschließen.«

Plötzlich hatte ich wieder die Stimme meines dicken Sitznachbarn aus der Ostkurve im Ohr.

Der lässt tatsächlich den Kümmelfresser schießen!

Der Rechtsabbieger war vermutlich nicht der Einzige im Stadion gewesen, dessen Toleranz für Migrationshintergründe begrenzt war. Zusammen mit den Emotionen, die die Niederlage in echten Fußballfanatikern auslöste, konnten da sicher einige Sicherungen durchbrennen.

»Durch die Pannen bei den Ermittlungen der NSU-Morde sind natürlich alle hysterisch«, erklärte Staschek. »Ich habe schon vierzehn Leute für die Soko zusammen. Die Polizeipräsidentin bewilligt alles, seit sie gehört hat, worum es geht. Sie wird übrigens jeden Moment persönlich eintreffen«, fügte er noch warnend hinzu. »Das LKA ist auch verständigt. Wenn die einen politischen Hintergrund wittern, sind wir den Fall schnell wieder los. Wenn ihr beide gesteht, bevor die auftauchen, können wir die Aufklärung allerdings auf unserem Konto verbuchen.«

KK Wegner schob sich neugierig an uns heran.

»Sehen Sie mal nach, ob die Polizeipräsidentin schon da ist, Katrin«, wedelte Staschek sie mit einer Handbewegung wieder weg.

Es war allgemein bekannt, dass Staschcks eifrigste Ermittlerin nebenberuflich ebenso eifrig für die Polizeipräsidentin spionierte. Mithilfe dieses ganz kurzen Dienstwegs hatte sie einige Stufen der Karriereleiter übersprungen und war mittlerweile zur Teamleiterin hochgelobt worden.

»Also?« Staschek verschränkte die Arme vor der Brust. »Ich höre.«

»Die Frau auf dem Parkplatz war nicht die Erste, die Mongabadhi entdeckt hat. Ist doch logisch.«

»Sondern?«

»Die Freundin des Toten, Moesha Schmidtmüller. Sie hat nach ihm gesucht, weil er nicht nach Hause gekommen ist.«

Staschek war anzusehen, dass sein Gehirn hinter seiner gerunzelten Stirn zu arbeiten begann.

»Moesha Schmidtmüller? Ist das nicht die Nutte aus der Zeitung?«, begriff er. »Die, die Mongabadhi sich rund um die Uhr gegönnt hat?«

»Du weißt nicht, ob er sie überhaupt bezahlt hat, Lenny«, bremste Danner.

»Ja, nee, ist klar. Das war bestimmt die ganz große Liebe zwischen den beiden.« Staschek tippte sich an die Stirn.

Danner funkelte ihn wütend an.

»Eine Nutte, Ben.« Staschek zupfte Danner kurzerhand die Mütze vom Kopf und schmatzte ihm einen Kuss auf die

Glatze. »Da gibt es massenhaft Motive für einen Mord. Drogen, Alkohol, Sex oder Geld. Und es besteht natürlich akute Fluchtgefahr, das heißt, wir können sie in U-Haft nehmen, sobald wir sie haben.«

Danner bugsierte die Mütze wieder an ihren Platz. »Moesha Schmidtmüller hat uns beauftragt, ihre Unschuld zu beweisen«, klärte er seinen Kumpel auf.

Irgendwo hinter mir im Nebel war das schnappende Geräusch eines zuklappenden Schnabels zu hören. Und auch Staschеks Begeisterung verpuffte prompt.

»Tickst du nicht richtig? Die Frau war am Tatort und hat nicht die Polizei verständigt!«

»Sie stand unter Schock, sie ist höchstens achtzehn.«

»Die braucht wahrscheinlich Kohle für den nächsten Schuss! Hast du nicht alle Socken im Schrank, so eine Sache überhaupt anzunehmen?«

»Sie kommt mir clean vor«, verteidigte Danner Curly.

»Hast du etwa eine Urinprobe von ihr bekommen?«

Danner verdrehte die Augen.

»Außerdem hat sie wahrscheinlich fünf Kinder in Polen«, ließ Staschek sich nicht beirren. »Du weißt doch genau, wie das läuft.«

»Sie kommt nicht aus Polen«, sprang ich ein.

Staschek stemmte die Hände in die Seiten: »Ist Hirnversagen neuerdings ansteckend? Natürlich hat sie den Kicker abgezockt. Und ob sie tatsächlich clean ist, wissen wir, sobald sie in U-Haft sitzt. Also wo steckt sie?«

Danner schnaufte verächtlich.

»Die Frau ist eine Mordverdächtige, Ben!« Staschеks sonst so sanfte Stimme überschlug sich. »Und dass sie einfach verschwindet, statt Hilfe zu holen, ist ja schon fast ein Geständnis.«

»Sie stellt sich freiwillig«, behauptete Danner.

»Karl!« Staschek winkte einen Kriminalbeamten heran.

Karl trug eine graue Gelfrisur über einem von Akne vernarbten Gesicht und eine Jeans mit Ledergürtel, über der ein Bierbauch herabhing. Karl kannte ich noch nicht.

»Fahr mal zu Mongabadhis Wohnung und sieh nach, ob seine Freundin da ist«, kommandierte Staschek.

»Die Nutte mit dem Lockenkopf?« Ein hungriges Grinsen breitete sich auf Karls Gesicht aus.

Ich staunte, wie gut offenbar jeder informiert war.

»Ein Team der Spurensicherung schicken wir dir gleich hinterher. Sieglinde?«

Neben dem körperlosen Kopf tauchte eine Hand mit einem Handy auf.

»Und ihr«, Staschek wandte sich wieder Danner und mir zu, »ihr sorgt dafür, dass sich eure – Klientin auf dem Präsidium meldet. Der Rest ist dann Sache der Polizei, verstanden?«

Ich rüttelte an meinem Ohr. »Ich hab das Gefühl, ich hör heute nicht so gut.«

»Lila!«

Danner hob beschwichtigend die Hände. »Bleib locker. Ich sag doch, dass sie aussagen wird.«

Als wir uns auf dem Rückweg zu unserem Wagen unter der Absperrung hindurchbückten, hielt eine windschnittige, silbergraue Limousine mit leise surrendem Motor vor uns. Hinter dem Lenkrad saß eine zierliche Gestalt mit hoch erhobener Nase im herzförmigen Gesicht.

Ihre brünette Kurzhaarfrisur hatte sie sich modisch ins Gesicht geföhnt und mithilfe von Haarwachs zurechtgezupft.

Ach so! Auf einmal war mir klar, wieso mir Schnabelnases

neue Frisur die ganze Zeit bekannt vorgekommen war. Das war Schleimerei auf höchstem Niveau, die erste Liga der Arschkriecherei sozusagen.

Die Uniformierten zerrten eilig die Absperrung zur Seite, um der frischgebackenen Polizeipräsidentin Klara Peters die Durchfahrt zum Tatort zu gewähren. Die Polizeichefin musterte Danner und mich misstrauisch durch die getönte Seitenscheibe ihrer Luxuskarosse.

Sie erkannte uns natürlich sofort.

Nicht nur, weil ein gutes Gedächtnis für Gesichter und Namen sicherlich Voraussetzung in ihrem Job war. Vor zehn Jahren war sie Danners Kollegin bei der Polizei gewesen. Und nebenbei auch mit ihm verlobt.

Details über die Lovestory der beiden wusste ich nicht. Nur dass Danner bereitwillig seine Einsame-Cowboy-Romantik für ein Leben unter dem Pantoffel der karrieregeilen Ziege aufgegeben hätte.

Klara Peters hingegen hatte ihre Prioritäten anders gesetzt. Sie hatte auf ihre ganz persönliche Weise mit Danner Schluss gemacht, indem sie ihm eine interne Ermittlung auf den Hals gehetzt hatte. So war sie ihn nicht nur privat losgeworden, sondern hatte ihn gleichzeitig als Konkurrenten für die nächste Beförderung ausgeschaltet.

Aus dem folgenden Rosenkrieg war Klara als klare Siegerin hervorgegangen. Denn Danner hatte nach dem ergebnislosen Abschluss der internen Ermittlungen den Dienst quittiert und nicht nur seine Hochzeitspläne hingeschmissen, sondern auch seine Karriere bei der Polizei.

Klara Peters musterte Danner unangenehm lange, bevor sie ihren dicken Dienstwagen durch das von den Uniformierten freigegebene Rolltor lenkte.

»Du kannst Curly doch nicht raten, sich zu stellen«, schnauzte ich Danner an, als wir ganz sicher außer Hörweite waren. »Nicht nach Lennys blöden Sprüchen! Wenn der sie in die Finger kriegt, grillt er sie, stopft ihr einen Apfel in den Mund und serviert sie dem LKA mit Krautsalat und Senf.«

»Sagt sie nicht aus, machen wir den Fall nicht«, erklärte Danner bestimmt. »Dann muss sie selbst sehen, wie sie da rauskommt. Stell dir vor, es gibt Gesetze. Und die verbieten es zufällig, polizeilich gesuchte Personen zu verstecken.«

»Als Lenny ›Nutte‹ gesagt hat, hat er doch schon die Blitzlösung des Falls winken sehen«, regte ich mich weiter auf. Das Bild, wie Curly vor unserer Detektei im Treppenhaus gestanden und erschrocken den halb nackten Danner angestarrt hatte, drängte sich in meinen Kopf. »Für Lenny ist Curly nur die bequemste Lösung. Ohne dass er sich ihre Version überhaupt angehört hat. Dieser überhebliche, selbstverliebte, versnobte …«

Danner warf mir einen belustigten Seitenblick zu.

»… Mann!«, beendete ich den Satz.

»Herzlichen Dank«, sagte Danner.

»Nennst du den Idioten etwa unvoreingenommen?«, erkundigte ich mich.

»Wer sich für Geld ficken lässt, begeht für Geld vielleicht auch einen Mord«, meinte Danner. »Lenny ist sicher nicht der Einzige, für den das plausibel klingt.«

Er hatte es augenblicklich geschafft, meine Wut von Staschek abzulenken. Auf sich selbst. Angriffslustig funkelte ich ihn an, bis ich das Grübchen zwischen den Bartstoppeln auf seiner Wange bemerkte.

»Und die Sache übernehmen wir überhaupt nur, weil ich meine Zeit besonders gern mit aussichtslosen Fällen vergeude«, fügte er ironisch hinzu.

Ich knirschte mit den Zähnen.

»Willst du den Auftrag überhaupt machen?«, erkundigte ich mich dann. »Wegen deines Vaters, meine ich?«

Danners Miene verdüsterte sich, als hätten ihn erst meine Worte wieder an die Nacht im Krankenhaus erinnert.

»Ich werde bestimmt nicht heulend an seinem Bett sitzen«, stellte er klar.

Idiot.

Ich lugte durch die Seitenscheibe unseres Oldtimers und – riss die Tür auf! »Mist.«

Fahrer- und Beifahrersitz, Notsitz, Fußraum – der Wagen war leer. Auf dem Armaturenbrett entdeckte ich einen Zettel.

Ich zupfte ihn aus dem Auto.

Ich war es nicht, ich schwöre! Bitte, helfen Sie mir!
Curly

Curlys Handschrift wirkte mädchenhaft, beinahe noch kindlich, mit runden, sorgfältig gemalten Buchstaben und einem wellenförmigen Strich durchs kleine T.

»Was für eine dämliche Göre!«, fluchte Danner.

6.

»Was machen wir denn jetzt?«, wollte ich wissen, als ich Molles Kneipentür aufschob. Die darüber hängende, altmodische Glocke bimmelte, als das Türblatt sie streifte.

»Unsere Klientin wiederfinden«, schlug Danner vor.

Wie die Türglocke gehörte die gesamte Kneipe zur altmodischen Sorte. Der Fußboden war beige gefliest und die Wände mit Fußballfotos und *VfL*-Flaggen geschmückt. Wer nicht nur in Bier investieren wollte, konnte sein Geld beim Dart, in einem Flipper oder einem *Trivial-Pursuit*-Computerspiel versenken.

Um diese Uhrzeit waren die im Raum verteilten Tische mit den rot karierten Decken natürlich leer, doch der Duft von Kaffee und frischen Brötchen stieg mir in die Nase.

»Habt ihr schon Radio gehört?« Molle kam mit dem Brötchenkorb aus der Küche und griff im Vorbeigehen die bereitstehende Kaffeekanne von der Theke.

Mir wurde warm ums Herz, als der dicke Wirt seine schmuddelige Schürze hinter dem klobigen, blank polierten Tresen hervorschob. Gestern im Krankenhaus hatte ich einen Augenblick lang gespürt, was mir fehlen würde, wenn Molle etwas zustieß.

Doch Gott sei Dank sah Molle aus wie immer: Socken in Biolatschen, geschätzte fünfhundert Fingerabdrücke auf der ehemals weißen Schürze und ein grauer Haarkranz, der um seine Glatze herum bis auf seine Schultern hing und eigentlich schon vor zwei bis drei Jahren einen Friseurbesuch nötig gehabt hätte.

»Der Mongabadhi soll tot sein! Ihr wisst schon, der kleine Stürmer vom *VfL*.« Molle rumste die Kaffeekanne auf die karierte Tischdecke. »Haben die eben im Radio behauptet.«

»Ist ja ein Ding«, sagte Danner.

»Die glauben, ein Fußballfan hat ihn auf dem Gewissen. Ich kann mir gar nicht vorstellen, dass da einer unserer Jungs so ausgerastet sein soll.« Molle schüttelte den Kopf.

Seine Einschätzung hatte vermutlich mit der Tatsache zu tun, dass er seit Jahren einen *VfL*-Stammtisch mit Schnitzel-Pommes versorgte.

»Wenn ihr mich fragt, steckt da was ganz anderes dahinter.« Molle schob seinen Bauch wieder in Richtung Küche.

»Ach ja?«, rief ich ihm nach.

Der Wirt blieb stehen, faltete bedächtig die Hände vor dem Bauch und sah mich so mahnend an wie der Papst das stiften gegangene Schaf: »Der arme Junge hat den Erfolg nicht verkraftet. Ihr jungen Leuten könnt mit so viel Kohle noch gar nicht umgehen.«

»Da hat Lila ja Glück, dass sie hier mit uns Hunger leiden darf und nicht die Millionen ihres stinkreichen Papas verprassen muss.« Danner tippte sich an die Stirn.

Molles Blick wanderte verwirrt von Danner zu mir.

Weil Molle im Gegensatz zu Danner weder meine Eltern noch deren zugegebenermaßen reichlich protzige Villa kennengelernt hatte, machte ich ein ahnungsloses Gesicht und zuckte die Schultern.

»Der Mongabadhi soll doch ganz schlechten Umgang gehabt haben«, fuhr Molle dann fort. »Was da alles in der Zeitung stand. Sex und Drogen und so. Der soll ja auch eine Prostitio…«

»Prostituierte«, half ich weiter.

»Genau, die soll er sich gekauft haben. Da darf er sich nicht wundern, wenn er eines Morgens erstochen im Bett liegt«, sagte der Mann, der bedenkenlos jede Obdachlose bei sich aufnahm, und verschwand in der Küche.

»Und wie finden wir Curly jetzt wieder?«, erkundigte ich mich bei Danner, als Molle außer Hörweite war.

»Wir fragen im Puff«, schlug er vor.

Ich lachte auf.

Dann begriff ich, dass er das durchaus ernst meinte.

War es möglich, dass Curly im Rotlichtmilieu untertauchte? Warum eigentlich nicht – wo sollte sie sich denn sonst vor der Polizei verstecken?

»Ich verkleide mich aber nicht als Nutte«, stellte ich klar.

Nur zur Sicherheit.

»Schön, dass wir uns in diesem Punkt ausnahmsweise einig sind«, antwortete Danner sarkastisch.

Molle kehrte mit einem Tablett voll Marmeladengläser zurück.

»Wenn du streikst, muss ich die Arbeit diesmal wohl selbst erledigen«, seufzte Danner und griff nach dem Himbeergelee.

Ich runzelte die Stirn. Wie wollte er das denn machen? Er konnte wohl kaum einfach die Bordelle abklappern und an den Zimmern anklopfen. *Entschuldigen Sie die Störung, darf ich mir die Dame eben mal ansehen? Nein, mich interessiert nur das Gesicht. Das ist sie nicht. Dann noch viel Spaß, der Herr.*

»Wie willst du denn …?«

Danner zog eine Augenbraue hoch.

Ich hielt mitten im Satz inne.

O je.

7.

Ich hatte gekniffen und ärgerte mich darüber. Danner würde nach Curly suchen, weil ich zu feige war.

Dabei war ich beim Thema Sex normalerweise nicht empfindlich. Wenn ich mein Ziel mithilfe von ein bisschen Körpereinsatz erreichen konnte, war ich noch nie davor zurückgeschreckt.

Die Aufmerksamkeit eines Englischlehrers von den Vokabeln abzulenken, war für mich die einzig sinnvolle Begründung gewesen, im kurzen Rock in die Schule zu gehen. Während der Pubertät hatte ich es witzig gefunden, durch ein bisschen Arschwackeln reihenweise kleinhirngesteuerte Dummfritzen im Bett meiner Eltern flachzulegen.

Was war mit mir los, dass ich beim Thema Prostitution einen Rückzieher machte?

Egal. Vielleicht gelang es mir ja, Curly ganz ohne Bordellbesuch wiederzufinden. Und das am besten, bevor Danner aus dem Bad kam.

Die Onlineversion des Telefonbuches ersparte arbeitsscheuen Privatdetektivinnen das Blättern. Der Name *Schmidtmüller* erzielte im Raum Bochum und Bochum-Wattenscheid genau einen Treffer. Damit erübrigte sich sogar das langwierige Abtelefonieren von Namenslisten.

»Sssmidtmüller?«, meldete sich eine tiefe Männerstimme.

Das Lispeln passte überhaupt nicht zu dem sonoren Bass der Stimme, der Typ klang wie ein Bär, der sich sein Gebiss korrigieren ließ. Mit einer dieser Monsterzahnspangen, die mit einem Metallgestell außen am Kopf angebracht wurden.

»Ziegler, Kripo Bochum. Guten Morgen«, meldete ich mich in sachlich-professionellem Tonfall.

»Iss hab'ss ja geahnt«, stöhnte der Mann am anderen Ende der Leitung.

»Ich rufe an wegen Moesha Schmidtmüller.«

»Ich hab Radio gehört. Ich hab immer gewussst, dasss der Dreck mal bösse enden wird.«

Ich ballte meine freie Hand zur Faust.

Offenbar war ich Stascheks Truppe zuvorgekommen, die Kripo war noch nicht bei den Schmidtmüllers aufgetaucht. Was vermutlich daran lag, dass die Polizeipräsidentin das fotogene Gesicht ihres Ersten Kriminalhauptkommissars mal wieder als Deko für die Pressefotos benötigte.

»Können wir Moesha bei Ihnen erreichen?«

»Ich habe ssie sseit Monaten nicht gessehen«, erklärte der

Mann. »Aber ssie hat garantiert nichtss mit dem Tod von dem Ssswein zu tun.«

Mit dem ›Schwein‹ war wohl Oran Mongabadhi gemeint. In Gedanken legte ich rasch eine erste Verdächtigenliste an. Unter dem dicken Nazi aus dem Stadion notierte ich Curlys Vater.

»Wir müssen Ihre Tochter dringend befragen«, erklärte ich. »Haben Sie eine Idee, wo wir sie erreichen können?«

Der Mann am anderen Ende der Leitung stöhnte wieder. »Isst ssie nicht mehr in der Wohnung von dem Dreck-ssswein? Ihre Mutter dreht durch, wenn ssie ssu dem Ssuhälter ssurückrennt.« Der Mann schnäuzte sich lautstark.

Zuhälter?

Uff. Der Vater des Mädchens dachte in die gleiche Richtung wie Danner.

»Welcher Zuhälter?«, hakte ich nach. »Haben Sie einen Namen? Eine Adresse? Wir werden selbstverständlich alles tun, um Ihre Tochter da herauszuholen, Herr Schmidtmüller«, fügte ich schnell noch hinzu.

»Ich? Wir haben ess in der Sseitung gelessen. Wäre diesser Fusssballer nicht gewessen, wüsssten wir heute noch nicht, wass mit ihr passiert isst.«

»Wissen Sie, wo Moesha gearbeitet hat, Herr Schmidtmüller?«, ließ ich nicht locker.

Schmidtmüller räusperte sich: »Ich hab natürlich nach ihr gessucht. Ssie ssoll für einen Laden namenss *Esmeralda* gearbeitet haben. In der Humboldtsstraße. Die Ansseige sstand gestern erst in der Sseitung.«

»Hallo, hier ist Erwin.« Danner saß zurückgelehnt im Bürostuhl, die Füße auf den Schreibtisch hochgelegt, einen Daumen am Gürtel eingehängt, während er telefonierte.

Ich hockte auf dem Sofa, die aufgeschlagene Zeitung auf dem Schoß. Die diskrete, kleine Schwarz-Weiß-Anzeige hatte ich interessanterweise beinahe direkt neben dem Foto von Mongabadhi und Curly entdeckt. Ich fragte mich, ob die Werbekunden durch einen Preisaufschlag beeinflussen konnten, an welcher Stelle ihre Annonce platziert wurde.

Esmeralda – Exotik für Anspruchsvolle, stand dort vage. Und *all inclusive.* Plus Telefonnummer. Der Internetauftritt war hinterlegt mit dem unscharfen Foto der Rückfront einer nackten Dunkelhäutigen in weißen Dessous. Der Kopf war im Bildausschnitt nicht zu sehen, er war definitiv nicht das Wichtigste am Motiv gewesen.

»Ich hatte vor einiger Zeit mal das Vergnügen mit dem geilen Lockenkopf aus der Sportschau …«, hörte ich Danner sagen und meine Aufmerksamkeit richtete sich abrupt auf sein Telefongespräch.

»Aha, da hat sich wohl der Möchtegernfußballstar die Exklusivrechte gesichert, was?«, erkundigte er sich im Plauderton. »Zu schade.«

Meine Nackenhaare richteten sich auf. Das war genau die richtige Menge an miesem Sexismus. Als hätte Danner sich schon hundert Mal eine Prostituierte bestellt.

Ich zupfte meine Ärmel über die Hände und bemerkte im gleichen Augenblick Danners nachdenklichen Blick auf meinen Fingern.

»Was ist denn mit ihrer scharfen, besten Freundin? – Nandi? Ja, das war ihr Name. – Na, wunderbar.«

Ich musste unbedingt meine hyperaktive Fantasie bremsen.

Danner zwinkerte mir zu, während er etwas notierte.

»In einer halben Stunde. Ich kann's kaum erwarten, Schätzchen.«

8.

Das Haus in der Humboldtstraße war dreistöckig mit einer mausgrauen Fassade, der ein neuer Anstrich gutgetan hätte. Ein unscheinbarer Wohnblock, zwischen Hunderten ähnlicher Gebäude. Und gar nicht weit von unserer Detektei entfernt. Wenn ich mich mit meinen Freundinnen am Bermuda-Dreieck, Bochums Feiermeile, verabredete, kam ich regelmäßig an der Humboldtstraße vorbei.

Ich hatte etwas anderes erwartet. Einen neonfarbenen Puff, um genau zu sein. Mit blinkenden Leuchtreklamen und nackten Frauen im Schaufenster. À la *Pascha, Reeperbahn* oder zumindest *Gußstahlstraße,* die ja als Bochums Shoppingmeile in Sachen Sex bekannt war.

Doch nichts an dem Haus deutete auf ein Bordell hin.

Nur das Klingelschild wies dem informierten Besucher den Weg. *Esmeralda* stand da auf einem per Computer ausgedruckten Aufkleber.

Dass ich draußen warten musste, war logisch.

Danner drückte *Esmeraldas* Klingelknopf.

Wie wollte er der Frau überhaupt erklären, dass er statt Sex Infos wollte, wenn er in ihrem – Arbeitszimmer stand?

»Kann mich nicht erinnern, eine Frau gefressen zu haben, seit wir zusammen sind«, knurrte Danner, als hätte er meine Gedanken gelesen.

»Und vorher?«, rutschte mir prompt raus, was mir schon die ganze Zeit im Kopf herumspukte.

Danner musterte mich schweigend.

Mein Magen faltete sich zusammen.

Die Gegensprechanlage knisterte: »Hallo?«

Showtime.

»Hier ist Erwin«, erklärte Danner.

»Komm rein, Süßer.«

Der Summer schnarrte. Danner drückte mit der Schulter die Tür auf, während er einen Blick auf seine Armbanduhr warf. »Wenn ich in einer halben Stunde nicht wieder da bin, solltest du besser Lenny hinter mir herschicken.«

Er verschwand im Hausflur, die Tür fiel mit einem leisen Klacken hinter ihm zu und ich stand ratlos allein auf dem Gehweg.

Natürlich hatte Danner keine Skrupel. Und er würde Curly finden. Wir suchten ständig verschwundene Personen, das war unser Job. Wahrscheinlich war sie nicht mal die erste Prostituierte, die er auftreiben sollte. Er war lange genug im Geschäft, um sich auszukennen.

Was nun wirklich nicht bedeutete, dass er sich im Rahmen der Recherche von einer Prostituierten bedienen lassen würde!

Arrgh! Ich stemmte meine Fäuste gegen die Schläfen! Nur nicht die Nerven verlieren.

»Einen Coffee to go.« Ich legte einen Euro auf den Tresen des Kiosks, den ich auf der gegenüberliegenden Straßenseite entdeckt hatte. Die Trinkhalle bestand nur aus dem Tresen mit Fenster, aus dem Kaffee, Zigaretten und Zeitschriften herausgereicht wurden.

Der Kioskonkel war ganz lecker, fiel mir auf, als ich ihm den dampfend heißen Becher aus der Hand nahm, auf die er sich die einzelnen Fingerknochen hatte tätowieren lassen. Dunkelhaarig, Mitte zwanzig und im Hardrock-T-Shirt hätte er eher auf ein Rockkonzert gepasst, als in die Bude.

Mit dem Kaffee in der Hand schlenderte ich weiter.

Ganz locker bleiben. Danner törnten selbstbewusste Frauen an, erinnerte ich mich. Gern mit Kohle und Karriere.

Ich warf einen Blick auf die Uhr. Er war noch keine zehn Minuten in dem Haus. Der Kaffee tat meinen überreizten Nerven nicht unbedingt gut.

Ich betrachtete das Gefäß in meiner Hand. Danner würde keine Frau kaufen, benutzen und dann wegwerfen so wie einen Pappbecher, wenn der Kaffee alle war, oder?

Ich wusste, dass das nicht stimmte. Vor dem Beginn unserer Beziehung war keine seiner Affären über die Dreimonatsgrenze hinaus gekommen. Danner hatte unverbindlichen Sex am laufenden Band gehabt und, sobald es kompliziert wurde, hatte er die Frauen abserviert. Wer sagte mir, dass er nicht zwischendurch auch einen schnellen Dreißig-Euro-Fick bei der geilen Gabi mitgenommen hatte?

Halt! Stopp! Aus!

Ich griff mir an die Stirn. Die misstrauische Seite meines Gehirns, die Männern ganz allgemein eher Schlechtes unterstellte, hyperventilierte hysterisch.

Ich lebte seit über einem halben Jahr mit Danner. Er wusste mittlerweile mehr über mich als jeder andere Mensch. Neuerdings kannte er sogar meine Eltern.

Dank mir war sein Liebesleben eindeutig spießiger geworden.

Seufzend lehnte ich mich an die Hauswand gegenüber und nippte an meinem Becher. Mein Vater hatte mir das Misstrauen Männern gegenüber gründlich eingeprügelt.

Drei Minuten später trat Danner aus der Haustür. Er registrierte, dass ich nicht am Auto wartete. Mit einem schnellen Blick suchte er die Straße nach mir ab, bis er mich entdeckte.

Ich zögerte einen Sekundenbruchteil, bevor ich den noch halb mit Kaffee gefüllten Pappbecher in einen Papierkorb warf.

Erst am Wagen trafen wir zusammen.

»Mit ein bisschen Glück ruft Curly uns an«, erklärte Danner, als er gleich darauf unser Urzeitgefährt auf den Ring lenkte.

»Dann spuck mal aus, wie du das hingekriegt hast, ›Erwin‹«, forderte ich spitz.

Danner zog spöttisch die Augenbrauen hoch. »Fünfzig Euro und die Kollegin musste nicht mal die Beine breit machen.«

Oh.

Ich biss mir auf die Unterlippe, wodurch ich aber nicht verhindern konnte, dass sich meine Wangen verfärbten.

»Ich hab ihr gesagt, dass ich richtig scharf auf die Fußballbraut bin, wenn du es genau wissen willst. Und dass ich für eine Nummer mit ihr fünfhundert Euro springen lassen würde. Da fiel ihr plötzlich ein, dass sie Curly möglicherweise erreichen kann, und ich hab meine Handynummer dagelassen.«

Der Scheißkerl weiß, wie das läuft, hämmerte meine misstrauische Gehirnhälfte auf mein blindverliebtes Resthirn ein.

»Mindestens drei Mädchen hab ich da oben gesehen«, berichtete Danner weiter. »Eine Thai und zwei aus Osteuropa, Bulgarien oder Rumänien vielleicht.« Er trommelte mit den Fingern auf das Lenkrad. »Ich hoffe, dass Curly nicht wirklich wieder in den Job einsteigen will.«

Die Frage brannte schmerzhaft auf meiner Zunge. Dabei glaubte ich, die Antwort bereits zu wissen. Sie ließ die Luft im Wagen knistern.

»Du warst nicht das erste Mal bei einer Nutte, du Arsch«, zischte ich tonlos.

»Das geht dich einen Scheißdreck an«, zischte Danner zurück.

Die Antwort kam so prompt, dass klar war, dass er mit der Frage gerechnet hatte.

»Wenn du eine Frau willst, die die Klappe hält und dir allzeit bereit zur Verfügung steht, wenn es juckt, solltest du dir eine chinesische Puppe bestellen«, explodierte ich.

»Frage ich dich etwa, wen du alles vor mir gevögelt hast?«

»Ich kann dir jedenfalls versichern, dass ich mir keine kleinen Jungs gekauft habe!«

Danner trat die Bremse voll durch, die Reifen quietschten, mit einem Schlenker brachte er den Spitfire vorm Hauptbahnhof zum Stehen. Seine Hände bebten vor Zorn, als er sich an die Glatze griff.

Hinter uns ertönte ein Hupkonzert.

Ich sprang aus dem Wagen und knallte die Tür zu. Sie sprang wieder auf.

Egal.

Vor mir ging es in die Innenstadt. Fußgängerzone. Dorthin konnte mir der Mistkerl mit dem Wagen kaum folgen.

Bevor Danner den Motor wieder gestartet hatte, war ich in den schützenden Häuserschluchten verschwunden.

9.

Sonntagvormittag nach dem verpatzten Aufstieg herrschte Katerstimmung in der Innenstadt. Ein paar verheulte Fans schlichen nach Hause, ansonsten war kaum jemand unterwegs.

Meine Emotionen fuhren Karussell.

Mein gewalttätiger Vater und die regelmäßige Lektüre radikaler Frauenzeitschriften hatten meine ziemlich eindeutige Meinung zum Thema Prostitution vermutlich entscheidend beeinflusst. Kerle, die Frauen kauften wie eine Pornozeitschrift, um deren Körper als Wichsvorlage zu benutzen, waren widerwärtig. Abartig. Zum Kotzen. Ging gar nicht.

Scheiße.

Ich lief schnell, die Fußgängerzone entlang.

Erst als ich auf dem Husemannplatz ankam, blieb ich stehen. Auf der anderen Seite des Platzes entdeckte ich unseren Oldtimer. Er stand schräg auf der Viktoriastraße, ein Stadtbus manövrierte gerade hupend drum herum.

Danner wartete mit verschränkten Armen und ausgestreckten Beinen auf der sitzbankartigen Metallplatte des Kortumbrunnens in der Mitte des Platzes, angelehnt an das Bein einer der lebensgroßen Bronzefiguren.

»Können wir drüber reden?«

Die Häuserwände, die uns wie eine Festung umgaben, warfen das Echo seiner Stimme zurück. Eine Oma, die sich mit einem Rollator hoppelnd über das Kopfsteinpflaster quälte, sah sich erstaunt um.

»Reden?«, erkundigte ich mich böse. »Ist doch nicht dein Ding. Bist du sicher, dass du nicht ›ficken‹ sagen wolltest?«

Die Oma hob ihren Rollator hoch und trippelte überraschend schnell davon.

Danner schwieg.

Ich kratzte mir unentschlossen den Nacken. Schließlich näherte ich mich doch und setzte mich ans andere Ende der Bronzefläche. Die Kälte des Metalls durchdrang meine Hose.

Danner strich sich über seine Glatze. Zwei Mal. Er war nervös. Mit gutem Grund.

»Versuch, überzeugend zu lügen«, bat ich sarkastisch.

»Erzählst du mir, du wolltest in dem Laden nur was trinken, bist gestolpert und – hoppla, da ist dein Schwanz ganz unabsichtlich in der Frau gelandet, dann sorge ich dafür, dass dir das Ding so schnell keinen Ärger mehr machen kann.«

»Mit siebzehn«, knurrte Danner. »Zehnte Klasse. Zwei Kumpel und ich.«

Zumindest nicht letzte Woche. Ich schloss die Augen. Ein bisschen Erleichterung konnte ich nicht leugnen.

»Wir fanden es lustig. Es war eine Mutprobe und ich hab nicht nachgedacht.«

»Hoppla«, sagte ich.

Danner ließ den Kopf in den Nacken kippen und betrachtete die vorüberziehenden, grauen Wolken. »Also schön, ich fand es normal. Mein Alter hat laufend Sprüche geklopft, auch wenn meine Mutter dabei war. Eine Frau hat zur Verfügung zu stehen, wenn es den Kerl juckt. Ein echter Mann hat nun mal einen Trieb. Und wenn die Alte nicht will, nimmt Mann sich eben eine Nutte, dafür gibt es die ja.«

Ich dachte an den gelähmten, alten Mann, der in diesen Augenblicken im Krankenhaus mit dem Tod rang. Hätte Gerhard Danner sich nicht in die Senilität verabschiedet, hätte ich sicher viel Freude an ihm gehabt.

»Wir sind also in den Puff und haben uns wie Helden gefühlt. Ich hab erst hinterher gecheckt, dass das Mädchen das nicht freiwillig gemacht hat. Sie ist heulend liegen geblieben und ich hatte keine Ahnung, wie ich mich verhalten sollte. Dann erst sind mir ihre zerstochenen Armvenen aufgefallen und ich habe geschnallt, dass sie die Kohle für den nächsten Schuss brauchte.«

Oh.

»Ich hab ihr mein ganzes Geld gegeben und bin abgehauen.«

Ich ließ die Arme sinken.

Danner räusperte sich. »Seitdem schlafe ich nur noch mit Frauen, bei denen ich sicher sein kann, dass sie Nein sagen, wenn sie nicht wollen.«

Sein Beuteschema war Resultat einer bewussten Überlegung? Ernsthaft?

Während er gesprochen hatte, war Danner geschickt näher an mich herangerückt.

»Von der Seite aus betrachtet, ist es sogar ganz praktisch, dass ich keinen teuren Schlitten und kein dickes Bankkonto habe. So brauche ich mir keine Sorgen zu machen, dass du wegen meiner Kohle mit mir schläfst«, fügte er achselzuckend hinzu.

Ich biss mir auf die Unterlippe. Zu spät, er hatte mich zum Schmunzeln gebracht.

Er nutzte die Gelegenheit und griff nach meiner Hand. Seine Berührung löste das bekannte warme Kribbeln auf meiner Haut aus, das sich wie ein Flächenbrand meinen Arm hinauffraß. Er verschränkte seine kräftigen Finger in meinen dünneren, längeren.

Nachdenklich betrachtete ich unsere Hände.

»Apropos reden: Was ist mit deinem Vater?«, testete ich an, wie ernst er es wirklich meinte. »Warum willst du ihn unbedingt am Leben halten?«

Danner zuckte zusammen. Ich spürte, dass sich sein Griff lockerte. Rasch hielt ich seine Finger fester.

»Nervensäge«, knurrte er.

Doch nach kurzem Überlegen antwortete er tatsächlich: »Ich würde mich mein Leben lang fragen, ob ich ihn absichtlich umgebracht habe, um nicht mehr für ihn zahlen zu müssen.«

Das war ehrlich.

»Tief im Westen«, unterbrach Grönemeyer unser Schweigen.

»Unbekannte Nummer«, stellte Danner beim Blick auf sein Handydisplay fest, bevor er den Anruf entgegennahm. »Ja, bitte?«

Im nächsten Moment hob er einen Daumen.

10.

»Na bitte.« Danner deutete mit dem Kopf auf Curlys schwarzen Haarbusch, der am Straßenrand auf uns wartete. Genauso gut hätte sie sich neben einen dieser Lkw mit den blinkenden Pfeilen auf der Rückfront stellen können, die auf Autobahnen auf eine gesperrte Fahrspur aufmerksam machten. Wäre ich auf der Flucht vor der Polizei, hätte ich längst zur Schere gegriffen. Oder zumindest zum Glätteisen.

Danner schepperte den Oldtimer quer zum Bordstein in eine schmale Garagenausfahrt, in der ein Warnschild mit dem Abschlepper drohte.

Wir näherten uns unserer Möchtegernklientin zu Fuß. Curlys Blick war suchend auf den Verkehr gerichtet. Sie hatte also nach wie vor Kontakt zu ihrer Exkollegin im Bordell. Und sie war bereit, zu ›Erwin‹ ins Auto zu steigen und sich Wer-weiß-wohin bringen zu lassen, um Wer-weiß-was mit ihm zu machen.

Da gab es Gesprächsbedarf, wenn wir diesen Fall wirklich übernehmen sollten.

»Schön, Sie wiederzusehen, Frau Schmidtmüller.« Danner zupfte sich seine graue *Glück-auf*-Mütze von der Glatze.

Curly wich vor ihm zurück und prallte gegen mich.

»Sie machen es uns nicht gerade einfach«, stellte ich fest.

Danner stülpte ihr seine Mütze über den Kopf und ließ

ihre signalartige Frisur darunter verschwinden. Na bitte. Harry Potters magischer Umhang hätte Curly nicht schneller unsichtbar machen können.

»Herr Danner, Frau Ziegler – ich kann das erklären.«

»Sie haben sich gedacht, Sie verdienen sich schnell noch die fünfhundert Mücken?«, fragte ich provozierend.

Curly zuckte ihre Schultern: »Esmeralda hat mich angerufen. Ich schulde ihr noch einiges an Miete.«

»Esmeralda?«

»Sie leitet das – Geschäft.«

»Sie werden von der Polizei gesucht und gehen wieder anschaffen?« Danners Stimme hatte einen brutalen Unterton bekommen. »Wollen Sie uns verarschen?«

Er hielt ihr den Zettel unter die Nase, auf dem sie uns mit ihrer Mädchenschrift um Hilfe bat. Wie passten ihre sorgfältig gemalten Buchstaben zu einer Professionellen, die, ohne zu zögern, zu ›Erwin‹ ins Auto gestiegen wäre?

»Wir fahren Sie jetzt zur Polizei und Sie machen Ihre Aussage«, erklärte ihr Danner bestimmt.

Curlys Augen wurden erschrocken groß: »Die stecken mich ins Gefängnis!«

»Nur bis Frau Ziegler und ich Sie wieder rausholen«, beruhigte Danner sie.

Curly stemmte skeptisch die Hände in die Seiten. Dann zerrte sie erneut die zerknüllten Geldscheine aus der Hosentasche und legte sie auf die Motorhaube. Ihre Finger verschwanden in den langen, feuchten Ärmeln ihres Kapuzenshirts. Sie hatte das Blut notdürftig ausgewaschen.

»Haben Sie Oran Mongabadhi eigentlich beklaut?«, erkundigte ich mich.

»Wie bitte?«

»Ich würde es nur gern wissen, bevor die Polizei es uns

erzählt«, versuchte ich es mit den Worten, die Danner bereits benutzt hatte.

Curly schwieg trotzig.

Bevor sie sich versah, hatte Danner sie am Handgelenk gepackt und schob den schlabberigen Ärmel ihres Pullovers hoch.

Wütend riss Curly ihm ihren Arm weg: »Seit ich bei Oran war, hab ich nichts mehr genommen, das hab ich doch gesagt, Mann! Und dass ich ab und zu an seinem Portemonnaie war, hat ihn nicht gestört«, erklärte sie mir bissig.

So unschuldig, wie sie aussah, war unsere Klientin nicht.

Curly holte tief Luft: »Also helfen Sie mir jetzt, wenn ich zur Polizei gehe?«

Ich nickte. Danner sammelte die Geldscheine von der Motorhaube und steckte sie in die Tasche.

»Wie sind Sie denn an den Traumjob im *Esmeralda* gekommen?«, erkundigte sich Danner, während er unseren Spitfire auf dem Ring in Richtung Polizeipräsidium lenkte. »Es wäre hilfreich, wenn die Polizei nicht mehr über Sie erfährt als wir.«

Curly nickte mit der Miene eines Rinds auf dem Weg zur Roulade. Dann berichtete so nüchtern, als würde sie von einem Bürojob beim Steuerberater sprechen. Von ihrem Realschulabschluss, bei dem schon ein halbes Jahr vorher abzusehen gewesen war, dass sie ihn nicht schaffen würde. Von ihrer Mutter, ihrem Stiefvater und ihrer jüngeren Halbschwester, die eine Eins in Mathe hatte und Klavier spielen konnte. Von Esmeralda, die sie am Bahnhof angesprochen hatte, als sie mal wieder die Schule schwänzte. Esmeraldas Andeutungen, dass Curly mit ihrem Aussehen viel Geld verdienen könne. Dass Esmeralda selbst in einer Model-WG lebe, in der sie Events und Partys für gut betuchte Gäste organisiere. Und dass rein zufällig gerade ein Zimmer frei gewesen sei.

»Als sie gesagt hat, dass sie von vielen interessanten und erfolgreichen Männern gebucht werden würden, hab ich schon geahnt, um was es ging«, gab Curly zu. »Ich bin ja nicht mehr zwölf. Aber so, wie sie es beschrieb, klang es richtig lässig: eine Dreihundert-Quadratmeter-Luxus-WG mit coolen Mädchen, eine Sauna, ein Whirlpool und ein ständig mit Champagner gefüllter Kühlschrank. Die Location würde oft für Firmenfeiern oder von Geschäftsreisenden gebucht, die den besonderen Service schätzten. Das klang sehr lässig und elegant.«

Danner nickte. Er hatte das Etablissement ja bereits besichtigt.

Und tatsächlich hatte Esmeralda offenbar nicht zu viel versprochen: Eine Anwaltskanzlei für Wirtschaftsrecht buchte für Treffen mit Klienten aus Japan, bei denen der Rund-um-sorglos-Service hübscher Mädchen offenbar zum guten Ton gehörte. Eine Bochumer Sportklinik verhandelte gern in stilvollem Ambiente mit dem Betriebsrat. Einige Mitglieder des örtlichen *Herrenklubs* kehrten regelmäßig nach Wohltätigkeitsveranstaltungen ein und eine Studentenvereinigung feierte seit Jahren Junggesellenabschiede im *Esmeralda.* Und natürlich schauten ein paar Fußballspieler vorbei.

»Mit Oran hab ich mich sofort verstanden. Wir haben Champagner getrunken und stundenlang gequatscht.« Curlys raue Stimme brach. Es klang für mich, als würde sein Tod sie wirklich erschüttern.

»Ein paar Tage später hat er mich für einen Hausbesuch bestellt und mich einfach nicht mehr zurückgebracht.«

Hm. Ein bisschen viel *Pretty-Woman*-Kitsch für meinen

Geschmack. So etwas passierte im echten Leben einfach nicht.

»Und Esmeralda hat Ihnen beiden zum Abschied alles Gute gewünscht?«, hakte auch Danner skeptisch nach.

»Na ja, Esmeralda war natürlich stinksauer«, gab Curly zu. »Sie hat nicht damit gerechnet, dass ich abhaue. Bis dahin war ich ihr bestes Mädchen, hat sie immer gesagt. Und die Mietschulden kleben mir bis heute am Hintern, ich habe drei Monate Kündigungsfrist in der Wohnung.«

Ich notierte Esmeraldas Namen auf meiner imaginären Verdächtigenliste.

Danner parkte den Wagen vor dem Polizeipräsidium und stellte den Motor aus.

»Gestern war ich beim Spiel und danach mit der Mannschaft im Stadioncenter essen«, kam Curly mit ihrer Schilderung beim Tod des Fußballers an.

Danner drehte sich auf dem Fahrersitz um, sodass er Curly beobachten konnte, während sie sprach.

»Als einige der Jungs angefangen haben, sich zu besaufen, bin ich abgehauen. Ich hab das Auto genommen, Oran hatte sein Motorrad da. Den Rest kennen Sie: Als er heute Morgen gegen vier immer noch nicht zu Hause war, hab ich mir Sorgen gemacht. Eine Party gab es nach der Niederlage ja nicht. Ich bin zum Stadion gefahren, um nach ihm zu sehen.«

»Moment«, bremste ich. »Ist Ihnen am Abend irgendwas aufgefallen? Gab es Streit mit irgendwem?«

Curly dachte kurz nach.

»Tilmann und Gutschenk haben 'nen Lauten gemacht, die fingen plötzlich wieder damit an, dass Oran zu Schalke wechseln wollte. Als sie dann auch noch mich blöde anmachten, bin ich gegangen. Oran hat mich noch zum Wagen gebracht, wollte aber nicht mit nach Hause.«

Staschek drehte sich samt Chefsessel zu uns um, als ich die gläserne Tür zu seinem Büro öffnete. Danner zupfte seine *VfL*-Mütze von Curlys verräterischer Lockenpracht und Staschek erhob sich aus seinem Stuhl.

Sekunden später stürzte sich Schnabelnase Wegner auf Curly und ließ unsere neue Klientin in einem Befragungszimmer verschwinden.

11.

»Wenn wir Curly glauben, dass sie ihren Freund nicht getötet hat – wovon wir überzeugt sein sollten, weil wir den Fall ja übernommen haben –, wer kommt dann als Täter infrage?«, überlegte Danner laut.

Ich nahm einen Stift, zog ein leeres Blatt aus dem Papierfach des Druckers und kritzelte meine bis dahin nur imaginäre Verdächtigenliste darauf.

1 *Ein rechtsradikaler Fan*
2 *Curlys Vater*
3 *Esmeralda*

Nach kurzem Überlegen ergänzte ich:

4 *Mongabadhis Mannschaftskollegen Tilmann und Gutschenk*

»Abzüglich des Schalker Fanblocks macht das etwa zwanzigtausend Verdächtige«, grinste Danner. »Und du hast sogar noch welche vergessen.«

Tatsächlich?

»Könntest du deinem begriffsstutzigen Lehrling freundlicherweise auf die Sprünge helfen, Meister?«, säuselte ich zähneknirschend.

»Was ist mit Detektivregel Nummer 1?«, erkundigte sich Danner liebenswürdig.

Ach ja.

Danners erste Regel zur Vorgehensweise bei privaten Ermittlungen lautete: Alle Alibis werden überprüft, aber die der Familie zuerst.

Damit hatten wir auch dieses Mal einen Ausgangspunkt für unsere Ermittlungen. Allerdings entpuppte sich dieses Vorgehen als nicht ganz einfach, denn der Name Mongabadhi war in Bochum häufiger vertreten, als ich erwartet hätte.

Sechsundvierzig Einträge fand ich im Telefonbuch. Als von den ersten zehn nur zwei Angerufene überhaupt meine Frage verstanden, gab ich auf.

In zahlreichen Zeitungsartikeln der Boulevardblätter fand ich jede Menge Kommentare zu Oran Mongabadhis Beziehung zu Curly:

> Als Profi verfügt ›Curly‹ über ein großes Repertoire an Techniken, mit denen sie ihren Freund verwöhnen kann – »Andere Mädchen in dem Alter sind mir zu unerfahren«, sagt Oran Mongabadhi – Berufserfahrung in der Sexarbeit scheint für moderne, junge Menschen kein Makel mehr zu sein.

Und so weiter.

Auf Oran Mongabadhis Familie hingegen gaben selbst die Privatsphärenvernichtungsmaschinen Google und Facebook keinerlei Hinweise. Entweder hatte seine Herkunft neben all dem Sex schlicht und einfach niemanden interessiert oder Oran Mongabadhi hatte der Öffentlichkeit einige Informationen bewusst vorenthalten. Auch wenn mir dieser Gedanke bei all den intimen Schlagzeilen, an denen er selbst nicht unbeteiligt zu sein schien, irgendwie absurd vorkam.

»Hier steht, dass er als Jugendlicher beim Ballsportverein Hiltrop gespielt hat«, las ich Danner aus einem älteren Artikel vor.

»Ein echter Bochumer Junge, hm?« Danner trat hinter mich und sah über meine Schulter hinweg auf den Monitor des PCs.

Ein Foto zeigte Ali Baba zusammen mit dem Anführer der vierzig Räuber: einem Riesen mit farbloser Fusselfrisur, platt geklopfter Boxernase und einem dunkel verfärbten Schneidezahn.

Dietmar Wöhler, Trainer der Hiltroper A-Jugend und Vorsitzender des *VfL-Fanclubs Blue Hope,* hat früh erkannt, dass Oran Mongabadhi das Zeug zum Bundesligaspieler hat, stand unter dem Bild.

»Planänderung«, erklärte Danner nach kurzem Nachdenken. »Wir fangen bei den Fußballfans an.«

Wer erste Liga spielt, ist nur zu feige für den Aufstiegskampf!

Staunend las ich die Aufschrift der schwarzen Trauerflagge, die am Fahnenmast im Biergarten der Fankneipe wehte.

Neben der Aufschrift war ein weißer Stinkefinger zu sehen. Offenbar hatten leidgeprüfte Fans bereits für den Fall des verpatzten Aufstiegs mit der passenden Flagge vorgesorgt. Oder einfach die Flagge vom letzten Jahr wieder hervorgekramt.

»Dat kommt davon, wenn man et zu weit treibt.«

»Ach, halt die Klappe! Ohne die neumodische, elektronische Pille wär's gar nicht so weit gekommen.«

An zwei Bierzeltgarnituren hatten sich schon wieder die hartgesottensten Fans versammelt. Oder sie waren gar nicht erst nach Hause gegangen.

Am Tisch, der uns am nächsten war, herrschte betroffenes Schweigen. Die blau gekleideten Männer und Frauen starrten trübsinnig in ihre Pappbecher.

Am zweiten Tisch hingegen wurde hitzig diskutiert.

»Ich hab gleich gesagt, lass die neumodische Scheiße sein. Sollen die Bayern sich mit dem Hightech rumschlagen. Wir spielen hier echten Fußball.«

Man prostete sich zustimmend zu.

Danner klopfte mit den Knöcheln auf den ersten, den schweigenden Tisch.

»Tach, Mädels und Jungs. Ich wollt mal hören, ob man bei euch mitmachen kann. Unserer Mannschaft kann Unterstützung in der nächsten Saison doch nicht schaden, oder?«

Die Runde musterte uns. Doch Danners *Glück-auf*-Mütze und mein Fanschal lösten zufriedene Grunzlaute aus.

»Kannste laut sagen, Mann!« Einige Becher erhoben sich zwischen den Fankäppis.

Ein Trikotträger mit rotem Gesicht und fusseligem, graublondem Haar erhob sich.

Und erhob sich.

Und erhob sich.

Wow, der Typ war mindestens zwei Meter groß. Als er Danner einen Arm auf die Schultern legte, sah der aus, als wäre er in die Fänge eines riesigen Schlumpfes geraten.

»Dietmar Wöhler, erster Vorsitzender.«

Sein linker, oberer Schneidezahn war dunkel verfärbt. Ich erkannte Ali Babas vierzigsten Räuber – der Mann war auf dem Foto in der Zeitung gemeinsam mit Oran Mongabadhi abgebildet gewesen. Volltreffer!

»Verrat mir deinen Namen und du kannst gleich unterschreiben. Die Aufnahmeanträge hab ich drinnen.« Wöhler deutete geschäftstüchtig auf die Kneipe.

»Ben Danner. Hast du denn auch einen Antrag für meine Süße, Dietmar?« Danner zog mich an sich.

»Schöne Frauen sind bei uns immer willkommen.« Ich schätzte Wöhler auf Anfang vierzig. Seine Nase war schief und sein Lächeln erreichte seine Augen nicht.

»Solange sie nicht vom andern Ufer sind«, ergänzte eine nicht mehr ganz nüchterne Stimme vom zweiten Tisch.

»Halt zur Abwechslung einfach mal das Maul, Günni!«, winkte Wöhler genervt ab. »Das Thema ist durch.«

»Du und deine Weiber, Diet! Ich kann ja wohl meine Meinung sagen«, pöbelte der Angetrunkene hinter uns unbeeindruckt weiter. »Dat kommt noch mal auffe Tagesordnung. Und diesmal hilft dir dein kleiner Kumpel nicht mit 'ner dicken Schlagzeile aus der Patsche.«

»Wovon redet der denn?«, erkundigte ich mich mit himmelblauem Augenaufschlag.

Wöhler winkte ab. »Eine Vereinskameradin hat neulich nach ihrer Scheidung eine neue Partnerin mitgebracht.«

Er sprach lauter in Richtung Tisch 2.

»Einige von uns mussten sich erst dran gewöhnen, aber die Sache ist vom Tisch.«

»Träum weiter, Diet.«

Eine Holzbank rumpelte und ein Bauch in einem straff gespannten Trikot erhob sich. Der Mann hatte die sechzig schon länger hinter sich gelassen und er trug seinen bürstenartigen, grauen Schnauzbart verdächtig schmal gestutzt.

Ein Gesinnungsgenosse meines rechtsorientierten Sitznachbarn aus dem Stadion, unterstellte ich, sonst hätte er die Adolf-Erinnerungs-Popelbremse doch wegrasiert.

»Als Nächstes reservierste noch Extraplätze für Schwule, oder wat?«, pöbelte der Dicke Wöhler weiter an. »Wir sind doch hier nicht auf Sankt Pauli.«

Wöhler verdrehte die Augen und schob Danner und mich in die Fankneipe.

Auf einer rustikalen Theke glänzte eine messingfarbene Zapfanlage, eine junge Aushilfe mit blonden Zöpfen spülte Biergläser ab. Die Wände schmückten Schwarz-Weiß-Fotografien aus hundert Jahren *VfL Bochum.* An der Garderobe bückte Wöhler sich nach einer speckigen Sporttasche.

»Für die Älteren ist es nicht so leicht zu akzeptieren, dass der Sport moderner wird«, zeigte Wöhler gutmütig Verständnis für seinen Kameraden. »Aber sie werden sich schon dran gewöhnen.« Er wühlte einen zerknickten Zettel aus der Sporttasche. Seit er das Ding geöffnet hatte, roch es in dem Raum nach getragenem Turnschuh. »Die Heidi ist schon ewig Mitglied bei uns. Ich schmeiße sie bestimmt nicht raus, nur weil sie jetzt eine Freundin mitbringt. Da kann Günni von mir aus vor Wut seinen Schal fressen.« Wöhler legte den Zettel und einen blauen Kugelschreiber auf den Tresen. »Hier. Tragt mal eure Namen, Adressen und Kontonummern ein. Der Beitrag wird abgebucht.«

In dem Moment verdunkelte sich die Kneipe. Das lag daran, dass Günnis runde Silhouette die offen stehende Tür zum Biergarten ausfüllte. Der Betrunkene lehnte sich kurz am Rahmen an, bevor er auf Wöhler zustolperte.

»Wir waren noch nicht fertig, Alter!«, polterte er. »Ich bin nicht der Einzige, der die Lesben nicht will! Die anderen kriegen nur die Schnauze nicht auf!«

Der Vereinsvorsitzende hob beschwichtigend die Hände: »Lass uns morgen in Ruhe drüber reden, Günni.«

Doch Günni war offensichtlich nicht der Typ für ruhige

Gespräche. »Du stehst auf die Lesben? Dann kannste ja ein Ali werden wie dein Kumpel Monkanaki. Die dürfen mehrere Weiber gleichzeitig halten. Aber nicht vergessen: Für deinen Kumpel ist es nicht so gut gelaufen. Würde mich nicht wundern, wenn seine kleine Freundin ihn auf dem Gewissen hat, wegen seiner Rumhurerei.«

Wöhler holte aus.

Günni taumelte zurück, griff sich mit beiden Händen an die Nase.

Verspätet gab die blonde Bedienung ein Quietschgeräusch von sich, das nur entfernt einem Protest ähnelte.

Respekt. Zehn Jahre Karatetraining verrieten mir, dass Wöhler Übung im Zuschlagen haben musste. Ein solches Tempo hatte ich nicht erwartet. Durch seine Größe und Masse wirkte er im ersten Moment eher schwerfällig, aber das war offensichtlich eine optische Täuschung.

Wöhler nahm eine Handvoll Servietten von der Theke und drückte sie Günni ins Gesicht: »Sorry. Reich fristgerecht einen Antrag ein, dann setzen wir das Thema in der Jahreshauptversammlung noch mal auf die Tagesordnung.«

Schimpfend trollte sich der Unruhestifter.

Ich betrachtete Wöhlers blaues Trikot genauer. Die Rückenmuskulatur des Mannes zeichnete sich V-förmig unter dem Stoff ab. Der war ganz gut im Training.

»Gar nicht so leicht, unter den Leuten für Ruhe zu sorgen, hm?«, stellte Danner fest.

Wöhler strich sich die Haarfransen aus der Stirn »Wir sind alle gerade ein bisschen durch den Wind. Im Radio haben sie behauptet, Oran Mongabadhi wäre tot.«

»Da ist was dran«, bestätigte Danner. »Ich hab es von einem Kumpel gehört, der bei den Bullen ist.«

Unter Wöhlers linkem Auge fing ein Muskel an zu zucken.

»Kanntest du Oran Mongabadhi denn persönlich, Diet?«, erkundigte ich mich mitfühlend.

Wöhler ließ sich seufzend auf einen Stuhl fallen und stützte das Gesicht in die Hände: »Logisch. Ich kannte ihn, seit er ein Knirps war. Ich trainiere doch schon ewig die Kids in Hiltrop.«

»Dann hast du ihn entdeckt?«, staunte ich.

»Sozusagen.« Wöhler richtete sich wieder auf. Seine Brust schwoll an vor Stolz. »Der wollte unbedingt spielen. Und der hatte das Zeug dazu, das hab ich sofort gesehen. Ich hab ihn fit gemacht für die Bundesliga. Als ich gehört habe, dass der Goldstein diese Saison nach Bochum kommt, wusste ich, dass das Orans Chance ist. Goldstein und ich kennen uns noch vom Studium, gleiche Studentenverbindung, ihr wisst schon.«

Klar. Das gute alte Vitamin B, das mir um ein Haar ein Jurastudium beschert hätte. Bei meinem Vater gesellten sich zu den alten Studienkollegen noch die Rotarier-Freunde, die Samstagsnachmittagsgolfpartie und die Herrenabende in der Sauna. Es hatte mich einige Mühe gekostet, meine Karriere als Staranwältin abzuwenden.

Und auch im Sport brachte man es mit Talent allein offenbar auch nicht weit.

»Auf meine Empfehlung hin hat Goldstein Oran zum *VfL* geholt«, erklärte Wöhler. »Nach einem halben Jahr war er in der Stammelf.«

Wöhler verstummte. Wieder fing sein Auge an zu zucken. »Hätt ich gewusst, wie es ausgeht, hätt ich's bleiben lassen.«

12.

»Und was hatte Oran Mongabadhi mit deinem Fanclubstreit wegen der lesbischen Mitglieder zu tun, Dietmar?«

Wöhler saß neben Danner im Spitfire, ich hatte mich auf den Notsitz gequetscht. In dem engen Oldtimer erinnerte der Fanclubvorsitzende an einen blauen Oger auf einem Bobbycar.

Den Zeitungsbericht über die Sache hatte mein Smartphone schnell parat: *Regenbogen statt blauer Hoffnung? – VfL-Nachwuchs Mongabadhi unterstützt lesbische Fans*, lautete die Schlagzeile.

»Na ja, bei der Sache hat er mir eben mal geholfen. Eine Hand wäscht die andere.« Wöhler versuchte, sich auf dem schmalen Sitz umzudrehen, um mich anzusehen, während er sprach. Es klappte nicht.

»Der Günni hat den älteren Mitgliedern weisgemacht, Heidi und Elsi wären bei einem Homostammtisch besser aufgehoben.« Wöhler tippte sich an die Stirn. »Ich musste mir was einfallen lassen, um ihn zum Schweigen zu bringen, also hab ich Oran um Hilfe gebeten. Wozu kenn ich denn einen *VfL*-Spieler? Nach dem Zeitungsartikel hat es keiner mehr gewagt, Heidis Rausschmiss zu fordern.«

Kein Wunder. Mein Handy zeigte mir inzwischen das zum Artikel gehörige Foto: Zwei Frauen Mitte fünfzig küssten Ali Baba rechts und links auf die babyarschglatten Teenagerwangen, während er verschmitzt in die Kamera zwinkerte. Ein Superbild. Kein Wunder, dass die Presse so gern über ihn berichtet hatte, der Typ hatte schon genau gewusst, wie er dicke Schlagzeilen und schöne Bilder produzierte. Mit dem Augenzwinkern hatte er dem Thema *Homophobie im Fanclub* die Aufmerksamkeit verschafft, die Wöhler sich gewünscht hatte.

BOCHUM TRAUT SICH AUCH

Heidi M. und Elsi G. sorgen als erste, offen lesbische Mitglieder des traditionsreichen Fanclubs *Blue Hope – Die Hoffnung stirbt zuletzt* für Wirbel. Obwohl längst bekannt ist, dass Homosexualität auch im Profifußball ihren Platz hat, ist Homophobie oft noch ein Problem. Bochums Nachwuchsstürmer Oran Mongabadhi kann das nicht verstehen: »Ob die Fans mit ihrem Mann oder ihrer Frau zum Spiel kommen, ist mir ehrlich gesagt scheißegal«, findet der junge Spieler deutliche Worte. »Hauptsache, sie stehen hinter uns!«

Mongabadhi zumindest hatte hinter seinem alten Kumpel Dietmar Wöhler gestanden.

»Voraussetzung für die Aufnahme in unserem Fanclub ist die Liebe zum *VfL,* nicht die zu einem heterosexuellen Partner«, betont auch Vereinschef Dietmar Wöhler. »Ich werde alles dafür tun, dass das auch in Zukunft so bleibt.«

Dieser Fanclub zeigt, wie es gehen kann.

Während Danner und Wöhler sich in ein Gespräch über Mongabadhis fußballerische Gehversuche im Hiltroper Ballspielverein vertieften, listete die Internetsuchmaschine weitere Zeitungsartikel über Mongabadhi auf.

Das Schlagwort war immer das gleiche: *Sex, Sex, Sex* und *Sex. Sex, Drugs and Rock 'n' Roll nach Auswärtssieg – »Meine Jungs haben sich eine große Sause verdient«, sagt Trainer Goldstein – »Andere in meinem Alter saufen sich ins Koma« –*

Nachwuchsspieler Mongabadhi vergnügt sich lieber mit schönen Frauen.

Dass er Frauen mit Schnaps verglich, machte Mongabadhi nicht gerade zu meinem persönlichen Sympathieträger. Wie konnte der Typ mit knapp neunzehn so abgefuckt sein?

»Ja, hier hab ich also den Jungen entdeckt.« Dietmar Wöhlers Blick schweifte über den leeren Bolzplatz, der vor den Toren abgewetzt und erdig war.

Danner und der Fanclubvorsitzende waren sich inzwischen einig, dass es sich bei Oran Mongabadhis Tod um eine Sauerei handelte, bei deren Aufklärung die Polizei unterstützt werden müsse.

Bereitwillig erzählte Wöhler von seinem Schützling: »Oran war mit Abstand der Beste in seinem Jahrgang. Nur Ricardo konnte ansatzweise mithalten, aber er hatte es technisch lange nicht so drauf.«

»Sind denn Orans Eltern auch fußballbegeistert?«, tastete Danner sich an Mongabadhis sorgfältig privat gehaltene, familiäre Situation heran. »Haben die ihn gleich als Zwerg angemeldet, damit er die ganz große Karriere machen kann?«

Wöhler grinste schief. Diesmal war sein Lächeln echt. »Nee, zum Glück nicht. Als Trainer schlägst du dich ja mehr mit den Vätern als mit den Kindern rum. Die drohen vom Spielfeldrand aus Sechsjährigen Schläge an, wenn einer dem eigenen Söhnchen den Ball abluchst. Aber Orans Eltern sind nie aufgetaucht. Nicht mal bei den wichtigen Spielen haben die sich blicken lassen.«

Wöhler verstummte, offenbar fiel ihm in diesem Moment wieder ein, dass der kleine Oran aus seiner Erinnerung nicht mehr lebte.

»Oran ist von selbst gekommen. Schon als Knirps hat er

bis spät abends beim Training zugesehen.« Wöhler deutete an den Spielfeldrand gegenüber, als könnte er dort noch immer einen schmächtigen, glutäugigen Jungen hocken sehen. »Die Südländer sehen das mit der Bettruhe ja oft nicht so eng. Irgendwann hab ich ihn mitkicken lassen. Seine Eltern haben immer brav den Beitrag gezahlt. Aber aufgetaucht sind sie nie, obwohl sie gleich dahinten wohnen.«

Wöhler deutete auf einen hellblauen Wohnblock, der die Reihenhäuser der ehemaligen Zechensiedlungen überragte.

»Hatte Oran heute noch Freunde hier im Verein?«, erkundigte sich Danner.

Wöhler rieb sich grinsend den Bauch: »Freundinnen würde ich eher sagen. Ich schätze, jedes kleine Mädel hier hat ein Poster von ihm über dem Bett hängen.«

»Hatte er denn eine feste Freundin, als er noch in Hiltrop gespielt hat?«, hakte ich nach.

»Sicher.« Wöhler schüttelte den Kopf. »Deswegen begreife ich nicht, was der Quatsch mit der Nutte sollte. Bezahlen musste Oran garantiert nicht, um Spaß zu haben.«

Wöhler hatte recht. Die Bordellbesuche waren ein Rätsel, Ali Baba hätte problemlos jeden Abend ein anderes Fußballgroupie abschleppen können. Wieso hatte er trotzdem für Frauen bezahlt? Stand er drauf, wenn sie wie ein Huhn gackerten, ihm den Arsch versohlten oder beim Sex seine schwitzigen Fußballschuhe trugen? Irgendwelche perversen Spielchen, zu denen sich nicht jeder x-beliebige Teenager überreden ließ?

»Zuletzt war er mit der Sophie zusammen«, holte Wöhler mich aus meinen Gedanken zurück auf den Bolzplatz. »Sophie ist die Torhüterin unserer A-Jugend, ein Klassemädchen. Bestimmt ein Jahr lang waren die beiden unser Traumpaar.«

»Bis eine Prostituierte Mongabadhi den Kopf verdreht hat?«

Wöhler zuckte die Schultern: »Als er zum *VfL* wechselte, hat er Schluss gemacht. Dann kamen die Schlagzeilen über die Nutte. Ich dachte erst, die Presse spinnt.«

»Und wie hat Sophie auf Orans neue Freundin reagiert?«

Wöhler zog die Brauen hoch, als hätte ich mich erkundigt, ob der Ball auch wirklich ins Tor musste. »Die ist ausgeflippt. Ist doch klar.«

Mein Blick traf den von Danner.

»Und die Sophie wohnt auch hier in Hiltrop, Diet?«, erkundigte der sich.

13.

Sophie Meister war siebzehn Jahre alt und besuchte das örtliche Gymnasium. Sie lebte mit ihren Eltern in einem zartrosa Reihenmittelhaus einer ehemaligen Zechensiedlung. Im Vorgarten stand ein Dekoreiher aus rostigem Stahl neben einem von drei Goldfischen bewohnten Miniaturteich, einer gemauerten Kräuterspirale und einem Insektenhotel. An der Tür hing ein sommerlicher Blumenkranz mit Willkommensholzschildchen.

Eindeutig war hier weiblicher Nestbauinstinkt am Werk. Drinnen würden wir vermutlich auf eine Kommode im Landhausstil stoßen. Und auf einige dieser nervenberuhigenden Gartenzeitungen, deren spektakulärste Reportagen den Kürbisanbau auf dem Kompost schilderten.

Nett.

Die Nestbauerin öffnete uns die Tür. Sie war hochgewachsen und schlank, mit blonden Strähnchen im durchgestuften, schulterlangen Haar und getuschten Wimpern. Häuslich, aber schick. Eine, die neben Haushalt und Kindern auch noch die Friseurtermine geregelt bekam.

»Sind Sie von der Polizei?«, begrüßte sie uns erschrocken. Die Nachricht vom Tod des Fußballers war in Hiltrops Reihenhäuschen angekommen.

Ich straffte die Schultern.

»Frau Meister? Mein Name ist Ben Danner, das ist meine Kollegin Lila Ziegler«, sagte Danner. »Wir suchen Sophie Meister. Wir würden gern mit ihr über Oran Mongabadhi sprechen.«

Tatsächlich nahm die Frau, die anscheinend Sophie Meisters Mutter war, die Antwort auf ihre Frage als gegeben hin. Sie trat zur Seite und bat uns mit einer Armbewegung herein.

»Wir haben es im Radio gehört. Es ist ein Schock für Sophie, sie ist zwar schon eine Weile nicht mehr mit Oran zusammen, aber er ist – war nun mal ihr erster Freund.«

Wir folgten der Frau durch einen schmalen Flur in einen geräumigen, in warmen Gelbtönen gestalteten Wohnraum. Auf der blank polierten Glasplatte des Couchtisches entdeckte ich tatsächlich eine Gartenzeitschrift. Sie titelte reißerisch: *Blumensträuße vom Feld.*

Die Nestbauerin durchquerte das Wohnzimmer und führte uns durch eine zweiflügelige Glastür auf eine Terrasse, auf der sich sämtliche Hobbygärtnertipps umgesetzt fanden. »Wenn Sie sich setzen wollen …?«

Auf dem wetterfesten Tropenholztisch standen eine Kaffeekanne, mehrere Tassen und Wassergläser, in denen einzelne große Blüten schwammen. Die Maisonne hatte den Nebel vertrieben und suchte sich ihren Weg durch die Weinranken, die das Holzgerüst der Pergola zum grünen Dach machten.

»Bedienen Sie sich. Ich hole Sophie.«

Die Frau kehrte ins Haus zurück.

Ich ließ mich auf eine der dicken, grün karierten Sitzauflagen sinken und betrachtete nachdenklich die mit der Öffnung nach unten auf dem Tisch stehenden Kaffeetassen.

Als hätte sie auf uns gewartet.

Aber vielleicht gehörte Sophies Mutter einfach zu der Sorte Frau, die immer auf alles vorbereitet war und sogar nachts um elf aus dem Bett geklingelt noch einen selbst gebackenen Kuchen aus irgendeiner Schublade hervorzog.

Drinnen knarrten die Holzstufen einer Treppe.

Danner drehte eine Kaffeetasse um.

»Sophie?« Frau Meister rief den Namen ihrer Tochter leise. Behutsam. Als wollte sie sie nicht stören. »Sophie?«

Die feinen, blonden Härchen auf meinen Unterarmen sträubten sich. Ich hob den Blick zur Decke, war aber leider nicht in der Lage, per Röntgenblick hindurchzusehen.

»Sophie?«

Danner stellte die Kaffeekanne wieder auf den Tisch.

»Sophie! Hörst du nicht, dass …? O mein Gott!«

Wir sprangen gleichzeitig von unseren Stühlen.

Ich quetschte mich vor Danner durch die Terrassentür und erreichte die Treppe als Erste. Die Stufen knackten, als ich hinaufsprang.

Im ersten Stock stand eine *VfL*-Blau lackierte Tür offen. Mit einem Blick erfasste ich die Bettwäsche mit Fußball-Emblem und die postergroßen Fotos von Oran Mongabadhi an den Wänden. Hier war definitiv jemand noch nicht über die Trennung hinweg.

Das Mädchen lag auf dem Bett. Die Mutter schüttelte es an den Schultern, sodass sein Kopf in den Nacken kippte. Trotzdem blieb Sophie benommen.

Ich bemerkte eine Pappschachtel auf dem Nachttisch.

»Lass mich …«, lallte Sophie.

Ich trat neben das Bett und griff nach der unscheinbaren, orange-weißen Schachtel, aus der ein Streifen Plastik ragte.

Tabletten. Schlafmittel. Flurazepam.

Kannte ich.

Ich greife den antiken Metallknauf, ziehe die oberste Schublade der Schminkkommode auf. Die Pappschachteln und Fläschchen stehen sorgfältig sortiert in Reih und Glied. Neben drei Flaschen Sekt und einer Flasche Champagner. Ich krame und lese: Baldrian und Johanniskraut, Diazepam, Morphinpflaster und sogar Propofol, das mehr oder weniger versehentlich Michael Jackson gekillt hat und eigentlich nur bei Epilepsie verordnet wird. Wie ist sie denn da rangekommen? Egal. Wo ist es denn? Aha, Flurazepam. Wusste ich's doch.

Danner griff nach der Schachtel in meiner Hand: »Was ist das für ein Zeug?«

Sophies Mutter ließ ihre Tochter zurück aufs Bett sinken.

»O Gott! Mein Schlafmittel!«

Auf diese Situation war sie definitiv nicht vorbereitet gewesen. Panisch hämmerte sie mit der Faust auf den Brustkorb des Mädchens ein. Es gab ein schreckliches, dumpfhohles Geräusch.

Ich packte ihren Arm.

»Von dem Zeug stirbt man nicht«, versuchte ich sie zu beruhigen. »Eine kalte Dusche und Ihre Tochter ist wieder fit.«

»Wirklich?«, wimmerte sie ungläubig.

»Garantiert«, versicherte ich.

Sophie hustete und fing im nächsten Moment bereits an zu kreischen: »Was soll das denn? Spinnt ihr? Das ist ja arschkalt!«

Danner hielt dem Mädchen den eisigen Wasserstrahl gleich noch einmal ins Genick.

Ich lehne bibbernd an der Wand, spüre die Fliesen im Rücken, den harten Wasserstrahl wie eine kalte Faust im Nacken. Ich bleibe eine Memme.

»Na bitte«, erklärte ich. »Schon ist sie wieder wie neu.«

Sophies blaue Augen starrten mich feindselig an. Sie war durchtrainiert, aber trotzdem feminin und hatte ein hübsches, ovales Gesicht. Und einen wirklich, wirklich bösen Blick.

Ich lächelte höflich.

Kurz darauf saß Sophie mit nassen Haaren und in einen Bademantel aus orangefarbenem Frottee gehüllt auf der Terrasse in der wärmenden Maisonne.

»Sie wissen also vom Tod Ihres Exfreundes«, begann Danner die Befragung gewohnt taktvoll.

Sophie bedachte nun ihn mit einem hasserfüllten Blick.

»Wie haben Sie davon erfahren? Wann? Und wo waren Sie heute Nacht?«

Sophie bemühte sich, Danner weiter wütend anzufunkeln, doch in ihren Augen stieg unaufhaltsam das Wasser.

Da Danners Rolle bei der bekannten Befragungsmethode ›Lieber Bulle – fieser Bulle‹ festgelegt war, blieb auch mir keine Wahl.

»Sie haben Oran beim Fußball kennengelernt?«, erkundigte ich mich sanft.

Sophies Blick heftete sich erleichtert an mich.

»Er war Ihr erster Freund?«

Sie nickte.

»Dietmar Wöhler sagt, Sie waren fast ein Jahr zusammen!?«

»Dreihundertsechzehn Tage.«

»Aha. Dann haben Sie bestimmt auch Orans Eltern kennengelernt, oder?«

»Klar.«

»Und? Hatten die was einzuwenden gegen Sie? Ich meine, als Freundin ihres Sohnes?«

Sophie runzelte verständnislos die Stirn. »Nö. Die mochten mich.«

Klar.

»Aber er hat mit Ihnen Schluss gemacht, als der *VfL* ihn unter Vertrag genommen hat und Sie nicht mehr in sein Leben passten? Eiskalt?«

»Nein!«, protestierte Sophie reflexartig. Dann besann sie sich. »Eigentlich doch«, gab sie zu. »Er hat immer gesagt, dass er alles tun würde, um beim *VfL* zu spielen. Er hatte wie ein Wahnsinniger dafür trainiert. Aber ich hab nicht geahnt, dass er damit auch eine Trennung von mir meinte. Eben haben wir noch bei Aldi Einkaufswagen geklaut ...«

Sophies Mutter öffnete den Mund, als wollte sie etwas sagen. Mein warnender Blick ließ sie den Mund glücklicherweise wieder schließen.

»... und dann war er plötzlich mit dem Teambus ins Erzgebirge unterwegs, während ich in der Schule saß und Französischvokabeln paukte. Plötzlich sprach er nur noch über Trainingspläne und einen Leasingvertrag für einen BMW.«

»Und daraufhin hat er mit Ihnen Schluss gemacht?«

Sie schnaufte verächtlich. »Er hat sich einfach nicht mehr bei mir gemeldet.«

Ein Schwanzeinzieher also.

»Unsere Verabredungen hat er per SMS abgesagt. Ein paar Wochen später hab ich dann in der Zeitung gelesen, was ihn so beschäftigt hat.«

Sophies Gesicht verzerrte sich, als hätte sie Schmerzen.

»Nämlich?«

»Das weiß doch jeder«, knurrte sie. »Der Goldstein hat ihm einen Wellnesstag im Puff verordnet. Und da hat er *sie* kennengelernt.«

»Der Trainer?«

»Pfffft«, machte sie verächtlich. »Klar, ging doch sogar durch die Presse, dass die Mannschaft nach jedem Sieg mit einer richtig geilen Party belohnt wird. Aber –« Ihre Stimme kippte und sie verstummte.

Ihre Mutter nutzte den Moment, um erneut den Mund zu öffnen.

»Hätten Sie vielleicht noch einen Kaffee für mich, Frau Meister?« Danner schob ihr die Kanne unter die Nase, obwohl die noch lange nicht leer sein konnte.

»Natürlich.« Sophies Mutter erhob sich reflexartig und verschwand in Richtung Küche.

Danner tippte unter dem Tisch mit dem Stiefel mein Schienbein an.

»Dass Ihr Exfreund selbst auf die Idee gekommen ist, ein Bordell zu besuchen, können Sie sich nicht vorstellen?«, versuchte ich, den Faden wieder aufzunehmen.

Sophie krallte ihre Fingernägel in die Handrücken, wo sie mondsichelförmige, blaue Abdrücke hinterließen.

Danner stand auf und trat von der Terrasse in den angrenzenden, kleinen Garten. Zielstrebig steuerte er auf den Komposthaufen zu, als hatte er eben bemerkt, dass es dort das viel diskutierte Geheimnis auf Abfällen wachsender Kürbispflanzen zu klären galt.

Sophie sah ihm kurz nach, dann stützte sie die Ellenbogen auf den Tisch und beugte sich zu mir herüber.

»Er hat immer behauptet, als gläubiger Moslem müsse er als Jungfrau in die Ehe gehen«, gestand sie.

Wie bitte?

»Sie meinen, er war nie mit Ihnen im Bett?«, brachte ich die Sache auf den Punkt.

Das verlieh dem Märchen von *Pretty Woman* ja ein ganz neues Gewicht.

»Ich bin voll drauf reingefallen. Aber kaum spielt er in der Zweiten Bundesliga, geht er mit seinen tollen, neuen Freunden zum Feiern ins Bordell. Und nimmt sich dann die erstbeste Nutte mit nach Hause. Ich bin so doof gewesen.«

Wow. Oran Mongabadhi hatte Curly nicht nur sein Herz, sondern auch seine zuvor sorgfältig gehütete Jungfräulichkeit geschenkt.

Sophie hielt ihren Kopf mit beiden Händen fest, als fürchtete sie, er könne herunterfallen.

»Die Tussi hat ihn um den Verstand gebracht. Ich hab gedacht, ich könnte ihn zur Vernunft bringen. Aber ich kam ja gar nicht mehr an ihn ran. Und ans Telefon ist er auch nicht gegangen. Sonst hätte ich ihm klargemacht, wie bescheuert er sich benimmt.«

»Waren Sie gestern im Stadion?« Danners scharfe Frage bewies, dass seine Aufmerksamkeit keineswegs dem Kompost gegolten hatte.

Sophie kapierte sofort, was er unterstellte: »Nein! Ich meine, ich war natürlich beim Spiel, aber ich habe nicht mit Oran gesprochen.«

Ich betrachtete die drahtige, durchtrainierte Figur des Mädchens. Rein körperlich war es vielleicht nicht völlig ausgeschlossen, dass sie ihren Exfreund niedergeschlagen und erschossen hatte. Vorstellbar war es nicht.

»Sie waren gestern im Stadion?«, fragte Danner noch einmal nach.

»Ja.« Sophies Mutter war mit der Kaffeekanne in der Hand

in der Tür stehen geblieben. Der Plastikdeckel klapperte. »Mit mir zusammen.«

»Ist jemand von Ihnen im Schützenverein? Oder Jäger?«

»Nein.«

»Haben Sie Waffen im Haus?«

»Nein!« Der Kaffeekannendeckel fiel auf die Steinplatten der Terrasse. »Wir waren gegen elf zu Hause und haben noch zusammen ferngesehen«, erklärte Sophies Mutter bestimmt.

»Navi CIS«, ergänzte Sophie.

14.

»Da ist es.«

Danner parkte am Straßenrand vor dem hellblauen Mehrfamilienhaus, das aus den Hiltroper Häuserreihen herausragte. Vor uns stand ein silberfarbener Smart, der mir irgendwie bekannt vorkam.

BO KW 79, las ich das Kennzeichen.

»Wie heißt Schnabelnase noch mal mit Vornamen?«

»Wer?«

»Gibt es ein Sternchen in meinem Azubizeugnis, wenn ich dir das Kennzeichen des Wagens der eifrigsten Spionin Bochums nennen kann, Meister?«

»Katrin«, sagte Danner. »Du hast recht, das ist die Karre von der Wegner. Angesichts seiner vierzehnköpfigen Soko hätte Lenny zu Mongabadhis Eltern auch jemanden schicken können, der mehr Einfühlungsvermögen als ein Kühlschrank besitzt.«

»Schnabelnase wird uns kaum einen Stuhl anbieten, damit wir es bequem haben, während wir bei ihrer Befragung zuhören«, vermutete ich.

Mein Kosename für Staschecks unsympathischste Kommissarin ließ ein Grübchen zwischen Danners Bartstoppeln auftauchen. »Dann müssen wir jetzt wohl eine Pause machen.«

»Sollten wir nicht mal im Krankenhaus vorbeifahren?«, erkundigte ich mich, obwohl ich ahnte, dass Danner die Frage nicht hören wollte.

Prompt verschwand das Grübchen.

»Die melden sich schon, wenn es was Neues gibt.«

Also pausierten wir auf einem Stück Wiese hinter dem Hiltroper Bolzplatz. Ich lag auf dem Bauch im Gras und vertrieb mir die Zeit, indem ich mein Smartphone mit Suchwörtern zu unserem Fall fütterte. Danner lag mit geschlossenen Augen auf dem Rücken.

Dass Sophie Meister dem alles in allem fähigen *VfL*-Trainer die Schuld an Orans Verhalten zuweisen wollte, hatte mich neugierig gemacht. Und tatsächlich lieferte Google eine ganze Flutwelle an Informationen zum Stichwort ›Goldi‹. Samt Bildern.

Simon Goldstein hatte kupferrotes, kurzes Haar und dunkelgraue Augen. Sein Gesicht war männlich markant und glatt rasiert, darunter hatte er den dunklen Bundestrainerschal lässig über die Schulter geworfen.

Kein Freund von Traurigkeit: Trainer-Neuentdeckung Simon Goldstein feiert die erfolgreiche Saison beim Zweitligisten Paderborn mit seiner Mannschaft.

»Schöne Frauen motivieren mich«, verrät der Trainer.

Solche Machosprüche brachten Goldstein bei der jungen Torhüterin vermutlich keine Pluspunkte ein. Doch der Artikel war über ein Jahr alt.

Dass Simon Goldstein den unschuldigen kleinen Oran Mongabadhi hinterhältig ins Bordell gelockt hatte, konnte ich aus seiner Vorliebe für schöne Frauen nicht unbedingt schließen.

Auch wenn Sophie Meister das gern so hätte.

Großartiger Trainer und ausgezeichneter Networker, titelte der nächste Bericht.

Unter der Leitung des neuen Trainers Simon Goldstein (41) gewinnt der VfL Bochum die ersten drei Spiele der Saison. Außerdem hat der Coach dem Verein neue Sponsoren beschert. »Die dringend benötigte neue Videoleinwand kann realisiert werden«, gab der Vorstand heute bekannt. Goldstein, der nach einem knappen Jahr als Cheftrainer in Paderborn noch als Neuling in der Zweiten Bundesliga bezeichnet werden kann, scheint sich als echter Glücksgriff zu entpuppen.

Hm.

»Die durchgeknallte Exfreundin gibt eine brauchbarere Mordverdächtige ab.« Danner hatte die Tatenlosigkeit nicht lange ausgehalten, sondern mir über die Schulter gesehen.

»Das glaubst du doch selbst nicht.« Mir gelang es immer noch nicht, mir auszumalen, wie Sophie Meister Ali Baba erschoss.

Danner streckte sich wieder aus und verschränkte die Arme im Genick. »Ich hoffe es sogar, denn sonst bleibt unsere Klientin weiterhin die Alleinverdächtige in diesem Fall. Jedenfalls tickt die Meister nicht richtig.«

»Wo soll eine siebzehnjährige Schülerin denn eine Waffe herhaben?«

»Schwarzmarkt? Ausland?«

»Klar, sie hat zwar noch keinen Führerschein, aber vielleicht hat sie sich ja mit dem *Schönes-Wochenende-Ticket* auf den Weg zur polnischen Grenze gemacht«, spottete ich. »Und die großkalibrige Wumme hat sie auf der Rückfahrt zwischen den Schulbüchern in ihrem Rucksack versteckt, oder was?«

»Es gibt den Führerschein mit siebzehn, und einen Kumpel über die Grenze zu schicken, ist auch kein Thema. Kein Schwein kontrolliert heute noch den Kofferraum.«

Ich schüttelte den Kopf: »Und unter ihrem Bett hat sie ein paar Atomsprengköpfe liegen?«

»Sie ist eine Psychopathin, sie hat versucht, sich das Leben zu nehmen.«

»Die hat sich nicht vor die S-Bahn geworfen, sondern nur ein paar Pillen geschluckt«, widersprach ich. »Noch dazu harmlose Pillen.«

Ups. In dem Moment, in dem mir die Worte rausrutschten, erkannte ich meinen Fehler.

Zu spät.

Danner rollte sich auf den Bauch, sodass er mein Gesicht sehen konnte: »Woher wusstest du das eigentlich?«

Diesen Gesichtsausdruck kannte ich. Er gaukelte mir vor, dass er mich durchschauen konnte, dass er sowieso schon alles wusste und ich es genauso gut zugeben konnte.

Darauf fiel ich schon lange nicht mehr herein.

»Ich gebe dir bei Gelegenheit mal Nachhilfe in Medikamentenkunde«, versprach ich. »Vorher sollten wir uns endlich Mongabadhis Eltern ansehen. Immerhin sind die davon ausgegangen, dass ihr Sohn als Jungfrau in die Ehe geht, während der sich im Bordell vergnügt hat. Das kann schon mal an der muslimischen Familienehre kratzen, oder?«

»Nur, wenn Oran ein Mädchen gewesen wäre«, meinte Danner. »Ich würde nicht auf die Eltern wetten.«

»Aber auf einen Teenie mit Liebeskummer, oder was?«

Danner hielt mir herausfordernd die Hand hin.

Ich zögerte skeptisch.

»Wenn du falsch liegst, kochst du für mich«, schlug Danner vor.

»Auch lebensmüde, hm?«, bemerkte ich, als ich seine Hand griff.

15.

Ein Engel öffnete uns die Tür.

Er trug ein weißes T-Shirt mit Spitzen am Ausschnitt, eine gut sitzende, helle Jeans und Schuhe mit Absatz. Dunkle Locken fielen dem Mädchen in ihre großen, traurigen Augen.

Ein handgeknüpfter Wandteppich, der Spiegel mit Goldrand und der Geruch nach Thymian und Koriander bestätigten beim Betreten der Wohnung meine Vorstellungen einer traditionsbewussten, muslimischen Familie.

Allerdings wollte die helle Jeans des Engels, der uns die Tür geöffnet hatte, nicht recht zu dem Teppich passen: Auf dem rechten Oberschenkel, von der Hüfte bis zum Knie, glitzerte ein Schriftzug aus Strasssteinen. *Dolce & Gabbana.* Und auch auf das ultimative Symbol der Frauenunterdrückung, das Kopftuch, verzichtete das Mädchen. Ihre lange, lockige Mähne hatte sie mit Haarspray auf Volumen gebracht. Die Wimperntusche war verlaufen. Kriminalkommissarin Wegner hatte der Familie eben erst die Nachricht vom Tod Oran Mongabadhis überbracht.

»Wer ist da, Shirin?«

Ein Mann mit grauem Schnurrbart, weißem Haar und Brille kam auf uns zu. Die Brille mit den runden Gläsern und dem dünnen Metallrahmen ließ ihn an einen Geschichtslehrer erinnern, doch seiner drahtig-sportlichen Figur nach handelte es sich um den Vater des toten Fußballers.

»Ben Danner. Das ist meine Kollegin Lila Ziegler. Tut mir leid, dass wir Sie an diesem schlimmen Tag noch einmal belästigen müssen. Sie sind Oran Mongabadhis Vater?!«, begann Danner.

»Anoush Mongabadhi«, nickte der Mann. »Das ist meine Tochter Shirin.«

Die kleine Schwester des Toten.

»Im Verlauf der Ermittlungen sind noch ein paar Fragen aufgetaucht, die die Kollegin Wegner bei ihrem Besuch eben noch nicht berücksichtigen konnte«, fuhr Danner fort.

Anoush Mongabadhi winkte uns ins Wohnzimmer.

Jetzt tauchte auch Oran Mongabadhis Mutter auf. Ich erkannte sie an ihrem Gesicht, ihr toter Sohn hatte es von ihr geerbt. Viel mehr als das Gesicht war von der Frau auch nicht zu erkennen, denn im Gegensatz zu ihrer halbwüchsigen Tochter war sie traditionell gekleidet. Ein eng um den Hals geschlungenes, buntes Kopftuch, ein langärmliger Pullover und ein bodenlanger Rock verbargen züchtig Körper und Haar.

Mit wedelnden Handbewegungen scheuchte sie Shirin aus dem Zimmer.

Das Wohnzimmer war der Versuch, zwei komplette Kulturen in einem mittelgroßen Raum unterzubringen. Der Flachbildfernseher stand auf einem praktischen Multimediatischchen, in dem eine teure HiFi-Anlage verstaut war. Daneben lehnten mehrere Teppichrollen an der Wand. Über dem Schreibtisch, auf dem ich drei Laptops zählte – unter anderem auch ein pinkfarbenes Gerät –, trockneten Kräuterbüschelchen an einer Wäscheleine. Die in ein überladenes

Bücherregal eines skandinavischen Herstellers integrierte Glasvitrine war mit handbemalten Mokkatassen gefüllt.

Der Vater ließ sich mit einer geschmeidigen Bewegung auf einem dicken Kissen vor einem niedrigen Tischchen nieder. Er lud uns mit einem Handzeichen ein, uns ebenfalls zu setzen.

Im Vorbeigehen musterte ich die Bücher im Regal. Bildbände über Iran, Irak, Arabien. Persische Geschichte. Orientalische Märchen neben – Goethe?

Oh.

Schiller, Lessing, Mann. Günther Grass' *Katz und Maus.*

Ich plumpste auf ein Sitzkissen neben Danner. Der versuchte noch immer, seine Beine zum Schneidersitz zu sortieren. Nach kurzem Bemühen gab er auf und stellte das rechte Bein auf, während er das linke anwinkelte.

»Es werden nicht die letzten Fragen sein, die wir Ihnen im Laufe unserer Ermittlungen stellen müssen«, erklärte er. »Was halten Sie von Sophie Meister?«

»Sophie? Sie ist ein sehr liebes, kluges Mädchen. Wir alle mögen sie. Eine Schande, dass Oran so respektlos mit ihr umgegangen ist.«

Schande. Da war es ja schon, das böse Wort.

Mongabadhis Mutter verharrte mit zusammengekniffenen Lippen neben der Tür.

»Obwohl Sophie keine Muslima ist?«, erkundigte ich mich.

Mongabadhi faltete bedächtig die Hände. »Ich lebe mit meiner Familie seit fünfundzwanzig Jahren in Deutschland, Frau Ziegler. Meine beiden Kinder sind hier geboren. Ich habe immer versucht, den Kindern Toleranz für andere Kulturen beizubringen. Nicht nur meinen eigenen, auch denen, die zum Persischunterricht zu mir kommen. Und ich glaube, das gelingt mir ganz gut.«

Seine Frau drehte sich um und verschwand. Als hätte sie meine nächste Frage kommen sehen und sich vor ihr verstecken wollen.

»Warum trägt Ihre Frau dann ein Kopftuch?«

Mongabadhis Lippen wurden schmal: »Das ist ihre eigene Entscheidung.«

Es gelang mir wohl nicht, meine Skepsis glaubhaft zu verbergen, denn er fügte hinzu: »Sie können gern meine Tochter Shirin fragen. Ich lege keinen Wert darauf, im Gegenteil.«

Seine Stimme wurde aufgebracht lauter, er bemerkte es und atmete durch, bevor er ruhig weitersprach: »Aber genau aus diesem Grund befehle ich meiner Frau auch nicht, das Kopftuch abzunehmen. Obwohl sie es dann vielleicht sogar täte.«

Er verschränkte die Arme.

»Sophie hätte ich sehr gern weiter an Orans Seite gesehen. Sie ist wie eine Tochter für uns und kann mittlerweile genauso guten Linsenreis machen wie Elisha und Shirin. Wir haben, ehrlich gesagt, noch immer gehofft, dass sich die beiden wieder vertragen würden.«

Sophie hatte nicht nur Oran Mongabadhis Wunsch, keinen Sex vor der Ehe zu haben, respektiert, sondern auch orientalisch kochen gelernt? Sie musste wirklich schwer verliebt gewesen sein.

»Ich hätte mir gewünscht, Oran hätte wenigstens noch ein Mal mit Sophie gesprochen, Respekt gezeigt«, seufzte Mongabadhi. »Aber er hat immer wieder seine Handynummer gewechselt, hat sie einfach ignoriert. Sie war völlig verzweifelt.«

»Bratkartoffeln mit Spiegelei«, sagte Danner. »Oder warte mal – gibt es eigentlich noch Spargel?«

Wir hatten unseren Wagen erreicht und stiegen ein.

»Die Mutter trägt ein Kopftuch«, wehrte ich mich halbherzig dagegen, die angekratzte Familienehre als Mordmotiv auszuschließen.

»Die Tochter nicht. Und der Vater wirkt auf mich nun wirklich nicht wie ein Radikaler.«

»Du glaubst doch nicht im Ernst, dass ein Neunzehnjähriger von selbst auf die Idee kommt, als Jungfrau in die Ehe zu gehen? Das haben ihm die Eltern eingeimpft!«

»Spaghetti mit Lachs-Sahne-Soße.«

»Auch Familien, die nach außen hin gut integriert scheinen, zwangsverheiraten ihre Töchter schnell mal während des Urlaubs in der alten Heimat. Das liest man doch ständig.«

»Rinderrouladen mit Rotkohl.«

»Seh ich aus wie Sarah Wiener? Ich versuch es mit Bratkartoffeln.«

16.

Danner betrachtete in Gedanken versunken den Zettel. Wir saßen in unserer kleinen Küche, die bis vor sehr, sehr kurzer Zeit der mit Abstand sauberste Raum unserer Wohnung gewesen war. Aus dem einfachen Grund, weil sie nur zum Hanteltraining benutzt wurde. Neben dem Tisch mit den drei Stühlen gab es einen alten Herd, einen Geschirrspüler und eine zwei Meter hohe, gähnend leere Kühl-und-Gefrier-Kombination. Kartoffeln, Zwiebeln, Speck, Eier und sogar die Butter hatte ich aus Molles Vorratskammer gemopst.

Unter dem Küchentisch rollte Danner mit dem Fuß die Langhantel auf dem Boden hin und her, während ich seit einer gefühlten Stunde Kartoffeln schälte.

Bei dem Zettel, der die Aufmerksamkeit meines Freundes

fesselte, handelte es sich um meine nun nicht mehr imaginäre Verdächtigenliste.

Unter dem *rechtsradikalen Fan*, *Curlys Vater*, *Esmeralda* und den streitlustigen *Mannschaftskollegen Tilmann und Gutschenk* hatte Danner triumphierend *Sophie Meister* notiert. Ich hatte trotzig *Orans Vater* ergänzt, pellte aber trotzdem die heißen Kartoffeln.

Jetzt bemerkte ich, dass Danner mich kopfschüttelnd beobachtete.

»Du hast wirklich noch nie gekocht, oder?«

»Stell dir vor, für so was gibt's Personal«, erklärte ich, zugegebenermaßen versnobt. Aber es stimmte. Ich hatte zwar heimlich gekellnert, aber nie in einer Küche ausgeholfen.

»Personal?« Danner wiederholte das Wort so schockiert, als hätte ich gestanden, niedliche, kleine Hauselfen versklavt zu haben.

»Damit du endlich mal was auf die Rippen kriegst, Liliana.« Die gemütliche, runde Frau mit den schulterlangen, grauen Locken schob mir eine Schüssel mit dampfend heißem Milchreis unter die Nase. Ihre blütenweiße Schürze spannte besorgniserregend über ihrer Oberweite. Und als sie mir zuzwinkerte, bildeten sich unzählige Lachfältchen in den Winkeln ihrer blauen Augen. Francesca.

Einen Moment lang hatte ich den Duft von Zucker und Zimt in der Nase. Und irgendwie hatte meine Erinnerung an die Haushaltshilfe verdächtige Ähnlichkeit mit Molle. Hatte mein Gedächtnis das Bild nachträglich angepasst, weil Molle inzwischen mein Maßstab an Fürsorglichkeit geworden war? Oder hatte ich den dicken Wirt von Anfang an in mein Herz geschlossen, weil er mich unbewusst an Francesca erinnerte?

Keine Ahnung. Ich war neun Jahre alt gewesen, als meine Mutter Francesca gegen eine hochnäsige und magersüchtige

Diätköchin ausgetauscht hatte. Von da an waren nur noch Kohlsuppen-, Ananas- und *Brigitte*-Diät-Gerichte auf den Tisch gekommen.

Danner kramte ein zweites Messer aus einer Schublade. Und siehe da: Bevor er angefangen hatte, sich bei Molle durchzuschnorren, musste er so ein Ding schon ein oder zwei Mal bedient haben.

»Sollte Molle uns irgendwann mal die Koffer vor die Tür stellen, ist zum Glück geklärt, wer von uns das Kochen übernimmt.«

»Schmeiß Zwiebeln und Speck in die Pfanne«, kommandierte Danner.

Um kurz vor sechs brutzelten die Kartoffeln endlich im Fett, und für mich stand fest, dass ich mich nie wieder auf eine Kochwette einlassen würde. Ich hatte ja keine Ahnung gehabt, wie viel Arbeit ein paar simple Bratkartoffeln machten. Doch jetzt durchzog der Geruch von gebratenem Speck die Wohnung und ließ mir das Wasser im Mund zusammenlaufen.

Danners Handy klingelte. Er zuckte zusammen und holte Luft, bevor er das Telefon aus der Tasche zog. Doch nach einem Blick aufs Display entspannte er sich wieder.

»Lenny. Was willst du? – Doch, wir essen. – Nein, bei uns oben. – Ja, im Ernst.« Er verdrehte die Augen. »Bratkartoffeln.«

Kopfschüttelnd ließ er das Gerät wieder in der Hosentasche seiner Jeans verschwinden. Er schlurfte zur Wohnungstür und öffnete Staschek, bevor der anklopfen konnte.

Der Kriminalkommissar ließ Danner links liegen und küsste mich auf die Wange.

»Komm rein, setz dich, willste mitessen?« Danner fragte nur der Form halber.

Staschek ignorierte ihn. »Ich wusste gar nicht, dass du kochen kannst, Lila.«

»Ich auch nicht«, antwortete ich.

»Eigentlich solltest du allmählich drauf gekommen sein, dass deine Frau dir den vegetarischen Fraß nur vorsetzt, damit du endlich mal selbst die Pfanne bewegst.« Danner klopfte auf das Schulterpolster von Staschek Mantel.

Der Kriminalkommissar kickte seine Lederslipper unter die Garderobe. Gelbe Ringelsocken kamen zum Vorschein.

Danner hielt Staschek die Küchentür auf. Dabei zog er schon wieder sein Handy aus der Tasche, drückte eine Taste und legte es auf die Fensterbank.

Auf lautlos gestellt, darauf würde ich sogar eine Spargelwette annehmen.

»Ihr solltet eure Nasen doch aus meinem Fall raushalten«, motzte Staschek, während Danner ihm Kartoffeln auf den Teller häufte.

»Und du solltest keine Ringelsocken in Rindslederslippern tragen.«

Staschek schnitt eine Grimasse. »Oran Mongabadhis Vater lässt meinem Mitarbeiter ohne Haare und seiner jungen, blonden Kollegin ausrichten, dass er von seinem Sohn vor zwei Monaten die letzte neue Handynummer erhalten hat. Er hat sie weitergegeben, sagt er.«

Danner schnalzte mit der Zunge.

»Und ihr habt Glück, dass Katrin Wegner schon Feierabend gemacht hatte und stattdessen Herta den Anruf entgegengenommen hat.«

Ups.

»Euer soziales Engagement in Ehren, aber wieso übernehmt ihr einen derart festgefahrenen Fall?« Staschek schob sich eine Gabel voll Kartoffeln in den Mund. Kauend sprach er weiter: »Wir haben Mongabadhis Blut an Schuhen, Kleidung und Körper eurer Mandantin gefunden. Ihre Fußabdrücke sind am Tatort, ihre Fingerabdrücke an der Leiche. Und sie ist abgehauen, statt Hilfe zu holen.«

»Sag uns was Neues.« Danner aß seine Portion direkt aus der Pfanne.

»Die ältere Dame, die ihn gefunden hat, ist unverdächtig. Sie war auf dem Weg zur Arbeit, sie putzt im Stadion. Ihr Dienstbeginn ist um sechs. Von ihr haben wir keinerlei Spuren im Umfeld der Leiche gefunden. Sie hat gar nicht gewagt, ihn anzufassen, sondern gleich die Polizei gerufen«, mampfte Staschek. »Und darauf, dass seine Eltern was mit seinem Tod zu tun haben, würde ich nicht mal meine Ringelsocken wetten. Der Vater ist Lehrer.«

Siehste!, sollte Danners Achselzucken in meine Richtung bedeuten.

»Übrigens haben wir der Presse vorhin mitgeteilt, dass Frau Schmidtmüller vorläufig festgenommen wurde«, fügte Staschek noch hinzu und duckte sich über seinen Teller, als wollte er sich vor einem aus dem Nichts herabstürzenden Klavier schützen.

Danner gab der Hantel unter dem Tisch einen wütenden Tritt. »Na, dann herzlichen Glückwunsch.« Es klirrte.

»Au!«, beschwerte sich Staschek, dessen Schienbein das Eisen getroffen hatte.

»Da hast du den Fußballermord ja in Rekordzeit in den Griff gekriegt«, schnauzte Danner. »Wird's denn auch wieder ein dickes Foto geben, auf dem du am großen Zeh der Polizeipräsidentin nuckelst?«

»Ich kann nichts dafür, dass du erstens ein Problem mit Klara hast und zweitens ein Helfersyndrom, wenn es um gefallene Mädchen geht.«

»Klara?«, wiederholte Danner eisig.

Staschek wurde rot: »Sie ist nun mal meine Vorgesetzte, Ben. Wir arbeiten eng zusammen.«

Was den Kommissar bisher nicht daran gehindert hatte, in Abwesenheit seiner Vorgesetzten nur von ›der Schlampe‹ zu sprechen.

»Ich bin vollkommen objektiv«, rechtfertigte sich Staschek weiter. »Wenn nicht wirklich ein irrer Fan durchgeknallt ist, sehe ich schwarz für Moesha Schmidtmüller.«

»Vollkommen objektiv hast du bis jetzt doch nicht mal Mongabadhis Handy überprüft«, mischte ich mich ein, bevor eine Schlägerei unsere Küche in ihre Einzelteile zerlegte.

Tatsächlich richtete sich Staschеks Ärger augenblicklich auf mich. »Natürlich hat uns der Telefonanbieter den Verbindungsnachweis bereits gefaxt. Die Kollegen kümmern sich drum.«

Danner schnaufte verächtlich: »Curlys Nummer zu identifizieren, sollte doch selbst Schnabelnase gelingen.«

Staschek warf ihm einen irritierten Blick zu. »Moesha Schmidtmüller hat nicht so oft mit dem Toten telefoniert, wie man bei einem heiß verliebten Pärchen erwarten würde.«

Danners lehnte sich vor: »Wer dann?«

»Mann, das sind Ermittlungsdetails in einem hochbrisanten Mordfall!«

»Was glaubst du denn, was ich mache, wenn du es mir verrätst, Lenny?«, platzte Danner. »Dass ich den Fall schnell löse, zu deiner Busenfreundin Klara renne und dir die nächste Beförderung wegschleime?«

»Sie ist nicht meine –!«

»Mongabadhi hat haufenweise SMS und Anrufe von einer unbekannten Nummer bekommen, stimmt's?«, schnitt ich Staschek das Wort ab.

Argwöhnisch runzelte er die Stirn.

»Wenn er Moesha Schmidtmüller betrogen und sie Angst um ihr schönes, neues Leben als Fußballerfrau bekommen hat, hätte eure Klientin ein lupenreines Mordmotiv«, erklärte der Kommissar dann.

»Ich fürchte, es ist eher umgekehrt. Die Nummer könnte seiner Exfreundin gehören«, verpfiff ich Sophie Meister, nicht ohne ein klitzekleinwenig schlechtes Gewissen. »Sie wohnt in Hiltrop.«

Staschek ließ verblüfft die Gabel sinken.

»Sie gehört aber wohl eher zu den irren Fans, nach denen du vollkommen objektiv nicht suchst.«

»Ich brauch ein Bier«, erklärte Danner. »Nüchtern ist Lennys Arschleckerei ja nicht zu ertragen.«

Mit einem kurzen Blick kontrollierte er das Display seines Handys, ohne es von der Fensterbank zu nehmen.

Ich stellte die Bratpfanne in die Spüle.

»Dann mach ich noch den Abwasch«, entschied ich und hielt einen noch nie benutzten Spülschwamm unter den Wasserhahn.

Danner zog belustigt eine Augenbraue hoch: »Wirst du das denn heute noch schaffen? So ganz ohne Personal?«

Ich warf das triefende Putzgerät in seine Richtung. Er zog schnell die Küchentür hinter sich zu, der Schwamm klatschte dagegen und hinterließ einen nassen Fleck.

Kaum hörte ich auch die Wohnungstür zufallen, schnappte ich mir Danners Handy, das er liegen gelassen hatte.

Skrupellos tippte ich den Touchscreen an. Auf dem Display erschien sofort ein Hinweis auf zwei entgangene Anrufe. Bochumer Vorwahl.

O je.

Ein mulmiges Gefühl breitete sich in meiner Magengegend aus.

Das Telefonbuch bestätigte meine Vorahnung: Die Nummer gehörte zum Krankenhaus.

Scheiße.

Danner ignorierte die Anrufe. Er alberte mit mir herum, während sein Vater womöglich gerade gestorben war.

Ich ließ die Pfanne in der Spüle liegen und schlüpfte in meine Jacke.

Der schmächtige, verkrampfte Körper versank im Kissen. Die Beatmungsmaschine blähte den Brustkorb zischend auf und ließ die Luft prustend wieder ab. Der Herzschlag erschien als piepende Kurve auf einem Monitor über dem Bett.

Gerhard Danners graue, stoppelige Wangen waren eingefallen. Die Haut auf seinem Handrücken zwischen den einzelnen Knochen eingesunken. Danners Vater sah aus wie ein von Haut überspanntes Skelett, in das Luft gepumpt wurde wie in einen grausigen Ballon. In den wenigen Stunden auf der Schlaganfallstation hatte der alte Mann extrem abgebaut.

»Wir mussten Ihren Großvater stark sedieren.« Die maskuline Krankenschwester mit grauer Achtzigerjahrefrisur im praktischen Vokuhila-Look schien mein später Besuch nicht zu wundern.

Weil ich die offiziellen Besuchszeiten verpasst hatte, hatten sich zuvor ihre Kolleginnen hinter dem Tresen angestellt.

Die Pflegerin stöpselte den seitlich am Bett baumelnden, mit braungelber Flüssigkeit gefüllten Urinbeutel ab. Als sie sich erhob, sah sie mich mit ernstem Gesicht an.

»Er wehrt sich extrem gegen die künstliche Beatmung. Sobald die Wirkung der Medikamente nachlässt, gerät er in

Panik. Wir hatten im Laufe des Tages mehrere kritische Situationen.«

Mein Blick glitt über den Plastikschlauch, der unterhalb des vorstehenden Kehlkopfes in einer Mullkompresse verschwand.

Die Krankenschwester strich dem alten Mann freundlich über die verkrampften Finger auf der dünnen Bettdecke.

»Er versteht nicht, was mit ihm passiert. Sein Denkvermögen war offenbar ja schon vor dem Schlaganfall eingeschränkt.« Sie verschwand mit dem Urinbeutel im angrenzenden Badezimmer, wo es gleich darauf plätscherte.

Ich kannte den beißenden Gestank: Desinfektionsmittel, Urin und Tod.

Danners Vater starb. Während sein Sohn bei Molle in der Kneipe saß und tat, als ob ihn das nicht anginge.

17.

Ein dumpfes Poltern weckte mich. Erschrocken fuhr ich hoch.

Danner fluchte.

Ich brauchte einen Augenblick, um zu begreifen, was passiert war: Beim Versuch, aus dem Bett zu steigen, war Danner auf allen vieren gelandet.

Wütend schleuderte er die Daunendecke zurück auf die Matratze, schlurfte nackt in Richtung Tür und eckte mit der Schulter am Rahmen an.

»Wann warst du gestern im Bett?«, rief ich ihm nach.

»Zu spät«, knurrte er. »Siehste doch.«

Ich stand auf, griff mir eines seiner dunklen T-Shirts und zog es über den Kopf, bevor ich ihm folgte.

Im Bad lehnte Danner an die Wand gestützt über der Wanne und ließ sich kaltes Wasser in den Nacken brausen.

Klar, trank Danner Alkohol. Schon aus Gewohnheit hatte er abends in der Kneipe ein Bier in der Hand. Und bei unserem letzten Fall waren es mit den Kumpels aus der Kleingartenkolonie auch mal ein paar mehr geworden. Aber dass er die Kontrolle verlor, hatte ich noch nie erlebt.

»Willst du heute im Krankenhaus vorbeifahren?«, begann ich.

»Nein.«

»Anrufen?«

Ich erhielt ein gereiztes Knurren als Antwort.

»Du solltest wenigstens mal zurückrufen«, schnappte ich giftig.

Danner fuhr herum und funkelte mich eisig an. Seine Oberarme, Oberschenkel und Schultern spannten sich. Sah aus, als hätte er gerade ein Langhantel-Workout hinter sich. Seine aufgepumpten Muckis und die angestaute Aggression, die nur ein Ventil zu suchen schien, ließen mich verstummen.

Bockig verschränkte ich die Arme vor der Brust.

Danner hielt seinen Kopf wieder unter den Wasserstrahl.

Na schön, hielt ich eben meine Fresse.

Eine Dreiviertelstunde, drei Aspirin und einen Liter Kaffee später stand Danner auf dem Parkplatz hinter dem Stadion und hielt sich den höchstwahrscheinlich schmerzenden Kopf.

Geschah ihm recht.

Zwei Promille weniger und ihm hätte das bunte Tohuwabohu vielleicht nichts ausgemacht. Denn wir waren nicht die Einzigen, die sich an diesem Montagmorgen an der Stelle, an der Oran Mongabadhis Leiche gefunden worden war, eingefunden hatten.

Mindestens dreihundert Menschen hatten sich auf dem Stadionparkplatz versammelt. Plus einige Journalisten, deren übermüdete Gesichter verrieten, dass sie bereits seit gestern ausharrten.

Die Polizei war längst abgerückt, die Spuren des Verbrechens beseitigt, der Tatort gereinigt. Dafür war der Parkplatz mit Blumen, Kerzen, blau-weiß gekleideten Stofftieren und Abschiedsbriefen geflutet worden.

Die Menschenansammlung hatte sich interessanterweise farblich sortiert. Viele trugen natürlich Blau: die *VfL*-Fans. Die weiblichen waren in deutlicher Überzahl.

Ein Stück entfernt wehten die grünen Flaggen des Islam. Die Trauernden waren nicht dunkel gekleidet, fiel mir auf. Ich sah Weiß, Blau oder neutrale Farben. Alltagsklamotten. Manche trugen Kopftuch oder Bart, andere nicht.

Ich erinnerte mich an Oran Mongabadhis Schwester Shirin, die kurz nachdem sie vom Tod ihres Bruders gehört hatte, ganz in Weiß gekleidet gewesen war. Und die Mutter zusammengewürfelt bunt. Vielleicht gab es im Islam die Tradition, mithilfe schwarzer Kleidung seine Trauer auszudrücken, gar nicht, überlegte ich.

Die Moslems hielten Abstand zu den Regenbogenfahnen. Mongabadhis Einsatz im Fanclubstreit seines Kumpels Dietmar Wöhler hatte ihm die Sympathie einiger Schwuler und Lesben eingebracht. Außerdem hatte eine Gruppe Linker Stellung bezogen. Sie protestierten offenbar schon mal prophylaktisch gegen Gewalt von Rechts.

Danner wich stöhnend vor dem Lärm zurück.

Ich folgte ihm in den Schatten der blauen Fassade des Stadioncenters. Wir stellten uns neben den Fanshop im Erdgeschoss des nur durch einen überdachten Gang vom Stadion getrennten Gebäudes. Vor dem Fußballspiel hatten

Danner und Staschek mir hier den obligatorischen Fanschal gekauft.

Mir fiel ein Mann auf, der gerade den Verwaltungstrakt verlassen hatte. Er hielt inne und betrachtete die Menschenmenge auf dem Parkplatz. Ein rötlicher Bartschatten schimmerte auf seinem markanten Kinn. Zur schwarzen Sportjacke mit Pfotenabdruck und *VfL*-Käppi trug der Mann einen lässig um den Hals geschlungenen, dunklen Seidenschal.

Als er meinen Blick bemerkte, wandte er sich ab und steuerte zielstrebig auf den gegenüberliegenden Trainingsplatz zu. Offenbar besaß er einen Schlüssel für das Tor im Stahlzaun, denn er schlüpfte hindurch und kürzte den Weg über den Rasen ab.

Ich tippte Danner an. »Sag mal, ist das nicht …?«

Danner folgte meinem Blick und pfiff durch die Zähne: »Goldi.«

Sieh an. Der Trainer höchstselbst.

»Der läuft hier rum?«

»Immerhin arbeitet er ja hier. Und fliegen kann er vermutlich dann doch nicht. Aber Fragen beantworten«, schaltete Danner.

Goldstein war gut zu Fuß, er hatte die andere Seite des Trainingsplatzes fast erreicht.

»He! Hallo!« Danner fing an zu laufen, wurde aber von dem hohen Maschendraht gleich wieder gebremst. Er rüttelte am Tor, doch der Trainer hatte das Vorhängeschloss hinter sich einschnappen lassen. Außen am Zaun entlang, um das ganze Fußballfeld herum, würden wir ihn nicht mehr einholen.

»Und hopp!« Danner faltete kurzerhand die Hände zur Räuberleiter. Er hob mich hoch und ich kletterte über den

Zaun. Danner griff sich stöhnend an die Stirn, als er gleich darauf neben mir am Spielfeldrand landete.

»He! Was wollen die denn?« Ich zupfte an Danners Jacke. Drei dunkle Gestalten hatten sich Goldstein in den Weg gestellt. Bullige, breitbeinige Typen, die bereits aus der Entfernung bedrohlich wirkten.

»Die sehen nicht nach seinen Kumpels aus der VIP-Lounge aus«, fand ich.

Im gleichen Augenblick stürzte sich einer der Angreifer auf den Trainer.

»Ey!«, brüllte Danner. »Weg da!«

Als ich losrannte, ging Goldstein zu Boden. Ein quadratischer Typ packte mit der Hand in sein Gesicht und presste den Kopf des Trainers in den Rasen. Goldstein rutschte sein Käppi vom Kopf und seine roten Haare leuchteten auf.

Jetzt bemerkten die beiden Hilfsschläger, dass Danner und ich auf sie zurannten. Sie ergriffen die Flucht.

Der Quadratische hingegen prügelte weiter auf den am Boden liegenden Goldstein ein. Danner packte den Schläger am Kragen und riss ihn zur Seite. Ich griff mit beiden Händen seinen linken Arm, während Danner dem gedrungenen Mann die Faust auf den Rücken drehte.

»Ssson gut, ich halt ja die Füssse sstill!«

In meinen Gedanken erschien ein Bär mit Zahnspange. Verblüfft lockerte ich meinen Griff.

Der Mann machte keinen Versuch, sich zu wehren oder wegzulaufen. Danner zog sein Telefon hervor, um Polizei und Krankenwagen zu ordern, und ich half Simon Goldstein beim Einsammeln seiner Zähne. Der Trainer setzte sich mühsam auf, spuckte ein wenig Blut aus und wischte sich mit dem Ärmel seiner teuren Jacke Erde und Gras aus dem Gesicht.

»Wie geht's?«, erkundigte ich mich.

Mein Anblick hellte die Miene des Mannes reflexartig auf: »Gleich besser.«

Sein Blick war wach und durchdringend und seine dunkelgrauen Augen bildeten einen interessanten Kontrast zu dem kupferroten Haar. Aus der Nähe betrachtet war er unerwartet attraktiv. Ich schaute einen Moment länger hin als nötig.

Goldstein versuchte, auf die Füße zu kommen. Ich griff seinen Arm und zog ihn hoch.

»Vielen Dank für Ihre Hilfe, Frau …?«

»Ziegler. Lila Ziegler.«

»Ich hab schon immer davon geträumt, dass mir eine schöne, junge Frau mal das Leben rettet, Lila.«

Bäh! Angeekelt ließ ich Goldsteins Arm los.

Sein Blick glitt von meinem Gesicht über meinen Körper, während er sich den Ärmel auf den Mund presste. Es war einer dieser Blicke, bei denen frau spürt, wie Oberweite und Taillenumfang gescannt und das Alter geschätzt werden und der mir spontan das Gefühl vermittelte, eine windschnittige Vespa zu sein, deren Wert er per Preisvergleich der aktuellen eBay-Angebote zu überprüfen gedachte.

Sein Machospruch aus der Zeitung kam mir wieder in den Sinn. Toll, der Typ sah in mir vermutlich gerade sein neues, blondes Spielzeug.

Er neigte den Kopf zur Seite, um einen unverschämten Blick auf meinen Hintern zu werfen.

»Lasss deine dreckigen Finger von dem Mädchen, du Ssau!«, brauste der bullige Schläger in dem Moment auf.

Weil Danner telefonierte, konnte er sich befreien und auf Goldstein zustampfen. Danner ließ sein Handy hastig in die Jackentasche flutschen und packte den Wutschnaubenden an der Schulter.

Der Fremde riss sich los. Er war nicht größer als Danner, aber deutlich breiter gebaut, übergewichtig und tätowiert. Sein Schädel saß eingeklemmt zwischen den Schultern und war oben merkwürdig platt, als hätte er als Kind einen Kopfsprung vom Wickeltisch gemacht. Seine Brauen hingen als dicke, buschige Wulst über seinen Augen.

Obwohl Goldstein den Blick auf meinen Hintern eigentlich mit einem weiteren Zahn hätte bezahlen müssen, stoppte ich den wütenden Angreifer mit ausgestreckten Armen.

»Sie sind Moesha Schmidtmüllers Vater, nicht wahr?«

»Wie bitte?« Jetzt wurde Goldstein laut. »Was wollen Sie denn von mir? Ich hab Ihrer Tochter doch nichts getan!«

»Du sssickst deine Sspieler doch in den Puff, du Ssack!«

Die Wache der Bochumer Bereitschaftspolizei befand sich direkt gegenüber vom Stadion. Hoffentlich mussten die Beamten nicht erst noch ihren Kaffee austrinken, sonst konnte die Lage für Goldsteins Zähne doch noch heikel werden.

»Körperverletzung und Verleumdung, meine Anwälte von *Weißbrodt, Kater und Schmidt* werden Ihren armseligen Pflichtverteidiger auseinandernehmen«, ätzte Goldstein. »Und wie meine Jungs einen Sieg feiern, ist deren Sache. Sie sind schließlich alle erwachsen. Ihre Kleine übrigens auch. Ficken ist eine Dienstleistung, würden Sie ihre Kunden auch vertrimmen, wenn sie Masseuse wäre?«

Schmidtmüller jaulte wie ein getretener Hund. Danner stemmte sich gegen ihn, um ihn zurückzuhalten, während Goldstein das Gras von seinem Mantel klopfte.

Hatte Curlys Vater einen Rachefeldzug gestartet? Wollte er alle büßen lassen, denen er irgendwie eine Schuld für die Rotlichtkarriere seiner Tochter zuweisen konnte? Einen nach dem anderen?

Ich dachte an Oran Mongabadhis zerstörtes Gesicht. Ich konnte mir vorstellen, wie Schmidtmüller den Jungen erschoss. Problemlos.

»Soll ich Ihnen was sagen?«, zischte Goldstein. »Sie kommen mit Curlys Beruf nicht klar.«

»Ihr Name isst Moesssa!«

»Schämen Sie sich, wenn die Nachbarn fragen, was Ihr Töchterlein beruflich macht? Oder die liebe Familie? Kommt das bei Oma Inge nicht gut an?«

»Halt die Fressse!«, schrie Schmidtmüller.

Doch Goldstein dachte nicht daran: »Wachen Sie mal auf! Sie ist über achtzehn, sie kann tun, was sie will. Und sie verdient nicht schlecht in dem Business.«

Die Diskussion lähmte mich. Im Kopf. Weil mir Goldsteins Argumente unmöglich und gleichzeitig so einleuchtend vorkamen.

Wir hatten Curly nicht mal gefragt. Wir hatten nicht gefragt, ob sie den Job freiwillig gemacht hatte.

Gern?

Im Zusammenhang mit Prostitution klang das Wort absurd.

»Kindersssänder!«, tobte Schmidtmüller. »Ich ssslag dich tot! Verlasss dich drauf!«

»So schnell wird da nichts draus«, bremste ihn ein uniformierter Bereitschaftspolizist, der gefolgt von einem älteren Kollegen durch das offene Tor auf das Spielfeld trat.

Na endlich.

Von ihrer Tätigkeit hatte Curly so emotionslos berichtet, als würde sie Patchworkdecken zusammennähen.

Ich war wie selbstverständlich davon ausgegangen, dass die selbstbestimmte Prostituierte, die gern in Talkshows über die Vorzüge ihrer Tätigkeit plauderte, genauso ein Märchen war wie Curlys *Pretty-Woman*-Geschichte.

Hatte ich mich da geirrt?

Hatte ich mich zu sehr von meinen eigenen Erfahrungen beeinflussen lassen? Lange Zeit war ich bei meinen Dreitagesbekanntschaften nicht gerade wählerisch gewesen. Die schnelle Nummer mit einem asozialen Analphabeten auf der neuen Wohnzimmergarnitur meiner Eltern war schlicht das effektivste Mittel gewesen, meinen Vater zum Explodieren zu bringen. Spaß hatte mir Vaters Tobsuchtsanfall gemacht, nicht der Sex.

Ganz kurz blitzte ein Bild aus meiner Erinnerung auf.

Seine Dreadlocks riechen nach kaltem Rauch.

Ich hatte das in schöner Regelmäßigkeit durchgezogen, so oft wie möglich. Aber nicht acht Stunden pro Tag, fünf Tage die Woche. Es gab doch einen Unterschied zwischen einer Prostituierten und einer Bäckereifachverkäuferin.

Oder etwa nicht?

Tatsache war, dass Curly nach Mongabadhis Tod flugs in den Job hatte zurückkehren wollen. Sie war nicht zu ihren Eltern gegangen, nicht zu irgendeiner Freundin. Sie hätte wieder für Esmeralda gearbeitet und für ›Erwin‹ die Beine breit gemacht. Freiwillig.

»Unter Ihrem rechten Auge wird ein leichter Bluterguss entstehen.« Der Notarzt packte die kleine Stabtaschenlampe ein, mit der er Goldstein eben prüfend in die dunkelgrauen Augen geleuchtet hatte. »Schonen Sie sich ein, zwei Tage.«

Ein Mobiltelefon schrillte und der Arzt sprach mit der Rettungsleitstelle über den nächsten Notfall. Goldstein erhob sich von der geöffneten Heckklappe des Notarztwagens.

»Können wir noch kurz mit Ihnen sprechen, Herr Goldstein?«, hielt ich den Trainer rasch zurück.

»Was für eine Frage! Sie haben mir eben das Leben gerettet.« Er grinste das bemerkenswert attraktive Grinsen eines erfolgreichen Mannes, der in mir einen verlockenden Zeitvertreib sah.

Ein Arschloch also.

Goldsteins Grinsen wurde anzüglich, als hätte er meine Gedanken erraten: »Über was willst du denn sprechen, Lila?«

Er ließ die Silben meines Namens auf der Zunge zergehen wie einen Löffel Sahne.

Ich hätte platzen können vor Wut: Der benutzte meinen Namen wie einen bescheuerten YouTube-Kurzporno auf seinem Handy.

Macho. Herrenwitzreißer. Ekelerreger.

»Ich kann mich nicht erinnern, Ihnen das Du angeboten zu haben, Herr Goldstein.«

Goldsteins Grinsen wurde breiter: »Das ist doch nur eine Frage der Zeit, Frau Ziegler.« Offenbar hatte ich mich gerade vom Zeitvertreib in eine sportliche Herausforderung verwandelt.

Auch Danner war Goldsteins Tonfall nicht entgangen. Er verschränkte die Arme. Glücklicherweise verkniff er es sich, mir an den Arsch zu grapschen, um irgendwelche Eigentumsverhältnisse zu klären.

Der Trainer zog eine Visitenkarte aus der Tasche und hielt sie mir hin: »Für die Lebensrettung würde mich gern mit einer Einladung zum Kaffee revanchieren, Frau Ziegler.«

Ich zückte im Gegenzug die Karte unserer Detektei.

Sein süffisantes Grinsen fiel Goldstein wie ein saurer Bonbon aus dem Gesicht, als der den Text überflog.

»Wir versuchen, die Umstände von Oran Mongabadhis Tod zu klären«, erläuterte ich.

»Und dabei soll ich Ihnen behilflich sein?«

Na also, der Widerling war auf Abstand gebracht.

»Die Polizei hat die Mannschaft doch bereits befragt«, wandte Goldstein ein.

»Kamen Sie persönlich denn gut mit Oran Mongabadhi aus?«, wollte ich trotzdem wissen.

Der Trainer nickte: »Mongabadhi war möglicherweise der beste Nachwuchs, den wir seit Jahren hatten. Er war geradezu besessen vom Sport und hat sich beeindruckend schnell entwickelt.«

»Er soll ja nicht nur in sportlicher Hinsicht von Ihnen gelernt haben«, hakte Danner ein. »Ist an Schmidtmüllers Anschuldigungen was dran? Haben Sie Oran Mongabadhi auch über die Vorzüge schöner Frauen aufgeklärt?«

»Sie sollten sich bei Ihren Recherchen nicht nur auf Informationen von durchgeknallten Schlägern und der Klatschpresse verlassen«, parierte Goldstein verärgert.

Danner zog ungläubig die Brauen hoch: »Ich dachte immer, zu einem anständigen Training gehört das anschließende Entspannungsprogramm dazu?«

Goldstein rieb sich das Kinn. »Mit einer Belohnung zu winken, hebt natürlich die Motivation.«

»Vor allem bei den jungen Kerlen, hm? Das kann Mann doch nachvollziehen.« Danners Blick wanderte anzüglich an mir herunter.

»Ich spiel jedenfalls nicht den Pfaffen, das kannst du mir glauben«, grinste Goldstein und war jetzt plötzlich mit Danner beim vertraulichen Du angelangt.

»Ist ja schließlich auch nicht verboten«, pflichtete Danner ihm bei. »Aber was zum Teufel wollte Mongabadhi mit dem kleinen Lockenkopf? Ich geh doch nicht in den Imbiss, lass mir das Essen einpacken und fresse die nächsten drei Jahre Currywurst. Hatte der nicht langsam genug von ihr?«

»Da kannste Gift drauf nehmen. Der hätte sich bestimmt nicht dauerhaft mit ihr eingelassen.« Goldstein klopfte Danner jovial auf die Schuler. »Soll ich dir was verraten? Der Kleine hatte wohl noch nie einer Frau unter den Rock geguckt. Und dann gerät er beim ersten Mal gleich an eine Professionelle.«

»Die hat ihm die Eier gekocht, hm?«

Meine Nackenhaare sträubten sich. Statt Danner sprach hier wieder Erwin, der Freier.

Und mit Erwin war Goldstein offenbar auf Anhieb auf einer Wellenlänge. Auf einmal fachsimpelten die beiden über Frauen wie über das Minigolfspiel am letzten Samstag und ich stand nur noch dekorativ daneben.

Ich überlegte, ob es sich womöglich um eine Art Geheimsprache handelte. Allerdings störte es mich, dass Danner so selbstverständlich in der Lage war mitzureden.

Weil Mann sich so unerwartet gut verstand, lud Goldstein Danner sogar noch auf ein Bier in die *VfL*-Kneipe um die Ecke ein.

Ich staunte, wie schnell das brünftige Platzhirschgerangel vergessen war und man sich stattdessen verbrüderte.

18.

1. *Ein rechtsradikaler Fan*
2. *Esmeralda*
3. *Curlys Vater*
4. *Mongabadhis Mannschaftskollegen Tilmann und Gutschenk*
5. *Sophie Meister*
6. *Orans Vater*

Die Füße auf unserem Schreibtisch, schaukelte Danner auf dem Drehstuhl hin und her.

Ich hatte mit Molle gegessen und dann über eine Stunde gewartet, bis Danner endlich aus der Kneipe zurückgekehrt war.

Er roch wieder nach Bier.

»Sollen wir uns Sophie Meister noch mal vornehmen?« Ich saß mit unserer Verdächtigenliste in der Hand neben der Computertastatur.

»Das erledigt Lenny heute für uns.«

Ach ja, mit dem Hinweis auf die Telefonverbindung hatten wir die Kripo ja praktisch hingeschickt.

Mit einem Ruck nahm Danner die Füße vom Tisch und zupfte mir den Zettel aus der Hand. Er fügte unserer Liste einen weiteren Punkt hinzu und hielt sie mir hin.

7. Curly

»Wir können sie immer noch nicht zweifelsfrei ausschließen.«

Ich versuchte wieder, mir das magere Mädchen mit den Kaffeeaugen und der Afromähne vorzustellen, wie es einen Schalldämpfer auf den Pistolenlauf schraubte, ihn dem vor ihm auf dem Boden knienden Ali Baba an den Hinterkopf hielt und abdrückte. Klappte nicht.

Skeptisch schürzte ich die Lippen.

Danner sah mir meine Zweifel an.

»Goldi hat wirklich schon mal mit ein paar Spielern im *Esmeralda* gefeiert«, sprach er weiter. »Wenn es da so zur Sache geht, wie er beschrieben hat, können wir Curly als Täterin nicht ausschließen.«

»Goldi?«, wiederholte ich spöttisch. »Das klingt ja beinahe so niedlich wie ›Klara‹.«

Danners graue Augen glitzerten belustigt, was mich automatisch wütend machte.

»Neidisch auf unsere dicke Männerfreundschaft?«

Danner fuhr mit dem Zeigefinger unter meinem Shirt kribbelnd am Saum meiner Jeans entlang.

Mir wurde heiß, was mich nur noch mehr ärgerte.

Danner rollte den Bürostuhl zwischen meine Beine und legte die Hände außen an meine Oberschenkel.

»Okay, es war nicht fair«, gestand er unvermittelt. »Aber der fing ja an zu sabbern wie eine Dogge vorm Napf. Ich konnte unmöglich zulassen, dass er am Ende noch dich auf einen Drink eingeladen hätte.«

Ich atmete tief ein. Einen Moment lang drohte ich vor Empörung zu platzen, weil Danner erstens meine Befragung sabotiert und zweitens doch Platzhirsch gespielt hatte.

Allerdings hatte er es clever angestellt. Was mich zugegebenermaßen antörnte.

Mit einem Ruck zog Danner mich vom Schreibtisch herunter auf seinen Schoß. Der Drehstuhl knackte unter der plötzlichen Mehrbelastung.

»Goldstein ist ein Arschloch«, erklärte Danner, während seine Hände wieder unter mein Shirt glitten. Ich spürte seine Oberschenkel unter meinem Hintern und noch etwas anderes Hartes. »Daran kann weder sein Bankkonto noch sein Aussehen was ändern.«

Der Biergeruch seines Atems dämpfte leider meine Lust.

»Eifersüchtig, Herr Danner?«, machte ich mich lustig. »Hast du etwa Schiss, dass ich mit dem Bankkonto durchbrenne?«

Ganz kurz trafen sich unsere Blicke.

»Ich meine, dass Curly mit Mistkerlen wie Goldstein mehr Scheiße erlebt hat, als wir beide uns vorstellen können.«

Eine Antwort auf meine Frage wäre ja auch die Überraschung des Tages gewesen.

»Na ja, zumindest, als du dir vorstellen kannst«, schränkte er dann ein.

»Klar«, ätzte ich genervt. »Mein Vorstellungsvermögen ist unterentwickelt. Und über den Vorgang des Beischlafs weiß dein kleines Betthäschen selbstverständlich nur, was du ihm beigebracht hast.«

Danner drehte mich auf dem Bürostuhl ruckartig in Richtung PC.

»Wir haben keine Ahnung, was Mongabadhi als Gegenleistung für seine Großzügigkeit von Curly erwartet hat«, er tippte etwas ein, »aber wer die Mädels im *Esmeralda* bucht, sucht normalerweise nicht die nette Kerzenlichtromantik.«

Der brutale Unterton seiner Stimme warnte mich. Ich warf einen Blick auf den Bildschirm.

»Das süße, kleine Mädchen, das nur durch widrige Umstände im Bordell gelandet ist und sich in einen Freier verliebt, der sich als strahlender Traumprinz entpuppt und mit ihr im Porsche in den Sonnenuntergang fährt, ist jedenfalls Schwachsinn«, meinte Danner. »Curly hat uns ein Märchen erzählt. Mongabadhi war garantiert nicht ihr bester Freund.«

Danner hatte einen Internetchat mit dem Titel *Bitches in Bochum* aufgerufen. Als ich die ersten Zeilen las, checkte ich, worum es ging: Freier tauschten sich über die Qualitäten der örtlichen Prostituierten aus.

Danner kramte das Telefon unter einem Papierstapel hervor und verschwand im Schlafzimmer. Ich blieb allein am Schreibtisch sitzen.

Wenig später war klar: Mein Vorstellungsvermögen war tatsächlich unterentwickelt.

Und das, obwohl ich bis zur Volljährigkeit vermutlich mit mehr Männern geschlafen hatte, als andere Frauen in ihrem ganzen Leben.

Der Punkt war, dass mich Sex nie sonderlich interessiert hatte. Interessiert hatten mich lediglich die geschockten Gesichter meiner Eltern beim Anblick des nackten, möglichst großflächig tätowierten Arsches meiner neuesten Eroberung. Ansonsten war ich ziemlich sicher gewesen, frigide zu sein, bis – na ja, bis Danner diesen Irrtum klarstellen konnte.

Jedenfalls verdankte ich meinem mangelnden Interesse an Sex wohl die Bildungslücken, die andere Menschen meines Alters längst mithilfe von Pornofilmen und selbst gedrehten Internetvideos beseitigt hatten. So war mir bisher entgangen, was Mann alles in eine Frau hineinstecken konnte.

Die hab ich gestern vollgepumpt, bis mein Saft ihr aus die Ohren wieder rauslief !!!, schrieb ein ›Kunde‹ namens *geilomat*, dessen Schwanz offenbar auch für die Grammatik zuständig war. Sein Bericht war allerdings unter den eher taktvollen Beiträgen einzuordnen, das wurde mir beim nächsten Statement klar.

Sexgotts Empfehlung des Tages lautete: *Fragt unbedingt nach Alina! Das ist ganz frisches Fleisch, sag ich euch. Das Loch von der ist noch richtig eng und sie trägt Zöpfe und Zahnklammer – echt wahr! Sieht aus wie vierzehn und 'n Keks, wenn sie bläst.*

Und *Wichswurm* wies im virtuellen Forum hilfsbereit auf medizinische Risiken hin: *… eine Glasflasche kann ein Vakuum erzeugen und sich festsaugen, die kriegst du echt nicht mehr raus. Haust du dann den Boden kaputt, platzt bei der Schlampe innerlich was. Die verblutet wie ein abgestochenes Schwein …*

Das hatte ich nicht wissen wollen.

Tja, zu spät.

Ich schlang die Arme um meine an den Körper gezogenen Beine und presste mir die Knie auf die Augen, bis ich schwarze Sternchen statt der in meinem Kopf explodierenden Bilder sah.

Ich versuchte erneut, mir Curly mit einer Waffe in der Hand vorzustellen.

Auf einmal gelang es.

19.

»Diese Kuh!« Danner donnerte das Telefon in die Polster des Sofas.

Eine Sekunde lang traute ich mich nicht aufzusehen. Die Bilder würden zurückkehren, sobald ich nicht mehr auf der Hut war. Verblüffend, dass sich auch etwas, das ich *nicht* gesehen hatte, in mein Gedächtnis einbrennen konnte wie überkochende Milch in eine Herdplatte.

»Besuchsverbot«, grollte Danner. »Ausdrücklich. Wir beide dürfen nicht zu Curly in die U-Haft. Dabei hätte ich gern gewusst, wie es um Mitarbeiterzufriedenheit und das Betriebsklima bei *Esmeralda* bestellt ist.«

Ich hob vorsichtig den Kopf von den Beinen. »Klingt nach einem lustigen Scherz deiner verflossenen Polizeipräsidentin.«

Danner hob den Mittelfinger.

»Wenn Lenny dagegen nicht auf der Stelle was unternimmt, kann in Zukunft seine Klara für ihn kochen.« Er schnappte erneut nach dem Telefon.

Es klopfte an der Wohnungstür.

Molle. Ich erkannte ihn an der Art, wie er gegen die Tür bollerte. Während Danner Staschek am Telefon beschimpfte, öffnete ich dem Dicken die Tür.

»Hast du Hunger auf Milchreis mit Zucker und Zimt?«, wollte Molle wissen. »Oder kocht Ben etwa wieder?«

Er streifte den gereizt durch den Raum tigernden Danner mit einem kurzen Blick, der seine Frage offensichtlich beantwortete.

»Du musst eine gut verkleidete Fee sein, die meine Wünsche erfüllt«, strahlte ich den Dicken an.

»Wieso ist er denn derartig entzückend drauf?« Molle deutete mit einem Finger vage in Richtung Kneipendecke, während er die mit dampfendem Milchreis gefüllte Schüssel auf das karierte Tischtuch schob. Die gesamte Kneipe duftete nach Zimt.

»Gestern hat er Scotch getrunken«, sagte Molle, weil ich schwieg. »Das ist nicht gut.«

Ich biss mir auf die Unterlippe.

Soweit ich wusste, lebte Molle seit zehn Jahren mit Danner unter einem Dach, der Dicke fütterte ihn wie selbstverständlich durch und ließ zu, dass er monatelang keine Miete zahlte. Danner hingegen hatte ihm höchstwahrscheinlich kein Wort von seinem im Sterben liegenden Vater erzählt.

»Kennst du eigentlich Bens Eltern, Molle?«, nutzte ich den ungestörten Moment.

»Klar.« Molles buschige, graue Augenbrauen hoben sich über die Brille hinweg. »Wieso?«

»Wirklich?«, wunderte ich mich. »Er spricht doch nie über sie?!«

»Die haben nebenan gewohnt.« Molle ließ sich schnaufend neben mir nieder.

Mir wurde klar, dass ich überhaupt keine Ahnung hatte, wie lange Danner und Molle tatsächlich schon befreundet waren.

»Dann kanntet ihr euch schon als Kinder?«

»Die Windeln musste ich dem kleinen Schreihals wechseln«, brummte Molle. »Seine Mutter hat hier in unserer Kneipe gekellnert.«

Die winzigen Fältchen in Molles Augenwinkeln verrieten, dass die Erinnerung ihn nicht so sehr nervte, wie er mir weismachen wollte.

»Ungelogen?!« Ich setzte eine gespannte Miene auf.

»Ich war zehn Jahre älter und hatte ihn ständig am Arsch kleben.«

»Daran hat sich ja bis heute nichts geändert«, fand ich.

Molle grinste: »Seine Mutter musste viel arbeiten, sein Alter hat die Kohle ja in Rekordzeit versoffen. Deshalb ist Ben mit harten Sachen normalerweise vorsich…« Molle verstummte, weil Danner die Kneipentür aufstieß.

Dessen Blick wanderte misstrauisch von mir zu dem dicken Wirt.

»Mach mir mal ein Bier, Molle«, knurrte er dann.

Als wir eine halbe Stunde später in unsere Wohnung zurückkehrten, hatte ich drei Teller Milchreis verputzt. Und Danner hatte vier *Fiege* intus. Plus die Menge x, die er zu Recherchezwecken bei seinem Frühschoppen mit Goldstein zu sich genommen hatte. In der Summe hatte er jedenfalls zu viel getankt, um noch mit dem Wohnungsschlüssel das Türschloss treffen zu können.

Das ist nicht gut, hallte ein Echo von Molles Stimme durch meinen Kopf.

Ich nahm Danner sein Schlüsselbund aus der Hand.

»Wird das zur Gewohnheit? Stehst du jetzt rund um die Uhr unter Strom?«, erkundigte ich mich spitz. Die Tür rumste lauter hinter uns zu, als ich es geplant hatte.

Danner steckte sich einen Kaugummi in den Mund: »Wie viel ich vertrage, kannst du schon mir überlassen.«

»Wie viel du brauchst, wolltest du wohl sagen.« Ich warf seinen Schlüssel klimpernd auf die Ablage der Garderobe. »Um nicht nachdenken zu müssen.«

Danner zuckte zusammen, als hätte ich ihm eine gescheuert. Sofort wurde seine Miene drohend.

»Du ziehst schon wieder diese Nummer vom einsamen Wolf ab«, warf ich ihm wütend an den Kopf. »Glaubst du, ich schnalle das nicht?«

»Ich glaube, du hältst jetzt besser deine große Klappe.«

Er kam auf mich zu. Ich machte einen Schritt rückwärts und stieß gegen die geschlossene Tür.

Mein Herz pochte warnend. Was mich noch wütender machte: »Wozu miteinander reden, wenn sich die Probleme so bequem wegsaufen lassen?«

Danner trat vor mich und stützte die Hände rechts und links von meinem Kopf an die Tür, um mich am Ausweichen zu hindern. Er senkte sein Gesicht dicht an meines, sein Atem roch nach Pfefferminz und Bier. Ich verstummte.

»Ich an deiner Stelle wäre lieber still«, wiederholte er beherrscht.

Meine innere Stimme kreischte empört auf. Glaubte er im Ernst, ich ließ mich einschüchtern? Von einem bösen Blick und ein paar Muskeln? Das ließ ich mir nicht gefallen! Ich nicht!

»Sonst was?«, schnappte ich herausfordernd.

Ich spürte meinen Herzschlag unterhalb meines Kehlkopfs. Die Angst kam noch immer verlässlich. Nur machte sie mich jetzt rasend vor Wut.

»Halt dich aus meinen Angelegenheiten raus.« Danners Oberarme neben meinem Gesicht schienen anzuschwellen.

Scheißkerl!

Er schüchterte mich absichtlich ein!

Weil er zu viel getrunken hatte? Weil er genau wusste, dass er mich mit körperlicher Gewalt am effektivsten auf Abstand bringen konnte?

»Damit du ungestört dein Hirn ausknipsen kannst?«, fauchte ich. Komm schon, trau dich! Hau mir eine rein, du Arsch!

Danner rührte sich nicht. Doch der Alkohol und die seit Tagen angestaute Aggression loderten in seinen Augen.

»Was kommt als Nächstes?«, provozierte ich ihn zornig weiter. »Willst du den Wagen besoffen gegen die Brücke an der Universitätsstraße semmeln?«

In dem Moment, als ich die Worte aussprach, wusste ich, dass ich zu weit gegangen war. Der Vergleich mit seinem Vater war ein Tritt in die Eier gewesen. Und der hatte gesessen.

»Raus«, zischte Danner tonlos.

Bevor ich begriff, was passierte, hatte er mich an den Schultern gepackt und schob mich zur Seite, um die Tür aufreißen zu können. Er griff nach meiner Jacke, die ich gerade erst an die Garderobe gehängt hatte, und pfefferte sie an mir vorbei ins Treppenhaus.

Wortlos verließ ich die Wohnung, hob meine Jacke vom Boden auf und ging.

»Sei froh, dass ich nicht wirklich wie mein Vater bin«, brüllte Danner mir hinterher. »Dann würden dir nämlich jetzt ein paar Zähne fehlen.«

Ich drehte mich nicht mehr um.

Die Tür knallte hinter mir zu.

20.

Der hatte mich wirklich rausgeschmissen.

Dieser Dreckskerl!

Ich rannte. Immer geradeaus. Einfach nur weg.

Beinahe hatte ich schon nicht mehr geglaubt, dass dieser Tag kommen würde. Mist.

Meine Hände durchwühlten meine Taschen. Mein Handy war da, mein Portemonnaie mit einer bis zum Anschlag überzogenen Kontokarte und zwanzig Euro. Wenigstens meine Papiere hatte ich dabei. Und den Federhalter. Ein schweres Ding aus Metall, mit einer scharfkantigen Stahlspitze. Seit ich als Detektivin arbeitete, hatte ich mir angewöhnt, immer einen Füller bei mir zu tragen. Man konnte nie wissen, wozu man einen brauchte.

Von einem Moment auf den anderen stand ich, wo ich vor über einem halben Jahr schon einmal gewesen war: auf der Straße.

Dabei hatte ich schon angefangen, an mein eigenes Märchen zu glauben. Danner war schlauer gewesen. Der achtete noch immer sorgfältig darauf, mich nicht zu nah an sich heranzulassen.

Scheiße.

Mein Blick blieb am Straßenschild vor mir hängen.

Humboldtstraße …

Schwer atmend blieb ich stehen.

Ich war in Richtung Bermuda-Dreieck gelaufen. Wie das mysteriöse Seegebiet im Atlantik war auch Bochums Feiermeile durchaus in der Lage, Personen spurlos verschwinden zu lassen. Allerdings nicht kurz nach Mittag.

Ich bog in die Humboldtstraße ein, wie eine Motte, die vom Licht angezogen wird. Am Ende der Straße konnte ich das mausgraue Haus schon sehen.

Plötzlich wusste ich, wie sich Curly gefühlt haben musste, an dem Tag, an dem Esmeralda sie angesprochen hatte. An dem sie geahnt hatte, worauf sie sich einließ und es trotzdem getan hatte.

Dieses Gefühl, ganz dicht dran zu sein, lenkte automatisch meine Schritte. War es möglich, dass Curly sich prostituiert hatte, weil sie einfach nicht wusste, was sie sonst machen sollte?

Hatte sie es ausprobiert und festgestellt, dass es ihr tatsächlich nichts ausmachte? Dass sie einfach gar nichts fühlte und es ihr scheißegal war, was die Typen mit ihrem Körper anstellten, weil sie ihre Seele sowieso nicht berühren konnten?

Ich zog die Ärmel meiner Cordjacke über die Finger, schlang die Arme um den Körper.

Was tat ich hier eigentlich?

Mein Blick wanderte zu den heruntergelassenen Jalousien im zweiten Stock hinauf. Höchste Zeit, das Hirn wieder einzuschalten, sonst erging es mir wirklich noch wie einem suizidgefährdeten Insekt.

Wo konnte ich hin?

Zu Molle?

Ein gemeiner Schmerz bohrte sich in meine Brust.

Ich konnte auf keinen Fall in Danners Nähe sein, wenn wir nicht mehr zusammen waren. Ich würde Amok laufen, sobald er die nächste Sex-und-Hopp-Affäre mit einer auf Lack und Leder fixierten Nachwuchsneurologin anfing.

Ich wischte mir mit dem Ärmel über die Augen.

Was war mit Lena, Karo oder Franzi? Dummerweise gingen meine Freundinnen alle noch zur Schule und wohnten bei ihren Eltern. Allerdings war Franzis Mutter ganz locker drauf, fiel mir ein. Die würde vielleicht nicht gleich den Chef der Mordkommission über meinen Aufenthaltsort in Kenntnis setzen.

Das war doch, was normale Mädchen in meiner Situation machen würden, oder? Sich bei einer Freundin verkriechen, Rotwein trinken, Schokolade essen und dem Mistkerl ein Furunkel an den Schwanz wünschen.

Normal war für mich schon immer schwierig gewesen.

Ich trat an das Fenster des kleinen Kiosks im Erdgeschoss, gegenüber dem Bordell. Während ich in meiner Jackentasche nach dem Handy kramte, schob ich einen Euro für einen Kaffee auf den Tresen.

»Hier trinken«, sagte ich, um mich unauffällig vor Curlys Exarbeitsplatz aufhalten zu können.

Der Kioskonkel musterte nachdenklich mein verheultes Gesicht. Er passte überhaupt nicht zwischen Klatschzeitschriften und Konserven, das war mir beim letzten Kaffee schon aufgefallen. Der Typ war attraktiv und legte offensichtlich auch Wert auf sein Aussehen: Ende zwanzig, mit sorgfältig schmal rasiertem Kinnbart, schulterlangem, dunklem Haar und coolem Hard-Rock-Shirt hätte er auf die Bühne eines Rockkonzerts gepasst. Ein wenig war es, als würde mir Bon Jovi den Kaffeepott auf den Tresen schieben.

Seine tätowierten Finger fielen mir erneut auf: Sämtliche Handknochen hatte er sich in Schwarz in die Haut stechen lassen. Als würde mir ein Skelett den Becher reichen.

Ich stellte mich an den Stehtisch auf dem Gehweg und legte mein Handy auf die Plastiktischplatte.

Hi, begann ich eine SMS. *Franzi*, fügte ich nach kurzem Überlegen hinzu. Dann wusste ich nicht weiter.

Bin bei Ben rausgeflogen?
Gab Krach?
Kann ich heute bei dir pennen?

Die Buchstaben verschwammen vor meinen Augen. Rasch sah ich zum Haus gegenüber, um mich abzulenken.

Gerade trat ein Mann aus der Tür. Ein jugendlicher Typ mit auffällig federndem, beinahe beschwingtem Gang. Über seinem Pulli trug er eine schwarze Daunenweste. Hatte der sich soeben im *Esmeralda* bedienen lassen?

Schwer zu sagen, es gab noch andere Wohnungen im Gebäude.

Aber der Typ war weder ein notgeiler Greis noch ein grässlicher Gnom. Hm.

Ich senkte meinen Blick wieder auf das Display meines Handys. *Hallo Franzi, hast du heute Abend was vor?*, tippte ich.

In dem Augenblick wurde ein zweiter Kaffeebecher auf den Tisch gestellt. Ich musterte die Hand mit den langen Fingern, den manikürten Nägeln und den modischen Ringen. Zwischen den Mittelhandknochen sank die Haut leicht ein, was mir schon, bevor ich aufsah, verriet, dass die zur Hand gehörende Frau sehr, sehr schlank sein musste.

Sie war groß und trug ein froschgrünes Businesskostüm mit kurzem Rock, die Farbe ihrer dunkel umrandeten Augen war die gleiche. Dass sie ihr lackschwarzes Haar zu zwei mädchenhaften, schulterlangen Zöpfen geflochten hatte, passte nicht zu ihrem schick-seriösen Outfit.

»Du siehst aus, als könntest du eine Kippe vertragen.« Sie hielt mir ein Päckchen Zigaretten hin.

»So schlimm?« Hastig wischte ich mir durchs Gesicht.

Sie nickte. »Haste Stress zu Hause?«

Ich griff nach der Zigarette, ließ mir Feuer geben und sog das Nikotin tief in die Lungen. Der Rauch ätzte in meiner Kehle und irgendwie gefiel mir das. Es half nichts, mir was vorzumachen. Danner hatte mir wehgetan. Sicherheitsabstand vergessen. Selbst Schuld.

»Wer ist denn das Arschloch? Papa? Mami? Oder dein Freund?«, erkundigte sich die Dunkelhaarige. »Nun sag schon. Meistens wird es doch besser, wenn man mal drüber quatscht.«

Wohl kaum.

»Er hat mich rausgeschmissen«, sagte ich trotzdem, weil ich die Frau sowieso nie wiedersehen würde.

»Dein Freund? Der hat wohl eine Macke!«

»Jetzt hab ich keine Ahnung, wo ich heute Nacht pennen soll.«

»Was ist denn mit deinen Eltern?«

Ich winkte ab: »Der Witz des Jahres.«

»Auch Stress, oder was?« Sie war hartnäckig.

»Da bin ich schon lange weg.«

»Die wissen gar nicht, wo du steckst?« Ich meinte, einen gewissen Respekt in ihrer Stimme mitschwingen zu hören.

»Und das ist gut so.« Ich pustete trotzig den Rauch in die Luft. Irgendwie tat es tatsächlich gut, darüber zu sprechen.

»Und Freundinnen, bei denen du unterkommen kannst, hast du auch keine?«

Ich erinnerte mich an die SMS an Franzi, die darauf wartete, abgesendet zu werden.

Die Fremde legte mir mütterlich einen Arm um die Schultern. »Du hast echt unverschämtes Glück, weißt du das? Bei uns in der WG ist zufällig gerade ein Zimmer frei geworden. Du kannst mit zu mir kommen, was meinst du? Es ist gleich da drüben.«

Oh.

Mein Blick folgte ihrem ausgestreckten Fingernagel. Auf die andere Straßenseite. Zu den zugezogenen Jalousien im zweiten Stock.

»Ich zeig es dir einfach mal. Und wenn dir die Bude gefällt, finden wir einen Weg, damit du bleiben kannst.«

Sie hakte sich bei mir unter, wie es meine Freundin Lena immer machte. Richtig gewöhnt hatte ich mich bis heute nicht daran.

»Wir sind zwischen vier und sechs Frauen. Wir wohnen und arbeiten zusammen. Und gleich machen wir erst mal eine Flasche Schampus auf und du scheißt auf den Kerl. Du bist nicht auf deinen Macker angewiesen. Ich heiße übrigens Esmeralda.«

Wahnsinn!

Was war denn das für ein kurioser Zufall, dass sie ausgerechnet mich angesprochen hatte?

Andererseits – vielleicht ist das gar nicht so furchtbar zufällig, ging es mir durch den Kopf, denn wahrscheinlich war ich genau die Sorte verzweifelter Teenager, nach denen Esmeralda Ausschau hielt. Keine Familie, keine Freunde, keiner, dem auffiel, wenn ich verschwand. Und ich hatte ja praktisch vor ihrer Haustür auf sie gewartet.

Merkwürdigerweise hatte ich nicht mal lügen müssen …

»Wenn du die Wohnung gesehen hast, willst du garantiert nicht mehr weg.« Esmeralda zog mich dichter an sich heran. »Und bei uns lernst du so viele geile Typen kennen, dass du morgen gar nicht mehr weißt, wie dein Ex ausgesehen hat. Bei deinem Aussehen werden die Kerle bei dir Schlange stehen.«

Ich hob zweifelnd die Brauen.

»Versprochen!«, versicherte Esmeralda.

Warum sollte ich mich eigentlich nicht in der fröhlichen

Frauen-WG umsehen? Danner war doch auch einfach reingelatscht und Esmeralda war schließlich kein *Hells Angel.*

Vielleicht gab es sie ja zehn Jahre nach Legalisierung des ältesten Gewerbes der Welt wirklich, die selbstbestimmte Nutten-GmbH?

Das hier war jedenfalls eindeutig meine Gelegenheit, es herauszufinden. Vielleicht kam ich sogar allein in unserem Fall voran. Ein paar Fakten über Curlys Arbeitsplatz zu ermitteln, war jedenfalls allemal würdevoller, als zum ersten Mal in meinem Leben eine verzweifelte SMS an eine Freundin zu schicken.

Kurz entschlossen löschte ich die Nachricht an Franzi und ließ mein Mobiltelefon in meiner Jackentasche verschwinden.

Der Hausflur war unauffällig und nicht sonderlich sauber, ein gefliestes Treppenhaus ohne Fahrstuhl mit einem unempfindlichen, olivgrünen Sockel führte uns nach oben. Im ersten Stock kamen wir an einigen Wohnungstüren vorbei. *Willkommen,* las ich auf einer Fußmatte. Es schien wirklich ein stinknormales Wohnhaus zu sein.

Im zweiten Stock gab es nur eine Tür, sie war neu und weiß mit Spion und Sicherheitsschloss. *Esmeralda,* stand auf dem Klingelschild, winzig und unauffällig. Sonst nichts.

Esmeralda öffnete.

Mir verschlug es die Sprache. Ich holte tief Luft. Wir standen in einem weitläufigen Luxuswohnbereich, den ich in diesem Ausmaß nicht in dem unscheinbaren, grauen Haus vermutet hätte. Hier waren zwei Wohnungen zusammengelegt worden, dem radikalen Umbau mussten einige Wände zum Opfer gefallen sein, um diesen Eingangshalleneffekt zu erreichen.

Eine ausgedehnte, in modernem Weiß gehaltene Couchlandschaft mit überbreiten, runden Polstermöbeln lud vor einem gigantischen Flachbildfernseher und einem Bio-Ethanol-Kamin aus dunklem Marmor zum Herumlümmeln ein. Eine langbeinige Dunkelhaarige verfolgte in einem plüschigen, oberschenkellangen Bademantel eine hirnfreie Unendlich-Serie eines privaten Senders. Außerdem entdeckte ich einen offenen Küchenbereich mit Arbeitsplatte aus schwarzem Granit und frei stehender Kochoase. Eine geräumige Nische bot dem modernen Essbereich Platz, mir fiel die lange Tafel mit einer Tischplatte aus vier Zentimeter dickem, blank poliertem Glas auf.

»Hammer.«

Esmeralda winkte lächelnd ab. Sie hängte meine Jacke an eine Garderobe aus gebürstetem Edelstahl und klatschte in die Hände: »Kommt mal alle her!«

Die dunkle Mähne von Esmeraldas ›Mitbewohnerin‹ tauchte oberhalb der Sofalehne auf. Sie starrte mich an.

»Das ist Romina«, erklärte Esmeralda.

»Hi. Ich heiße Lila«, sagte ich, aber Romina reagierte nicht.

»Sie kommt aus Bulgarien und spricht noch nicht so gut deutsch«, antwortete Esmeralda an ihrer Stelle.

Eine weitere Frau trat aus einem Zimmer. Eine Asiatin mit hüftlangem, lackschwarzem Haar.

»Nandi«, stellte Esmeralda vor. »Wo ist Mirka?«

»Arbeitet.«

Esmeralda nickte. »Lila will in Palomas Zimmer einziehen. Darauf stoßen wir an. Köpft schon mal eine Flasche, ich zeige ihr den Rest der Wohnung.«

Esmeralda stieß eine Tür auf und zum Vorschein kam ein Badezimmer mit weißen Fliesen, Sauna, Regenwasserdusche und einem Whirlpool, über dem ein Halogen-Sternenhimmel funkelte.

Ich pfiff durch die Zähne.

Die Wanne war blitzblank poliert. Einen Puff hatte ich mir irgendwie anders vorgestellt. Schmuddeliger vor allem. Und ohne diese Wellnesstempel-Atmosphäre.

»Natürlich haben wir eine Putzfrau«, bemerkte Esmeralda nebenher, als wir in den Wohnbereich zurückkehrten. Zu Romina und Nandi hatte sich eine schlanke Brünette gesellt, bei der es sich vermutlich um Mirka handelte. Die Champagnergläser schäumten auf dem Couchtisch über.

»Das alles kannst du auch haben.« Esmeralda tickte ihr Glas gegen meines. »Ab sofort. Du kannst gleich den Mietvertrag unterschreiben, wenn du willst.«

Ich schüttelte den Kopf. »Sorry, aber die Miete für so eine Bude werde ich mir in diesem Leben nicht mehr leisten können.«

»Da brauchst du dir keine Sorgen zu machen«, beruhigte mich Esmeralda. »Du kannst bei uns als Aushilfe jobben. Anfangsgehalt sind zehn Euro pro Stunde. Das ist mehr als der Mindestlohn in anderen Branchen. Wir verrechnen dann einfach mit der Miete.«

Zehn Euro pro Stunde? Esmeraldas Angebot klang, als sollte ich in der Kneipe um die Ecke kellnern.

Ich leerte nachdenklich mein Glas. Der Alkohol erzeugte eine wohlige Wärme in mir. War gar nicht schwierig, etwas über die Frauen zu erfahren. Irgendwo in meinem Kopf zeigte eine kleine, blonde Detektiv-Azubine Danner den Stinkefinger.

Esmeralda schenkte mir nach: »Wenn es dir nicht gefällt, kündigst du eben wieder. Du hast die normalen drei Monate Kündigungsfrist. Alles ganz easy.«

Trotz Molles Riesenmilchreisportion spürte ich die Wirkung des Champagners. Es gab wohl einen Unterschied zum Dosenprosecco, den ich mit meinen Freundinnen bevorzugte.

»Und falls du mehr Geld brauchst, weil irgendwo ein Kind versorgt werden muss, kannst du jederzeit Überstunden machen. Wir sind total unterbesetzt im Augenblick, ich hoffe, dass wir noch Verstärkung bekommen. Unser Hauptgeschäft sind geschlossene Veranstaltungen, aber darüber hinaus sind wir täglich von 11:00 bis 23:00 Uhr für unsere Gäste da. Für Stammkunden sogar rund um die Uhr.«

»Was genau müsste ich denn machen?«, kam ich auf den Punkt.

»Wir sind ein moderner Dienstleistungsbetrieb«, erklärte Esmeralda und füllte mein Glas erneut. »Unsere Wohnung ist eine angesagte Partylocation. Wir Mädels sorgen für den Service, unsere Gäste sollen sich rundum wohlfühlen, wir erfüllen ihnen jeden Wunsch.«

»Jeden?«

Esmeralda lächelte vielsagend.

»Seid ihr Prostituierte?«

»Wir bevorzugen den Ausdruck Hostess, aber die Dienstleistung, die du meinst, bieten wir natürlich ebenfalls an. Ist ja auch nichts dabei. Die Kunden im Tagesgeschäft zahlen einen Festpreis, neunundvierzig Euro pro Stunde. Bei geschlossenen Gesellschaften wird die Wohnung all inclusive gebucht. Wir sind im Augenblick *der* Geheimtipp für wohlhabende oder prominente Kunden, die es mit Freunden mal so richtig krachen lassen oder Geschäftspartnern einen ganz besonderen Service bieten wollen. Dabei sind die Wünsche der Kunden ganz unterschiedlich. Manche möchten nur mit hübschen Mädchen feiern oder eine Massage.«

Genau. Und ein paar andere kamen einfach auf einen Kaffee vorbei oder halfen, den Abfluss zu reparieren. Das glaubte nicht mal meine Oma.

»Von den fünfzig Euro, die eure Kunden bezahlen, bekommt ihr nur zehn Euro?«, wunderte ich mich skeptisch.

»Das ist ein Supertarif«, erläuterte mir Esmeralda. »Ein sicheres Einkommen. Im Saunaclub zum Beispiel arbeitest du selbstständig. Da zahlst du allein für den Eintritt siebzig Euro pro Tag. Dazu kommen vierzig Euro für die Übernachtung und fünfundzwanzig Euro Steuern. Und essen musst du ja auch was. Wenn du dann noch einen Ehemann versorgen oder Geld nach Hause schicken willst, musst du richtig ran. Bei uns kannst du vom Grundgehalt locker Essen und Miete zahlen. Jede Überstunde geht in deine eigene Tasche. Und du lernst nebenbei hochinteressante Männer kennen. Politiker, Anwälte und Sportler schätzen das Ambiente, den guten Service und natürlich auch die exotische Mischung unserer Mädchen. Eine Blondine fehlt uns allerdings derzeit.« Esmeralda zwinkerte mir verschwörerisch zu. »Du wärst garantiert der Liebling der Gäste.«

Ich konnte mir definitiv Schöneres vorstellen.

»Ich zeig dir einfach mal dein Zimmer, komm.« Esmeralda zog mich vom Sofa.

Mit dem Champagnerglas in der Hand folgte ich der Frau in dem grünen Kostüm in einen Flur. Sie öffnete die Tür hinten rechts.

Auch dieses Zimmer war geräumig, schick. Laminat in edler Eichenoptik. Französisches Bett. Schminkkommode. Ein Riesenspiegel unter der Decke, aus dem ich auf mich selbst herunterstarrte.

»Viele Gäste mieten die Wohnung die ganze Nacht. All inclusive.«

Einschließlich der Mädchen. Schon kapiert.

Mein Blick blieb einen Augenblick am Bett hängen, bevor ich die moderne Kommode betrachtete. Schminkprodukte und Parfümflakons waren dekorativ aufgebaut, Kondome mit Erdbeergeschmack lagen einsatzbereit daneben.

Ich schob eine schmale Tür neben der Kommode auf und spähte in ein separates Badezimmer mit Dusche und WC.

»Dein Reich.« Esmeralda kippte die Hälfte ihres Champagners in mein inzwischen leeres Glas und tickte ihres dagegen. Ich nippte nur, ich hatte bereits mehr getrunken, als ich vorgehabt hatte.

»Die Mädchen auf der Straße würden für mein Jobangebot ihre Großmütter verkaufen.«

Dass die Arbeitsbedingungen nicht die schlechtesten waren, war mir klar. »Wie kommt denn euer Personalmangel zustande?«, erkundigte ich mich.

»Wir legen Wert auf Qualität. Wir suchen junge, unverbrauchte Mädchen, die etwas Besonderes haben. Wir wollen unseren Kunden eine gewisse Abwechslung bieten.«

Vorn wurde gekichert. War das der Deal, auf den Curly sich eingelassen hatte? Sex gegen ein Leben mit Kochoase und Champagner? War das nicht in Ordnung, wenn es ihr freier Wille war?

Nachdenklich folgte ich Esmeralda zurück in den Wohnbereich – und hielt erstaunt inne! Auf der Riesencouch, zwischen den Frauen, hatte es sich der Kiosk-Bon-Jovi von gegenüber bequem gemacht. Die Arme hatte er rechts um Nandi und links um Romina gelegt, ich konnte seine großflächigen Tattoos sehen: Nicht nur Finger- und Handwurzelknochen, auch Elle und Speiche im Unterarm und der Oberarmknochen waren schwarz auf der Haut abgebildet. Sein Oberarm verschwand im kurzärmeligen T-Shirt.

Knochenfinger zählte offenbar auch zu den ›Gästen‹ des Etablissements.

»Ach, was für ein Zufall«, flötete Esmeralda und flatterte auf ihn zu. Der Typ erhob sich und begrüßte Esmeralda mit Küsschen rechts und links wie beim Meeting in der Sparkasse.

Esmeralda winkte mich heran. »Lila? Das ist mein kleiner Bruder Stani. Er ist Geschäftsführer unserer Firma und für deinen Mietvertrag zuständig.«

Hah! Meine sämtlichen Alarmglocke schrillten los. So viel zur fröhlichen Frauen-WG! Zuhälter war gestern, heute war ›Mann‹ Geschäftsführer eines heimeligen, kleinen Familienunternehmens, oder was? Dass der vom Kiosk aus in Sekunden in der Wohnung sein konnte, war wohl kaum ein praktischer Zufall.

»Lila möchte bei uns einziehen, Stani«, erläuterte Esmeralda bereits geschäftig. »Ihr könnt den Mietvertrag gleich klar machen.«

Ihre Worte verwandelten den Champagner in meinem Kreislauf in flüssiges Eis. Wenn Curly mit dem Typ Geschäfte gemacht hatte, war das ihre Sache.

Für mich war es Zeit zu gehen.

»Du siehst ja schon nicht mehr ganz so beschissen aus wie eben noch auf der Straße«, bemerkte Stani in beinahe akzentfreiem Deutsch. Sein Blick fiel auf mein Glas. Er packte die Champagnerflasche am Hals und schenkte mir nach. »Ich hab dir gleich angesehen, dass du in der Kacke steckst.«

Autsch. Stani hatte bei meinem Anblick gewittert, dass ihm Frischfleisch ins Bordell flatterte wie ein gebratenes Hühnchen im Schlaraffenland. Er hatte Esmeralda vorhin zum Kiosk bestellt.

»Bisher haben wir noch alle aus dem Dreck geholt«, erklärte er. »Nicht wahr, Nandi?«

Nandi nickte artig.

»Na los. Erzähl Lila mal, wie du hier gelandet bist«, forderte der Kioskonkel die hübsche Asiatin auf.

»Ein Freier hat mich aus einem Touristenbordell in Thailand mitgenommen nach Deutschland«, gehorchte sie. »Er hat versprochen, mich zu heiraten. Aber nach drei Monaten hat er es sich anders überlegt und wollte mich wieder zurückschicken. Da haben Stani und Esmeralda mir geholfen. Die Arbeit ist hier viel, viel besser als in Pattaya.«

Klang, als hätte sie den Text auswendig gelernt.

»Dein Arsch ist geil.«

Ich zuckte zusammen, als Stani mir prüfend in den Po kniff. »Und als Blondine bist du hier sowieso der Hingucker. Da scheffelst du Kohle ohne Ende.«

»Ich schlafe noch ’ne Nacht drüber«, beschloss ich und stellte das klebrige Champagnerglas auf dem Tisch ab.

»Und wo? Bei deinem unterbelichteten Ex?«

Der ›Ex‹ ließ mich zusammenzucken.

Ich hatte viel zu viel von mir preisgegeben, begriff ich. Ich musste sehen, dass ich hier rauskam. Der Alkohol ließ mich die Sofakante streifen. Ich stolperte.

Stani packte mich am Arm. »Du bist doch total fertig! In dem Zustand kann ich dich auf keinen Fall gehen lassen.«

Seine Finger umschlossen meinen Oberarm wie die Hand eines Skeletts. Ärgerlich riss ich mich los.

»Ich wüsste nicht, wie du das verhindern könntest«, zischte ich, nahm meine Jacke von der Garderobe und griff nach der Klinke der Wohnungstür.

»Sei doch nicht so verklemmt, Süße.« Stani stellte einen Stiefel vor die untere Türkante. »Du weißt gar nicht, was du verpasst! Komm schon, ich arbeite dich ein. Ich bring dir bei, wie es geht. Du wirst gar nicht genug kriegen.«

Ehe ich mich versah, packte Stani mit beiden Händen meinen Kopf und krachte ihn rückwärts gegen die Wand. Der Schmerz ließ mich Sterne sehen.

Er nutzte meine Benommenheit; seine glitschige Zunge bohrte sich in meinen Mund, so hart und tief, dass ich würgen musste.

Allerdings nur den Bruchteil einer Sekunde lang, dann schrie er auf und brach jaulend zusammen. Die rechte Hand presste er auf seinen Mund, die linke in den Schritt.

Ich spuckte sein Blut auf den Laminatboden und tastete meinen Hinterkopf ab.

Unterhalb der modischen Totenkopfgürtelschnalle verfärbte sich der Stoff von Stanis Hose dunkel. Urin oder Blut, so schnell arbeitete der niemanden mehr ein.

Weil ich ihn gebissen hatte, hatte er sich nicht mehr von mir lösen können. Er hatte keine Chance gehabt, meinem mit voller Wucht hochgerissenen Knie auszuweichen.

»Bist du total durchgeknallt?«, kreischte Esmeralda.

»Lasst sie nicht abhauen, verdammt!«, winselte Stani.

Doch die anderen Mädchen waren verschwunden.

Ich spuckte noch mal. Bäh.

Im nächsten Augenblick bemerkte ich einen dunklen Schatten über mir. Als ich aufblickte, sauste die leere Champagnerflasche direkt auf mein Gesicht zu.

21.

Ein weißer, nackter Frauenkörper schwebte über mir. Klein, dünn und verletzlich. Blonde Haare umrahmten das Gesicht mit dem spitzen Kinn wie Lichtstrahlen die Sonne. Die blauen Augen starrten mich an.

Moment, das war ich ja selbst?!

Wieso konnte ich meinen eigenen Körper sehen? Wieso lag ich nackt auf dem Bett?

Sekundenlang fehlte mir jede Orientierung.

Hing ich oben, an der Zimmerdecke? Und der Körper, den ich sah, lag unter mir im Bett? Dann musste ich tot sein und meine Seele schwebte auf dem Weg zum Himmel über meiner Leiche.

Ein pochender Schmerz schwoll in meinem Kopf an. Mit ihm kehrten Erinnerungsfetzen zurück. Der Champagner, Stanis Zunge in meinem Mund, die Glasflasche direkt vor meinem Gesicht.

Tatsächlich schimmerte die linke Gesichtshälfte meiner Leiche blau. Hatte Esmeralda mir den Schädel eingeschlagen? War ich deshalb tot?

Ich runzelte die Stirn.

Mein Körper unter mir machte es nach.

Moment.

Vorsichtig hob ich eine Hand.

Meine Leiche winkte mir zu.

Der Spiegel über dem Bett! Ich griff mir stöhnend an den Schädel. Ich war nicht tot, sondern noch immer in Esmeraldas Bordell. Nachdem ich Stani außer Gefecht gesetzt hatte, hatte mich Esmeralda niedergeschlagen. Und ich hatte keine Ahnung, was in der Zwischenzeit mit mir passiert war.

Aber ich war nackt.

Nackt! Auf einem Bett! In einem Bordell!

Hastig tastete ich zwischen meine Schenkel. Kein Blut, keine Verletzungen, keine Schmerzen.

Gut, Stani war nach meinem Volltreffer garantiert nicht mehr in der Lage gewesen, mir die Arbeit in diesem Gewerbe näherzubringen.

Aber wieso war ich dann nackt?

Oder war ich womöglich wieder an einem Punkt angekommen, an dem ich Schmerzen einfach nicht spüren konnte? Wie damals beim Kieferbruch? Hatte mein Nervensystem den Generalstreik angetreten und die Schmerzen nach der Vergewaltigung einfach abgeschaltet?

Das Pochen in meinem Kopf wurde unerträglich. Eine Sekunde lang stellte ich mir noch einmal vor, über meiner eigenen Leiche zu schweben. Sie unter mir immer kleiner werden zu sehen. Bis ich mich auflöste und einfach weg war.

Mein Spiegelbild sah wütend aus.

Zu Recht. Wenn ich mich endlich einigermaßen vernünftig verhalten wollte, dann sammelte ich meine Sachen zusammen, sah zu, dass ich endlich hier rauskam und mich medizinisch untersuchen ließ.

Ich setzte mich auf und lauschte.

In der ›WG‹ herrschte Stille. Wie spät war es? Mir fehlte jedes Zeitgefühl. Lautlos erhob ich mich. Ging besser, als erwartet.

Mein Blick flitzte über den Boden.

Keine Klamotten. Mist.

Vorsichtig öffnete ich die Tür zum Bad. Nichts. Nur eines dieser lächerlichen Bademäntelchen, in dem sogar ich an ein rosa Playboy-Bunny erinnerte. Seufzend wickelte ich mich hinein.

Der Spiegel über dem Waschbecken zeigte mir meine angeschwollene Unterlippe. Mein Kiefer war dunkelblau angelaufen. Genau an der Stelle, an der der Knochen noch immer mit einer winzigen Metallplatte zusammengeschraubt war. Die Champagnerflasche musste mich ins Gesicht getroffen haben.

Ich tastete prüfend den Rest meines Kopfes ab. Am Hinterkopf spürte ich eine ordentliche Beule. Hoffentlich waren die Knochen heil geblieben. Mithilfe des dicken Flaschenbodens konnte Esmeralda sogar mit ihren mageren Fingerchen einen Bruch zustande gebracht haben. Und eine Blutung im Gehirn konnte noch Tage später tödlich enden, wenn die sich langsam anstauende Flüssigkeit im Schädelinneren allmählich das Hirn zerquetschte.

In dem lächerlichen rosa Plüsch, mit blau geschlagenem Gesicht, nackten Beinen und strubbeliger, blonder Zottelfrisur sah ich aus, als würde ich schon eine ganze Weile im *Esmeralda* arbeiten.

Ich verließ das Badezimmer und riss die Schubladen der Schminkkommode auf. Billiges Make-up, Lippenstifte, Kajal, Wimperntusche, Nagellack, Döschen und Fläschchen bildeten in der ersten Schublade ein wildes Durcheinander. Auf Kondome und Gleitgel stieß ich in der zweiten, dann ein Knäuel Reizwäsche, ausgelatschte High Heels, die vermutlich nie auf einer Straße getragen worden waren und – ein glänzend lackierter Holzdildo, der für alles, was ich mir vorstellen wollte, zu groß war.

Ich drückte die Schubladen wieder zu.

Meine Sachen blieben verschwunden.

Verdammt.

Vorsichtig bewegte ich die Klinke der Tür. Es war abgeschlossen. Ich rüttelte, doch die Tür war stabil und ziemlich dick.

Als ich jetzt genau hinhörte, bemerkte ich Geräusche in der Wohnung: stumpfsinnige Dance-Rhythmen und Gekicher und Rauschen in den Wasserleitungen. Und irgendwo nicht allzu weit entfernt verrieten eindeutige Laute, dass im *Esmeralda* gearbeitet wurde.

Ich wich von der Tür zurück.

Auf einmal war es mir ganz recht, dass sie abgeschlossen

war. Ich betrachtete das Bett. Auf der Matratze lagen mehrere große, aufgebauschte Kissen, deren Oberfläche bei näherer Betrachtung abwischbar war.

Diesmal war ich mit Anlauf in die Scheiße gesprungen.

Weil ich mich nicht wieder auf das Bett setzen wollte, kauerte ich mich schließlich in einer Zimmerecke auf den Fußboden, mit dem Rücken an der Wand. Meinen dröhnenden Kopf legte ich behutsam auf meinen Knien ab. Ich konnte nur hoffen, dass der Zimmerschlüssel nicht von außen im Schloss steckte.

Ein Klacken ließ mich hochschrecken. Da war jemand an der Tür!

Keine Ahnung, wie lange ich in der Ecke gehockt hatte. Meine nackten Beine waren steif gefroren und der Kopfschmerz hämmerte im Wechsel auf meinen Hinterkopf und meinen Kiefer ein.

Nandi streckte ihren lackschwarzen Pferdeschwanz ins Zimmer.

»Schschsch.« Sie legte einen Finger an die Lippen und ging neben mir in die Knie.

»Alles gut. Alles gut«, redete sie auf mich ein wie auf ein verstörtes Kaninchen, das eben aus dem Maul des Fuchses entkommen war. »Ich dachte schon, Esmeralda hätte dir zu viel von den K.-o.-Tropfen gegeben. Sie ist weggefahren, zu Stani ins Krankenhaus. Ich soll solange aufpassen auf dich.«

Das wertete ich mal als gute Nachricht.

Ich packte Nandi am Plüschkragen ihres Bademantels: »Was habt ihr mit mir gemacht?«

»Nichts!« Nandi schüttelte erschrocken den Kopf.

»War hier irgendeiner im Zimmer, als ich bewusstlos war?«

»Nein!« Sie schüttelte heftiger. »Esmeralda wusste nicht,

was sie tun sollte. Also haben wir dir die Kleider weggenommen und dich eingesperrt, damit du nicht abhaust, bis Stani wieder zurück ist.«

»Geduldig auf ihn warten werde ich hier jedenfalls bestimmt nicht!« Ich ließ ihren Kragen los und sprang auf. »Wo sind meine Sachen?«

»Du kannst nicht gehen«, stellte Nandi klar. »Stani rastet aus, wenn wir dich laufen lassen.«

Ich stürmte an Nandi vorbei durch die offene Tür, den Flur entlang in den Wohnbereich und – erstarrte.

Der Raum war verwüstet. Als hätte ein außer Kontrolle geratener Abiturjahrgang seinen Abschluss gefeiert. Kissen lagen über den Boden verteilt und Dutzende leere Champagnerflaschen standen herum. Definitiv war in dieser Wohnung eine der berüchtigten Partys gefeiert worden, während ich unbekleidet und bewusstlos in einem der Zimmer gelegen hatte.

Doch was mich erschaudern ließ, war der Esstisch. Die gestern noch blank polierte Glasplatte war mit angetrockneter, rotbrauner Flüssigkeit verschmiert, das Laminat unter dem Tisch bekleckert.

Sah aus wie Blut.

Was war hier heute Nacht geschehen?

Romina lag schon wieder auf dem Sofa vor dem Fernseher und starrte wie hypnotisiert auf das Bild. Sie schien mich nicht zu bemerken.

Das Frühstücksfernsehen lief. *6:47 Uhr*, informierte mich eine große, rote Zeitanzeige unten im Bild.

Die Brünette, bei der es sich vermutlich um Mirka handelte, sammelte lustlos ein paar Flaschen ein. Nandi tauchte hinter mir auf, wagte aber offenbar nicht, mich aufzuhalten.

Ich lief zur Wohnungstür.

Abgeschlossen.

»Gib mir den verfluchten Schlüssel!«, fuhr ich Nandi an.

Sie schüttelte den Kopf: »Geht nicht.«

»Hast du selbst keinen, oder was?«

»Ich muss auf dich aufpassen.«

Ich rannte zum nächstbesten Fenster und drückte die Schalter der Jalousien. Nichts passierte. Die Plastikgriffe ließen sich auch nicht bewegen: Sie waren abschließbar und in dem Schloss im Rahmen fehlte der Schlüssel. Und selbst wenn es mir gelingen sollte, das Fenster zu öffnen, befand sich die Wohnung noch immer im zweiten Stock.

Wütend donnerte ich die Faust gegen die Scheibe. Thermopane. Doppelverglast. Schalldicht.

Kurzerhand packte ich einen der saubereren Esstischstühle, holte aus und schleuderte ihn gegen die Scheibe.

»Nicht!«, schrie Nandi mich an. »Ich soll auf dich aufpassen! Ich kriege Ärger, wenn du die Wohnung ruinierst!«

Auch die beiden anderen Mädchen nahmen jetzt schlagartig Notiz von mir. Sie stürzten auf mich zu.

Romina riss mir den Stuhl aus der Hand, Mirka schubste mich vom Fenster weg. Außer einer winzigkleinen Macke hatte meine Attacke keinerlei Spuren hinterlassen.

Verzweifelt fuhr ich mir durch die Haare.

Nandis Gesicht wurde sofort weicher. Sie nahm Romina den Stuhl aus der Hand und stellte ihn auf den Boden zurück. Zwei Beine waren angeknackst, er kippte um.

»Was ihr hier macht ist Freiheitsberaubung, dafür kriegt ihr mächtig Ärger«, warnte ich beherrscht. »Wieso macht ihr so was für einen Mistkerl wie Stani?«

Mirka und Romina wechselten einen ratlosen Blick, offenbar verstanden sie mich nicht.

Nandi schüttelte erschrocken den Kopf. »Stani hat für jede von uns viel getan«, versicherte die Thailänderin.

»Dich hat er meinetwegen vor der Abschiebung nach Thailand bewahrt ...« Ich verkniff mir, hinzuzufügen: ... um dich stattdessen hier anschaffen zu lassen. »Aber was ist mit ihr?«

Ich deutete auf Romina, die vor meinem ausgestreckten Finger zurückwich.

»Romina ist wegen ihrer kleinen Schwester hier«, verriet mir Nandi.

»Ist die krank, oder was?«

»Die Eltern leben mit Rominas sieben Geschwistern in einem Dorf an der Grenze, alle haben Hunger. Ein Deutscher hat viel Geld für Goya geboten, die Jüngste. Stani hatte schon mehreren Mädchen aus dem Dorf Arbeit in Deutschland besorgt. Romina hat ihn angefleht, sie auch mitzunehmen. Er hat ihr sogar einen Vorschuss gegeben, damit die Eltern Goya behalten konnten. Seitdem schickt Romina jeden Monat Geld.«

Der Schmerz vibrierte in meinen Hinterkopf. Plötzlich fühlte ich mich sehr müde.

»Also ist Stani ein echter Wohltäter«, nickte ich resignierend.

In dem Moment klingelte es an der Tür. Kundschaft.

Nandi setzte sich in Bewegung und drückte den Knopf der Gegensprechanlage.

»Wir öffnen erst um elf Uhr«, sagte sie.

Der Lautsprecher surrte: »Schon klar.«

Wie elektrisiert hielt ich den Atem an. Die Stimme, das war doch –?!

»Hier ist Erwin. Hat nicht ausnahmsweise eine von euch Süßen jetzt schon Zeit für mich?! Es lohnt sich auch, versprochen.«

22.

»Hmm … hm, hm … hmm …«

Danner hielt meine Hand. Sein Griff war fest, warm, rau und so vertraut, dass meine Augen brannten.

Der Rettungswagen rumpelte durch ein Schlagloch, das Blaulicht zuckte durchs Fenster herein.

Unterdessen bedachte der hochgewachsene Notarzt meinen Unterkiefer mit dem gefühlt hundertsten Hm.

»Was machst du hier?«, hatte ich Danner angeschrien, nachdem er Nandi, Romina und Mirka mit seiner *Heckler & Koch* hinter das Sofa gewinkt hatte.

Er hatte mich angesehen, als hätte ich gefragt, ob er im Stehen pinkelte: »Dich holen natürlich.«

»Und woher weißt du, wo ich bin?«

»Als Jäger bin ich nicht so eine Niete wie als Hase.«

Er hatte mich in den Arm genommen, während Nandi, Romina und Mirka über die Sofalehne hinweg ängstlich seine Waffe anstarrten.

»Bist du …?« Danner hatte gezögert. »Bist du vergewaltigt worden?«

Ich war mir nicht sicher, ob ich die Antwort überhaupt kennen wollte. »Nandi sagt Nein.«

Der Notarzt holte mich mit einem weiteren Hm aus meinen Gedanken zurück in den Rettungswagen.

»Hmmm?«, erkundigte ich mich gereizt.

Danner richtete sich auf. »Stimmt irgendwas nicht?«

Sein Griff um meine Hand wurde so fest, dass es wehtat. Was bedeutete, dass mein Nervensystem sich langsam wieder zum Dienst meldete. Besser spät, als nie.

»Hier in dem Bluterguss am Kiefer ist eine kleine Kante zu spüren«, murmelte der Notarzt. »Ungewöhnlich hart.«

»Hmm«, stöhnte ich genervt.

Typischer Fall von Möchtegerngott-in-Weiß. Statt zuzugeben, dass er keine Ahnung hatte, was mit meinem Kiefer los war, hmmte er eine Ewigkeit vor sich hin.

»Könnte sich um ein Knochenfragment des *os mandibularis* handeln. Ich mach Ihnen vorsichtshalber nach dem Röntgen gleich eine OP klar.«

Bevor er mir womöglich zu einer überflüssigen Notoperation verhalf, sagte ich: »Plattenosteosynthese nach Mandibulafraktur vor zwei Jahren.«

»Oh«, machte der Arzt gleichbleibend wortgewandt. »Nun, dann erst mal nur zum Schädelröntgen.«

Er kritzelte einen Vermerk in seinen Bericht, der auf dem Kopf stehend betrachtet wie *med. vorgebildet* aussah. Eine Warnung an alle Kollegen, die es gleich im Krankenhaus mit mir zu tun bekamen. Dabei gehörte ich lediglich zu der unbequemen Sorte von Patient, die ihre Krankenakte nicht nur las, sondern sich auch merkte, was drinstand.

»Ich spreche kein Latein«, erinnerte mich Danner. »Was ist mit deinem Gesicht los?«

»Es ist mit einer Metallplatte zusammengeschraubt worden«, klärte ich ihn auf. »Nach einem Kieferbruch. Vor zwei Jahren.«

Der Rettungswagen hielt vor dem grell erleuchteten Eingang der Notaufnahme. Ich war froh, dass Danner Nandi hatte überzeugen können, meine Klamotten rauszurücken. So trug ich jetzt zumindest meine Jeans unter meiner Cordjacke.

Eine kleine Krankenschwester stand mit einem Rollstuhl bereit. Danner legte einen Arm um meine Taille, als er mir beim Aussteigen half, und mir wurde warm.

Die kleine Schwester schob mich ins Innere des gewaltigen Gebäudes, einen vom Neonlicht flimmernden Flur entlang, zur Röntgenabteilung.

Jacke aus. Bleischürze. Schutzbrille.

Ein Pochen im Hinterkopf und im Kiefer.

»Entdecken wir beim Röntgen etwas Auffälliges, müssen wir ein CT vom Schädel Ihrer Tochter machen, Frau Simanowski-Ziegler. Wir haben ihr vorsichtshalber schon mal etwas zur Beruhigung gegeben, denn die Injektion des Kontrastmittels ist bei so kleinen Kindern erfahrungsgemäß schwierig. Im schlimmsten Fall müssen wir rasch eine Notoperation veranlassen. Bei einer starken Blutung oder Schwellung des Gehirns wird ein Stück Schädeldecke entfernt, um der betroffenen Region Platz zu verschaffen.«

Das alles hatte ein Arzt meiner Mutter bereits vor vierzehn Jahren erklärt, nachdem ich mit einem Schädelbruch eingeliefert worden war. Die Worte hatte ich nie vergessen.

Ich schloss die Augen, als das Aufnahmegerät klickerte. Meine Schädeldecke wollte ich behalten, bitte.

Eine mollige Ärztin mit flusigem, blondem Haar steckte die Röntgenbilder bereits in die Halterungen vor der beleuchteten Wand, während ich mir noch meinen Pullover überzog.

Danner betrachtete mit zusammengekniffenen Augen die Fotos meines Schädels. Die Metallplatte in meinem Kiefer war als kleines, leuchtend weißes Viereck zu erkennen.

Die Ärztin hatte Tränensäcke, eine knubbelige Nase und ein knubbeliges Kinn und wirkte entweder verschnupft oder verheult. Mit dem Finger fuhr sie über eines der Bilder, erst über den Unterkieferknochen, dann über die Rundung meines Schädels.

»Sie haben Glück gehabt, Frau Ziegler. Es sind keine neuen Frakturen zu erkennen«, schniefte sie schließlich. »Jetzt geht es weiter in die Gynäkologie, die Kollegen erwarten Sie bereits.«

Ihre Worte schnürten mir den Hals zu.

»Nehmen Sie den Fahrstuhl am Flurende. Zweiter Stock, links.«

Ich betete, dass mich eine Frau untersuchen würde. Alles andere würde ich nicht ertragen.

»Frau Ziegler?« Eine Frau mit dunklem Pferdeschwanz, geröteten Wangen und weißem Kittel lugte aus der Tür des Untersuchungszimmers, als Danner und ich aus dem Fahrstuhl traten.

Tausend Dank! Wer immer da oben auch die Dienstpläne der heutigen Frühschicht koordiniert hatte.

»Kommen Sie?« Die Ärztin lächelte aufmunternd.

Ich schluckte. Meine Knie schienen plötzlich aus Pudding zu sein, ungeeignet, mein Körpergewicht in den Untersuchungsraum zu transportieren. Wenn Nandi gelogen hatte, würden die nächsten Minuten mein Leben für immer verändern.

»Soll ich mitkommen?«, erkundigte sich Danner.

Ich sah ihn überrascht an.

Er zuckte die Achseln: »Es gibt ja nichts zu sehen, was ich nicht sowieso schon kenne.«

Fünf Minuten später war die Untersuchung vorbei.

Die Ärztin zog sich die Handschuhe aus und ich hob hastig meine Beine aus den Halterungen des Untersuchungsstuhls.

»Keine Verletzungen, keine Auffälligkeiten, nichts, was auf Gewalteinwirkungen hindeutet.« Sie lächelte mich aufmunternd an. »Alles in Ordnung.«

»Geschlechtsverkehr in den letzten vierundzwanzig Stunden?«, wollte Danner es genau wissen.

»Kleinen Moment.« Sie präparierte ein Stückchen Glas und schob es unter ein Mikroskop. »Ungeschützt ist da jedenfalls nichts passiert.«

Ich schloss erleichtert die Augen.

»Wieso weiß ich nichts von der Metallplatte in deinem Unterkiefer?«, brummte Danner vorwurfsvoll, kaum dass wir das Arztzimmer der Gynäkologin verlassen hatten.

Ich blieb abrupt stehen.

Ach ja, wir hatten ja noch eine Rechnung offen. Wenn er mich nicht rausgeschmissen hätte, wäre mir nicht nur das Schädelröntgen, sondern auch die Angst, vergewaltigt worden zu sein, erspart geblieben. Und eine Menge Kopfschmerzen.

Beinahe hätte mich ein Aquarium auf Rädern gerammt, das eine junge Patientin im Schleichschritt den Flur der gynäkologischen Station entlangschob. In dem Plastikkasten schlummerte ein winziger Säugling. Sie manövrierte ihn um mich herum.

»Du hast nicht gefragt«, antwortete ich. Ich konnte mir den ätzenden Unterton nicht verkneifen. »Du weißt schon, diese lästige Sache, bei der man nachdenken und den Mund bewegen muss. Ich nenne sie reden.«

Danner verdrehte die Augen.

»Hältst du nichts von, hab ich kapiert. Du schmeißt mich lieber raus.«

»Entschuldigung, dürfen wir mal vorbei?« Ein dünner Krankenpfleger schob ein Bett auf uns zu. Darin saß ein Opa, der auf dieser Station so gar nichts zu suchen hatte, und glotzte auf meinen Hintern.

»Mann, Lila«, sagte Danner müde. »Ich war besoffen, mir ging es beschissen und du hast es auf einen Streit angelegt.«

»Ach ja!« Ich schlug mir mit der Hand vor die Stirn. »Ich hab's ja auf den Streit angelegt. Wie dämlich von mir, dass ich nicht meine Klappe gehalten habe.«

Danner schwieg.

»Probleme totsaufen, bis es knallt. Ist ja echt erwachsen, Herr Danner.«

»Hast ja recht«, gab er widerwillig zu.

Wie bitte?

Ich rüttelte an meinem Ohrläppchen: »Ich glaube, ich hör heute nicht gut. Liegt vielleicht am Schlag auf den Kopf.«

»Es tut mir leid«, wiederholte Danner so laut, dass sich der Opa im Pflegebett am Ende des Flures noch mal nach uns umsah.

»Ich bin ein Pappkopp, ist genetisch bedingt. Ich kann verstehen, dass du keinen Bock mehr auf mich hast, aber ich will trotzdem, dass du zurückkommst. Wenn's unbedingt sein muss, erzähle ich dir meine Lebensgeschichte, von der Windel, über meine verschwundene Mutter und Klara, die Schlampe, bis zu Vanessa, Annamaria, Simone und Ella.«

Ich tippte mir an die Stirn.

»Als kleiner Junge hatte ich lange, blonde Locken«, köderte mich Danner.

»Und ich konnte mit Meerschweinchen jonglieren«, knurrte ich nicht mehr ganz uninteressiert.

»Ungelogen«, versicherte Danner. »Mit fünfzehn bin ich mal festgenommen worden, weil ich außen am Förderturm des Bergbaumuseums hochgeklettert bin. Und meinen Mofaführerschein musste ich abgeben, weil meine Kiste siebzig Sachen machte.«

»Blonde Locken?«, siegte meine Neugier über meinen Stolz.

»Es existieren Beweisfotos«, grinste Danner.

Eine weitere Mutter mit Aquarium hatte seine Worte gehört und blieb interessiert stehen.

»Und gibst du endlich zu, dass es dir nicht am Arsch vorbeigeht, dass dein Vater stirbt?«, erkundigte ich mich angriffslustig.

Danner zuckte zusammen.

Keine Antwort. Schon wieder.

»Dann kannst du die Kinderfotos stecken lassen.«

Danner sah sich um, als suchte er ein Fluchtwegschild, das ihm die Richtung zum Notausgang wies.

23.

Vierundzwanzig Minuten, siebzehn Sekunden.

So lange hatten wir bis nach Hause gebraucht, weil wir bis in die Humboldtstraße zu Fuß gehen mussten. Unser Triumph hatte immer noch quer in einer Feuerwehrzufahrt des zum Bordell umfunktionierten Wohnhauses gestanden.

Seit wir das Krankenhaus verlassen hatten, hatte ich kein Wort gesagt. Mal sehen, wie lange Danner das große Schweigen durchhielt.

Alles an mir fühlte sich schmutzig an. Noch bevor Danner die Wohnungstür hinter uns geschlossen hatte, zog ich mein Shirt über den Kopf, streifte die Jeans von den Hüften und verschwand im Bad.

Eine Sekunde lang blieb ich in der Tür stehen und bewunderte den Kontrast zu Esmeraldas Whirlpoollandschaft. Unser Bad war schon in den Siebzigern nicht mehr modern gewesen. Die größtenteils kaputten, beigefarbenen Fliesen ließen den Raum kleiner wirken, als er sowieso war. Die

Keramik war im Kontrast dazu ein paar Nuancen dunkler gewählt worden, in extravagantem Kackbraun. Und neulich hatte Molle die passenden Badematten einfach nicht auf dem Grabbeltisch bei Aldi liegen lassen können: Seitdem ergänzten sie das Ambiente in thematisch passendem Uringelb.

Der Anblick des Badezimmers brachte mich zum Lächeln.

Ich fegte ein paar zerknüllte Unterhosen auf den Boden, die zum Trocknen auf der Badewannenkante gehangen hatten. Dann ließ ich die Brause warm laufen. Ich stieg in die Wanne und hielt mein Gesicht unter den heißen Wasserstrahl, der aus dem Duschkopf schwallte.

Als ich die Augen wieder öffnete, stand Danner in der Tür.

Schweigend drehte ich mich zu ihm um und ließ das Wasser in meinen Nacken prasseln.

Die dampfend heiße Luft im Bad fing an zu knistern.

»Zicke«, sagte er.

Ich zeigte ihm einen Mittelfinger.

»Gib es auf. Du kannst doch keine drei Minuten länger die Klappe halten.«

Ich steckte den Mittelfinger in den Mund und biss hinein, als wäre er eine Walnuss, die ich knacken wollte.

Danner musste grinsen.

»Na schön, die Sache mit meinem Vater geht mir nicht am Arsch vorbei«, gestand er endlich.

Ich schnappte mir das Duschgel vom Badewannenrand.

Danner trat an die Wanne, nahm mir die Flasche ab und hielt sie mir drohend unter die Nase: »Und dass du mich zwingst, das zuzugeben, zahle ich dir heim. Verlass dich drauf.«

Verblüffend. Das Glitzern seiner Augen reichte aus, um meinen ganzen Körper zum Kribbeln zu bringen. Ohne eine einzige Berührung.

Ich schubste seine Hand mit der Plastikflasche zur Seite, packte ihn am T-Shirt und küsste ihn. Ich wollte ihn spüren. Jetzt gleich. Ich musste unbedingt herausfinden, ob es sich noch immer so verdammt gut anfühlte.

Ich schob meine Zunge zwischen seine Lippen. Danner erwiderte meinen Kuss sofort, während er mit den Fingerspitzen behutsam meinen Unterkiefer entlangstrich. Bis zu der Stelle, an der ich die Kante der Metallplatte unter dem Bluterguss leicht schmerzhaft spürte.

Ohne den Kuss zu unterbrechen, stieg er über den Badewannenrand zu mir unter die Dusche. In Jeans, T-Shirt, Stiefeln. Mit beiden Händen umfasste er meinen Nacken, während er mich weiterküsste, zärtlicher als sonst.

Ein Feuerwerk explodierte in meiner Brust, während das heiße Wasser sein dunkles T-Shirt durchtränkte.

Kurz darauf saß ich auf dem Bett. Danners T-Shirt klatschte neben seine Hose auf den Teppich, auf dem sich bereits ein nasser Fleck ausbreitete.

Die Berührung seiner Hand brannte auf meinem Brustbein, als er mich sanft nach hinten in die Kissen kippte.

Ich ließ mich fallen, sank in das Federbett, das nach ihm roch und nach mir. Ich genoss das schwindelerregende Gefühl, als mein Herz unter seiner Hand flatterte wie ein gefangener Vogel.

Seine Finger glitten über meinen Körper, ließen meine Bauchdecke kribbeln, wanderten auf der Oberseite meines Schenkels hinab zum Knie und an der Innenseite so quälend langsam wieder hinauf, dass ich fast wahnsinnig wurde.

»Okay.« Ich kapitulierte und brach mein Schweigen. »Waffenstillstand?«

»Das hat Kleopatra auch gesagt, als die Schlacht gegen Caesar verloren war.«

Danners Hand war zwischen meinen Beinen angekommen. Mit den Fingern spreizte er meine Schenkel auseinander und streifte dabei mit dem Daumen wie zufällig meine Klitoris. Ich zuckte zusammen, mir wurde heiß und kalt gleichzeitig.

Hätte Knochenfinger mich vergewaltigt, hätte ich Sex vielleicht nicht mehr ertragen, ging es mir plötzlich durch den Kopf.

»Denk nicht dran.«

Ich blinzelte irritiert. Einen Moment lang war ich nicht sicher, ob ich laut ausgesprochen hatte, was ich dachte.

»Entspann dich einfach.«

Danner beugte sich über mich, küsste sich meine Kehle entlang, mein Brustbein hinunter, über meinen Bauch. Im nächsten Augenblick war seine Zunge zielsicher zwischen meinen Beinen angekommen. An dem gewissen Punkt, der weder im Schulunterricht noch bei *Dr. Sommers* Erläuterungen zum Thema ausreichend Beachtung fand.

Meine Lust verursachte ein fast schmerzhaftes Ziehen in meinem Unterleib.

Danner sah mir in die Augen, als er in mich eindrang. Das überwältigende Gefühl von ihm in mir durchflutete meinen Körper.

Einen Augenblick verharrte er, strich mir die Haare aus dem Gesicht, bevor er mit beiden Händen meinen Kopf griff und ihn festhielt, während er mich küsste.

Langsam begann er, sich in mir zu bewegen.

Es tat so gut, von ihm festgehalten zu werden, ihn so unmittelbar zu spüren. Sein Griff in meinen Haaren, sein Gewicht auf meinem Körper, seine Zunge in meinem Mund und seine Bewegungen in mir.

Ich drohte, in tausend Teile zu zerspringen. Ich schlang die Beine um seine Hüften und erwiderte seinen Kuss heftig.

Tief in mir hielt er inne und sah mich an.

Ich stöhnte auf.

Verdammt, er wusste genau, dass er mich so weit hatte. Ich wurde wahnsinnig, wenn er nicht sofort weitermachte!

»Komm«, sagte Danner. »Jetzt.«

Okay?!

Ich ließ los und mein Körper gehorchte ihm tatsächlich. Der totale Kontrollverlust raubte mir die Sinne.

Hammer.

Als ich wieder zu mir kam, hatte Danner den Kopf auf eine Hand gestützt, mit dem Zeigefinger der anderen fuhr er mein Schlüsselbein entlang.

Auf meiner Brust lagen ein Zettel und ein Kugelschreiber.

Verwundert griff ich nach dem Papier.

Text. Ein Computerausdruck.

Wo hatte er den denn so schnell hergeholt?

»Ich dachte, dein Name auf dem Türschild reicht«, sagte Danner.

Mietvertrag, las ich die fett unterstrichene Überschrift.

»Bisher hatte ich gar keinen«, erklärte er. »So konnte Molle mich wenigstens nicht wegen der Mietrückstände verklagen. Aber wenn wir beide unterschreiben, kann ich dich nicht mehr vor die Tür setzen, selbst wenn ich es in geistiger Umnachtung noch mal versuchen sollte.«

Schlagartig war ich wach. Ich setzte mich auf und klickte die Mine aus dem Kugelschreiber.

»Dann denk dran, dass ich dich ab jetzt von der Polizei abholen und in der Arrestzelle ausnüchtern lassen kann«, grinste ich, als ich meinen Namen auf das Papier kritzelte.

»Was auch gestern ein geistreicheres Vorgehen gewesen wäre«, parierte Danner meinen Seitenhieb.

Touché.

»Und was machen wir nun?«, erkundigte ich mich.

»Wir warten auf einen Termin bei Curly im Knast«, schlug Danner arglos vor.

»Ich spreche von deinem Vater.«

Danners Blick wanderte auf den Mietvertrag in meiner Hand. Dann zu mir. Ohne eine Miene zu verziehen.

Pokerface.

Pappkopp.

»Abwarten und Tee trinken«, schlug er vor.

»Die nächsten zehn Jahre?«, wollte ich wissen.

»Ich weiß es nicht, verdammt!« Ruckartig stand er auf, schnappte sich seine Jeans und stieg hinein.

»Hast du dir denn je Gedanken gemacht, was mit dir selbst in so einem Fall passieren soll?«, erkundigte ich mich.

Danner schwieg.

Ich winkte mit dem Mietvertrag. »Hast du?«

Er zog seinen Gürtel stramm. Dann griff er in die Gesäßtasche seiner Jeans, zog ein schwarzes Lederetui hervor und hielt es mir hin. Seine Brieftasche?

»Guck rein, bevor ich es mir anders überlege.«

Als ich sie aufklappte, sah ich seinen Personalausweis und eine Ecke seines Führerscheins, der hinter einem zusammengefalteten Zettel hervorguckte.

Danner zupfte das Papier hervor und gab es mir.

Ich spürte mein Herz beschleunigen.

Danner hatte sich wirklich Gedanken für den Ernstfall gemacht?

Als Erstes registrierte ich das Datum. Groß und deutlich, oben rechts über dem kurzen Textabschnitt: *Mai 1995*.

Den Zettel hatte er vor beinahe zwanzig Jahren geschrieben!?

Handschriftlich. Ich erkannte seine flüssige, stark nach rechts geneigte Handschrift, obwohl er damals ein paar Schnörkel weniger gemacht hatte als heute.

Ich musste mich bemühen, den Zettel ruhig zu halten.

Bochum, Mai 1995,
hiermit erkläre ich im Vollbesitz meiner geistigen Kräfte, daß ich jede Art lebenserhaltender Maßnahmen, unabhängig von Situation und Prognose, ablehne.
Ben Danner

Unabhängig von Situation und Prognose?

»Wenn du im Fall deines Vaters dem Abschalten der Maschinen zustimmen würdest, würdest du ja nur tun, was du für dich selbst auch willst«, erklärte ich erstaunt.

Danner blinzelte, als hätte ich ihn geweckt.

Ich stopfte den Zettel zurück ins Etui.

24.

Die Chefneurologin, die uns in ihr Büro gebeten hatte, war eine Frau mit dunklem Pagenkopf, Knopfaugen und abstehenden Ohren. Sie sah aus, als hätte sie seit zwei bis drei Wochen nicht geschlafen. Die beinahe senkrechten Falten, die sich von ihrer Stupsnase zu den seitlichen Enden ihrer schmalen, farblosen Lippen hinunterzogen, gruben sich tiefer in ihr Gesicht, als Danner seine Unterschrift unter einen kurzen Text kritzelte.

Eine halbe Stunde war er im Wohnzimmer auf und ab gelaufen, wie ein Panther am Käfiggitter, bevor er »Dann sofort« gesagt hatte.

»Ich hätte an Ihrer Stelle genauso entschieden, Herr Danner.« Die Neurologin rückte ihren Drehstuhl seitlich hinter dem schweren Schreibtisch hervor, damit die breite Arbeitsfläche nicht wie eine Mauer zwischen uns stand.

Tatsächlich lockerte sich die Gesprächsatmosphäre. Im Gegensatz zu der Blondine mit den Kampftitten hatte die Chefärztin ganz offensichtlich Übung in Gesprächen mit Angehörigen sterbenskranker Patienten. Vielleicht hatte sie sogar das eine oder andere Seminar besucht, in dem die goldenen Regeln der Gesprächsführung erläutert wurden.

Wenn Regel Nummer eins *Persönliche Atmosphäre durch Nähe erzeugen* lautete, war Regel Nummer zwei wohl: *Vertrauen durch Körperkontakt vermitteln,* denn die Ärztin legte ihre Hand mitfühlend auf Danners.

»Die Einwilligung der gesetzlichen Betreuerin liegt ja bereits vor. Rechtlich spricht nichts dagegen, dass wir die Beatmungsmaschine heute noch abstellen«, sagte sie behutsam.

Danner nickte.

»Sie können Ihren Vater auf seinem letzten Weg begleiten, Ihre Tochter sollte allerdings besser draußen warten. Es kann unter Umständen zu einer Atempanik kommen, ein Anblick, den wir einem jungen Mädchen ersparen sollten.«

»Was ich mir erspare, entscheide ich gern selbst«, bemerkte ich freundlich.

Die Ärztin rutschte ein Stück zurück und die Gesprächsatmosphäre wurde wieder etwas unpersönlicher.

Danner winkte ab. »Ich hab sowieso nicht vor, meinem Vater die Hand zu halten.«

»Nein?« Skeptisch runzelte ich die Stirn. Hatte er sich das wirklich überlegt? Oder war das der nächste Versuch, der Situation zu entkommen?

»Glaub mal nicht, dass er das umgekehrt für mich getan

hätte«, brummte Danner. »Und mein Bedarf an schlimmen Bildern ist für diese Woche bereits gedeckt. Ich verlasse mich einfach mal drauf, dass Sie schon wissen, was Sie tun, Frau Doktor Franzmann.«

Einfach nach Hause gehen konnte Danner dann allerdings auch nicht. Deshalb verbrachten wir die folgenden Stunden neben dem Kaffeeautomaten der *Stroke Unit.*

Danner streifte den Flur auf und ab, während mein Gehirn Schleifen drehte. Oran Mongabadhis zerschossenes Gesicht, die Trennung von Danner, die Nacht im Bordell, die Angst, vergewaltigt worden zu sein, der Versöhnungssex, Danners Patientenverfügung und jetzt noch die Entscheidung, die lebenserhaltenden Maßnahmen bei seinem Vater zu beenden – es war in zu kurzer Zeit zu viel passiert, als dass ich es wirklich erfassen konnte.

Danner war am Fenster am Ende des Flures stehen geblieben.

Endlich trat die Chefärztin aus Zimmer 646. Danner fuhr zu eilig herum, um noch gleichgültig zu wirken.

»Mein Beileid«, sagte sie knapp. Mit einer Handbewegung deutete sie an, dass wir eintreten konnten.

Im Raum war es dunkel. Die Sonnenschutzjalousien waren halb heruntergelassen worden, die dünnen Vorhänge dämpften das Licht.

Vor allem aber war es ungewöhnlich still im Krankenzimmer. Sämtliche Maschinen waren ausgeschaltet. Kein Piepen mehr, das den Herzschlag begleitete, kein Pumpen und Zischen der gewaltigen Beatmungsanlage, kein Summen der mit Luft gefüllten Spezialmatratze.

Eine Krankenschwester strich gerade noch die Bettdecke glatt. Offensichtlich war aufgeräumt worden. Und gelüftet.

Der Uringeruch war verflogen, ein nach Blumen duftendes Raumspray übertönte den beißenden Gestank der Desinfektionsmittel.

Mit geschlossenen Augen und geschlossenen Lippen lag der magere, alte Mann in den Kissen. Der unterhalb seines Kehlkopfes in seinen Hals geschobene Beatmungsschlauch war entfernt worden, eine Mullkompresse klebte auf der Öffnung. Seine zuvor schmerzhaft verkrampften Hände ruhten entspannt vor ihm auf der Decke.

Der Verstorbene wirkte ruhig und friedlich. Vielleicht war er absichtlich in diese Position gebracht worden, damit im Nachhinein keine Zweifel an der Entscheidung aufkamen.

Danner verharrte reglos vor dem Bett. Ich wusste nicht, ob ich ihn berühren sollte. Ich hatte keine Ahnung, wie man tröstete.

Nach ein paar Minuten wandte er sich ab.

Die Ärztin wartete auf dem Flur.

»Können Sie uns den Bestatter nennen, der sich der Sache annimmt, Herr Danner?«, ging sie zum geschäftlichen Teil der Angelegenheit über. »Sie haben sich doch sicher Gedanken über das weitere Vorgehen gemacht?«

Klang, als hätte sie diese Fragen schon unzählige Male gestellt, als würde sie einen Punkt auf der To-do-Liste nach Todesfällen abhaken. Maschinen abgestellt? Angehörigen ausreichend Zeit zum Trauern eingeräumt? Bestatter informiert?

Danner wirkte verwirrt.

»Wir melden uns bei Ihnen«, wimmelte ich die Medizinerin ab.

Es hatte wieder angefangen zu regnen, als wir aus dem Krankenhaus traten. Danner blieb stehen und ließ sich einen Moment lang die Tropfen ins Gesicht prasseln.

Dann legte er mir einen Arm um die Schultern.

Ich schob meine Hand in seine Gesäßtasche und zog seine Brieftasche heraus.

»Das hier kannst du übrigens vergessen.« Ich fummelte seine Patientenverfügung heraus.

Danner runzelte verständnislos die Stirn.

»Unabhängig von Situation und Prognose geht gar nicht«, erklärte ich. »So einfach kannst du nicht mehr die Biege machen. Lass dir was Besseres einfallen.«

Ratschend zerriss ich das Papier.

25.

Es war halb acht, als wir endlich Molles Kneipe betraten. Mir kam es vor, als hätte ich Wochen in Krankenhäusern verbracht. Auf einmal erinnerte ich mich wieder an den Schmerz in Hinterkopf und Unterkiefer, der prompt zu pulsieren begann.

Staschek saß vor einem leeren Teller und einem vollen Bierglas.

»Beinahe hätte ich hier angefangen zu schimmeln«, begrüßte uns der Kommissar vorwurfsvoll. »Ich hoffe, ihr habt wenigstens gearbeitet.«

Danners üblicher Konter auf Staschek Stichelei blieb aus. Er wirkte geistesabwesend und ich fragte mich, ob er die Entscheidung im Nachhinein bereute. Hatte ich mich zu sehr eingemischt?

»Nein, wir haben gevögelt«, lenkte ich Staschek Aufmerksamkeit auf mich. »Im Gegensatz zu dir haben wir ein Privatleben, Lenny.«

Staschek runzelte die Stirn, er hatte den Bluterguss in

meinem Gesicht bemerkt. Sein Blick wanderte zu dem immer noch schweigenden Danner.

»Erzähl mir noch, dass dein Privatleben neuerdings dein Gesicht verbeult, und ich verhafte ihn«, erklärte der Kommissar misstrauisch.

»Lass stecken, Lenny«, winkte ich müde ab. »Das war ein Arbeitsunfall.«

Wie von Zauberhand senkte sich ein überschäumendes Bierglas vor Danner auf den Tisch.

Danner betrachtete die goldgelbe Flüssigkeit skeptisch. »Sorry, Molle«, sagte er dann. »Ich mach mal 'ne Pause. Außerdem will ich hier wohnen bleiben.«

Er zwinkerte mir zu. Ich atmete auf, weil er erstens ansprechbar war und mir zweitens meine Einmischung offenbar nicht übel nahm.

Das Bierglas wanderte weiter zu Staschek.

Der dicke Wirt schob mit dem Zeigefinger seine Brille auf die Nasenspitze, um seinen Kumpel über die halbmondförmigen Gläser hinweg zu mustern. »Was soll ich dir denn sonst bringen?«

Danner kratzte sich die Glatze: »Keine Ahnung. Was Alkoholfreies.«

»Zur Sache«, wurde Staschek ungeduldig. »Die Polizeipräsidentin rotiert und die kleine Stalkerin sitzt im Revier. Was habt ihr?«

Danners Antwort ließ wieder auf sich warten.

»Sophie Meister?«, erkundigte ich mich interessiert.

»Supertipp, die Firma dankt.« Staschek wischte sich eine kastanienbraune Haarwelle aus der Stirn, als er sich mir zuwandte. »Die Kleine hat Mongabadhi ständig angerufen. Allerdings gibt die Mutter ihr ein Alibi. Lange werden wir sie nicht dabehalten können.«

Molle schob Danner und mir je eine dampfende Tasse unter die Nase.

»Was ist das?« Mein Freund rümpfte die Nase.

Molle zwinkerte mir zu: »Kamillentee.«

Danner warf dem Wirt einen zweifelnden Blick zu.

»Soll ich dir einen Salat dazu machen?« Molle warf die massige Hüfte zur Seite und spreizte elegant den kleinen Finger ab. »Mit Zucchinischeiben und Honig-Senf-Soße, mein Schätzeken?«

Ihm gelang es, Danner flüchtig zum Schmunzeln zu bringen.

»Die Chefin will was Positives für die Presse. Die Medienaufmerksamkeit ist gigantisch.« Der Kommissar blickte sich um, als würde ihn die Polizeipräsidentin persönlich durch Molles Kneipenfenster observieren. Dann wandte er sich an mich: »Also – haben sich eure Überstunden gelohnt?«

Suchend schaute ich an mir herunter. »Komisch, ich sehe meine Polizeimarke gar nicht. Seit wann arbeite ich für deine Truppe?«

»Lässt du mich etwa hängen, Lilalein?«, schnurrte Staschek im Schmeichelton.

Moment, fiel mir ein, ich hatte ja wirklich einen interessanten Tipp für ihn.

Hm.

»Nicht, wenn du mir am Monatsende ein dickes Beamtengehalt überweist – oder dafür sorgst, dass wir endlich unsere Klientin in der U-Haft besuchen dürfen«, lächelte ich genauso liebenswert zurück.

»Vergiss es«, winkte Staschek ab. »Ben kommt da selbst mit Perücke nicht rein.«

»Schade.« Ich verschränkte die Arme vor der Brust.

Staschek sah sich noch mal misstrauisch um, bevor er mit

verschwörerisch gesenkter Stimme flüsterte: »Aber die Kollegin Wegner hat sich Moesha Schmidtmüller heute vorgenommen. Eure Klientin hat uns die Namen von zwei weiteren Fußballspielern genannt, die sich angeblich gelegentlich im *Esmeralda* bedienen lassen haben.«

Bedienen lassen? Mann, Lenny, das klingt, als würden die Mädels Steinpilzsuppe und Weißwein servieren.

»Verrat mir die Namen und du kriegst dafür von mir einen neuen Verdächtigen für deine liebe Klara.«

Staschek machte ein Geräusch, das wie ein Knurren klang. Na ja, wie das Knurren eines Schmusekätzchens, vielleicht. Trotzdem zog er einen Kugelschreiber aus der Tasche und kritzelte etwas auf eine von Molles rot-weiß karierten Servietten.

Als ich zugreifen wollte, zog er die Serviette rasch zurück: »Ich bekomme auch einen Namen von dir.«

Ich kritzelte ebenfalls etwas auf eine Serviette und hielt sie Staschek hin. »Den Kollegen findest du im Krankenhaus, vermutlich auf der Urologie. Du kannst ihn wegen Freiheitsberaubung und Körperverletzung festnehmen. Eine Anzeige liefere ich gratis dazu.«

Staschek musterte erst mein blau angelaufenes Kinn, dann Danner, der an seinem Kamillentee nippte.

»Du warst hoffentlich beim Arzt und hast die Verletzungen dokumentieren lassen?«

Ich nickte.

»Gleich morgen früh tauchst du im Polizeipräsidium auf und machst eine Aussage, verstanden?« Staschek erhob sich und schlüpfte in seinen Mantel. »Und nächstes Mal bist du vorsichtiger.«

Die Kneipentür streifte bimmelnd die altmodische Türglocke, als sie hinter ihm zufiel.

Unter dem Tisch berührte Danners Oberschenkel meinen. Wir tickten unsere Teetassen aneinander.

Erst jetzt erinnerte ich mich wieder an eine Frage, die irgendwie unter den sich überschlagenden Ereignissen verschüttet worden war: »Sag mal, woher hast du denn nun gewusst, dass du ausgerechnet im *Esmeralda* nach mir suchen musstest?«

»Berufsgeheimnis«, erklärte Danner.

Hah! So einfach kam er mir nicht davon.

»Du wirst dir kaum illegal ausrangierte Stasiüberwachungssysteme besorgt haben«, bohrte ich nach.

»Ach, nein?«

Immerhin ärgerte er mich wieder.

»Nenn es von mir aus Intuition.«

»Du bist kein Medium, dem hilfsbereite Geister was ins Ohr flüstern, Ben.«

»Deshalb hat es ja auch eine Weile gedauert, bis ich drauf gekommen bin«, seufzte Danner. »Mein Gewissen hat sich sowieso erst nach Mitternacht zurückgemeldet. Aber deine Freundinnen beantworten glücklicherweise auch nachts SMS, die schlafen anscheinend mit dem Smartphone am Ohr. Also wusste ich, dass du nicht bei Lena, Karo oder Franzi stecktest. Es gab eine gewisse Wahrscheinlichkeit, dass du allein weiterschnüffeln würdest, also hab ich Erwin bei Esmeralda vorbeigeschickt.«

»Erwin spielt mit seiner Zeugungsfähigkeit, wenn ich ihn noch mal im Puff erwische«, bemerkte ich.

Danner nippte am Kamillentee.

26.

Timo Gutschenk
Justin Jankowski

Ich steckte Staschecks beschriftete Serviette in die Jackentasche, als Simon Goldstein auf uns zukam. Wir warteten auf dem Parkplatz hinter dem Stadioncenter, keine hundert Meter von dem Ort entfernt, an dem Oran Mongabadhi erschossen worden war.

Die Nacht war unerwartet ruhig gewesen. Danner war eingeschlafen, ohne Streit anzuzetteln, ohne Alkohol und ohne nächtliche Hanteltraining-Session in der Küche. Trotzdem hatte er heute Morgen ausgesehen, als hätte er Kopfschmerzen.

»Willst du wirklich mitkommen?«, hatte ich mich vorsichtig erkundigt, als ich mich auf den Weg ins Polizeipräsidium machen wollte, um wie versprochen Anzeige gegen Stani zu erstatten.

»Was sonst?«, hatte Danner in einem Tonfall geantwortet, der einen Themenwechsel nahelegte.

Der Frühschoppen mit dem Fußballtrainer hatte Danner dessen private Handynummer eingebracht. Und der hatte sich bereit erklärt, uns nach dem morgendlichen Training ein Treffen mit den beiden Spielern zu organisieren, deren Namen Staschek auf der Serviette notiert hatte.

Es war später Vormittag, als Danner den Trainer mit einer kumpelhaften Umarmung inklusive Schulterklopfen begrüßte. Und ehe ich mich versah, hatte Goldstein auch mich an sich gezogen.

»Schön, dass ich diesmal euch helfen kann. Eine Hand wäscht die andere, hm? Das Training ist gerade zu Ende, die Jungs warten in der Kabine auf uns. Kommt mit.«

Er ließ uns in den abgesperrten Bereich eintreten und führte uns eine Treppe hinunter in den Keller des Stadioncenters. Wir kamen an einer Fensterfront vorbei, hinter der Krafttrainingsgeräte standen. Hanteln lagen auf Isomatten und zwei Männer radelten locker auf Trimmrädern, ein anderer machte Klimmzüge an einer Sprossenwand.

Wir folgten Goldstein in die Katakomben des Sporttempels. Danners Gesichtsausdruck wurde sofort wacher, als wir an einem leeren Raum vorbeikamen, in dessen oberem Wandbereich großflächige, mit kleinen, bunten Rechtecken bedruckte Tafeln hingen.

Ich hielt inne. Es dauerte einen Moment, bis ich mich erinnerte, wo ich die bunten Flächen schon mal gesehen hatte: Im Fernsehen und auf Zeitungsfotos standen die Spieler bei Interviews vor diesem Hintergrund. Bei den bunten Rechtecken handelte es sich um die winzigen Werbelogos der Sponsoren.

Cool.

»Nett habt ihr es hier«, fand Danner. Er und Goldstein waren bereits weitergegangen und ich beeilte mich, sie wieder einzuholen.

Der Trainer steckte seinen Kopf in eine offen stehende Stahltür, hinter der leise ein Motor summte.

»Justin? Die beiden Detektive, die Orans Tod untersuchen, sind jetzt da.«

Ich lugte am Trainer vorbei um die Ecke. Als Erstes nahm ich den Geruch von Leder, Seife und Schuhen wahr. Dann die Metallregale an den Betonwänden, die mit Fußballschuhen in allen Farben gefüllt waren. Manche Spieler bevorzugten schlichtes Schwarz oder Weiß, die meisten aber gingen mit der Mode und spielten in trendigem, neonfarbenem Schuhwerk. Zwei mit Bällen gefüllte Netze lagen auf dem Boden. Ich erkannte die orangefarbenen Applikationen der aktuellen Bundesligabälle.

Links von mir, neben einem Waschbecken, stand ein junger Mann in einem verschwitzten Trikot und putzte seine Schuhe.

Ich stutzte. Ich hatte nie darüber nachgedacht, ob die Spieler ihre Schuhe nach dem Spiel selbst sauber machen mussten.

»Bin gleich da«, nickte der Junge, dessen kurz geschorene, dunkle Haare sich vom Schweiß kräuselten.

»Wir gehen schon mal in die Kabine hinüber, Lila.« Goldstein ließ mir den Vortritt.

Gleich darauf standen wir tatsächlich im Allerheiligsten des Stadions: der Umkleidekabine der Mannschaft. Beinahe ehrfürchtig sah Danner sich um.

Boden und Wände waren natürlich *VfL*-blau, ringsherum verlief eine Sitzbank aus hellem Holz. In über zwanzig passenden Regalen hatten die Spieler ihre Trikots, Schienbeinschoner, Handschuhe und persönlichen Sachen verstaut.

Ein solariumgebräunter Blonder zog sich gerade seine Schuhe an. Mit seiner frisch gegelten Kurzhaarfrisur, einem T-Shirt mit Palmenaufdruck und einem an einem Lederband um seinen Hals baumelnden Seestern hätte er auch Profisurfer sein können.

Er erhob sich und reichte Danner und mir die Hand. »Timo Gutschenk, Mannschaftskapitän«, stellte er sich vor.

Definitiv war er keine Geisterbahngestalt und auch nicht durch Segelohren, Riesenpickel oder Hexenwarzen entstellt. Mit meiner Vorstellung vom schmierigen, verklemmten

Freier mit Frauenphobie und Schweißproblem hatte der Fußballspieler nichts gemeinsam. Im Gegenteil. Auf einer Party würde meine sechzehnjährige Freundin Lena mit Begeisterung Telefonnummern mit ihm tauschen.

»Möchtest du etwas trinken, Lila?«, erkundigte sich Goldstein. Tatsächlich war er beiläufig zum Du übergegangen. *Das ist doch nur eine Frage der Zeit, Frau Ziegler.*

Toll.

Er zapfte Limonade aus einem Getränkeautomaten. Der sprudelte auf der lang gestreckten Multifunktionsbar, die als breiter und meterlanger Holzquader die Mitte des Raumes füllte.

Hinter den Getränkeautomaten entdeckte ich ein Flipchart, an dem Goldstein offenbar mithilfe von Pfeilen und bunten Magneten das taktische Vorgehen im Spiel erklärte.

Links konnte ich durch eine Glastür am Duschbereich vorbei ein Schwimmbad sehen, rechts ging es von der Umkleide in einen Raum, in dem mehrere, blau gepolsterte Massagepritschen standen.

Goldstein drückte mir den Getränkebecher in die Hand, als hinter uns die Tür aufging. Justin Jankowski, der jugendliche Spieler im verschwitzten Trikot, war mit dem Schuheputzen fertig.

Sowohl Gutschenk als auch Jankowski hatte ich beim Spiel am Samstag auf dem Feld gesehen.

»Können wir kurz allein mit den beiden sprechen, Simon?« Danner manövrierte den Trainer aus dem Raum.

»Sie beide sollen nach dem Spiel am Samstag Streit mit Oran Mongabadhi gehabt haben«, kam ich zur Sache, nachdem die Tür hinter Goldstein zugefallen war.

»Pfft!« Gutschenk lehnte sich an die kastenartige Bar in der Raummitte, das rechte Bein lässig vor das linke gekreuzt, die Arme verschränkt. Mit Ende zwanzig war er voll austrainiert und sein kantiges Kinn ließ mich spekulieren, dass er seinen Trainingszustand nicht ausschließlich Metallgewichten verdankte. Sein rechter Mundwinkel fiel mir auf, weil er dauerhaft nach oben zeigte.

»Der hatte einfach eine große Fresse.« Gutschenks Mundwinkel blieb oben, als er sprach. »Sein Problem war, dass da nichts dahintersteckte.«

»Wie meinen Sie das?«, hakte ich nach.

»Na, der reißt sich um jeden Elfmeter und dann haut er das entscheidende Ding in die Luft.«

»Künstlerpech«, provozierte Danner.

»Ich würde es eher chronische Selbstüberschätzung nennen, oder Justin?«

Jankowski, der neben Gutschenk immer unauffälliger zu werden schien, nickte.

»Das sehen Sie doch auch an seiner idiotischen Bettgeschichte«, argumentierte Gutschenk weiter. »Erst macht der Zwerg auf dicke Hose und dann will er die erstbeste Nutte gleich heiraten.«

»Nett, dass Sie von allein auf Ihre gemeinsamen Bordellbesuche zu sprechen kommen.« Danner lächelte freundlich.

Gutschenk federte von einem Bein auf das andere wie ein Sprinter vorm Start, während er Danner abschätzend musterte. Justin Jankowski wurde zappelig, als hätte man ihm einen Ohrenkneifer in die Fußballshorts gesteckt.

»Neidisch, hm?«, grinste Gutschenk schief. »Du würdest zu einem Whirlpool voll geiler Bräute auch nicht Nein sagen, wenn du sie dir leisten könntest, Alter.«

Verglichen mit Brechreizauslöser Gutschenk war mir Goldstein, der sich plumpe Anzüglichkeiten mittlerweile verkniff, beinahe sympathisch.

»Ich bin nicht mehr fünfzehn, Kleiner«, knurrte Danner.

»Schwul, oder was?«, spottete Gutschenk unbekümmert weiter.

»Warum bezahlen Sie für Sex?«, stellte ich die Frage, die mir seit Tagen durch den Kopf spukte, und lenkte damit die Aufmerksamkeit wieder auf mich.

Jankowski verschwand halb hinter Gutschenks breitem Kreuz, während dessen Mundwinkel noch ein Stück weiter nach oben zuckte.

Eindeutig eine Gesichtslähmung. Aufgrund anhaltender Idiotie.

»Die Weiber zicken nicht rum, wenn du dafür bezahlst. Und es geht schnell.« Der Unterton in Gutschenks Stimme wechselte von arrogant zu widerlich, während er meinen Körper taxierte. »Bezahlen, ficken und tschüss. Wie beim Friseur. Da musst du nicht erst den Romeo machen, nur um schnell mal rüberzurutschen.«

Dass es den Jungs schlicht und einfach lästig war, sich den Namen der Frau zu merken, bevor es zur Sache ging, war selbst nach meinen dutzendfachen Einweg-Sex-Erfahrungen ernüchternd.

»Was genau ist mit Oran Mongabadhi am Abend vor seinem Tod passiert?«, übernahm Danner wieder das Wort.

Die beiden wechselten einen raschen Blick.

»Nichts Besonderes.« Gutschenk zuckte die Schultern. »Nach dem versauten Elfmeter war keiner gut auf ihn zu sprechen. Wir haben hinterher noch oben beim Catering was getrunken und es ist ein bisschen lauter geworden.«

»Handgreiflichkeiten?«, bohrte Danner nach.

»Wir haben ihm nur verdeutlicht, dass er nächstes Mal gefälligst Justin das Ding machen lassen soll«, erläuterte Gutschenk. »Aber falls Sie wissen wollen, ob wir Oran auf dem

Parkplatz erschossen haben: Nein. Das können die Kollegen Marek Tilmann und Ole Krüger bezeugen, wir haben uns ein Taxi geteilt. Das war so gegen Mitternacht und da war Oran noch am Leben.«

Gutschenk und Danner funkelten sich wütend an.

»Wollte Mongabadhi zu Schalke wechseln?«, fiel mir ein.

Der Blonde runzelte die Stirn: »Der Trainer hätte ihn wohl kaum schießen lassen, wenn an dem Gerücht was dran gewesen wäre.«

»Fragen Sie doch seinen alten Trainer«, schlug Jankowski vor. Zum ersten Mal beteiligte er sich an dem Gespräch. »Mit dem hat er alles bequatscht.«

Auch Jankowski war muskulös, für einen Profisportler ließ seine Haltung allerdings zu wünschen übrig, fand ich. Seine Schultern waren nach vorn gesunken und der obere Rücken gekrümmt, obwohl er nicht sonderlich groß war. Vielleicht wirkte er aber auch nur krumm, weil er angestrengt vermied, Danner oder mich anzusehen.

»Dietmar Wöhler?«, hakte Danner nach.

Jankowski wagte nun doch einen kurzen Blick. »Der weiß alles über Oran. Jeden Abend waren die beiden in Orans alter Muckibude. Zusätzlich zu unseren Trainingseinheiten hat er mit Wöhler ein knallhartes Krafttraining durchgezogen. Oran war besessen, wollte unbedingt irgendwann in der ersten Liga spielen.«

»Pffft.« Gutschenk schnaufte verächtlich. »Ohne Vitamin B wäre der kleine Streber gar nicht hier gewesen. Ein halbes Jahr hat der nur auf der Bank gesessen. Aber dann ist er ja doch noch Goldis kleiner Liebling geworden.«

Das Wort ›Liebling‹ erzeugte einen Nachhall in meinem Kopf. »Wer war denn vor Mongabadhi sein Schnuckelchen? Sie zufällig?«

Ganz kurz sackte Gutschenks Mundwinkel nach unten.

»Unser Nesthäkchen hier natürlich«, fing er sich sofort und tätschelte Jankowski den rasierten Kopf.

Dessen Haltung verschlechterte sich noch ein wenig mehr.

»Hallo? Frau Ziegler! Warten Sie mal!«

Danner und ich waren den Flur hinaufgegangen, einen hell erleuchteten Tunnel entlang, an dessen Ende wir plötzlich in einem Bergwerksstollen landeten. Mit Holz abgestützte Grubengänge führten offenbar unterirdisch von den Kabinen im Stadioncenter in Richtung Spielfeld.

Justin Jankowski holte uns am Stolleneingang ein. Zum ersten Mal sah er mich direkt an. Mir fielen seine ausdrucksvollen, blauen Augen mit den langen Wimpern auf.

»Ich kann mir nicht vorstellen, dass Oran wechseln wollte. Schon gar nicht zu Schalke«, stammelte er. »Das war nur ein dummes Gerücht … Und wegen … wegen Ihrer Frage …« Das Stottern verstärkte sich. »Sie wollten doch wissen, warum wir – ich – warum ich das mache.«

Ach so. Im Gegensatz zu den anderen Unterstützern der Sexarbeit schien ein Bordellbesuch für Justin Jankowski keine Selbstverständlichkeit zu sein.

»Ich kann nicht aufhören«, gestand er leise. »Es ist wie eine Sucht.«

27.

»Das Ding, mit dem die denken, muss eigentlich ab«, grollte Danner, während er den Spitfire den Castroper Hellweg hinunter in Richtung Innenstadt lenkte.

»Bei Gutschenk könnte ich das erledigen«, bot ich an.

»Oder wir präsentieren ihn der Kripo als unverbrauchten und medienwirksamen Neuverdächtigen.«

Danner grinste, doch das Lachen erreichte seine Augen nicht. Kein Grübchen.

»Wie geht's dir?«, wollte ich wissen.

Danner schwieg.

»Wegen deines Vaters, meine ich.«

Schulterzucken.

»Hättest du es doch lieber anders gemacht?«, präzisierte ich.

Sein Knie entfernte sich von meinem.

»Schon klar«, seufzte ich. »Ist nicht der Rede wert. Geht ja jeder am nächsten Tag weiterarbeiten.«

»Ich bin froh, dass es endlich vorbei ist, okay?«, schnauzte er. »Das ist wahrscheinlich der Grund, warum ich mich beschissen fühle.«

Nach kurzem Überlegen ergänzte er: »Und ich würde mich liebend gerne heute Abend volllaufen lassen.«

Mir fiel keine Antwort ein. Mein Freund war nicht der einzige Kommunikationslegastheniker in unserer Beziehung.

»Nervensäge«, ergänzte Danner nach kurzem Schweigen. Dann kam er ohne Überleitung wieder auf unseren Fall zurück: »Bei Gutschenk kann ich jedenfalls kein Motiv für den Mord entdecken.«

»Vielleicht ein gewisser Hang zum Sadismus?«, gab ich zu bedenken.

Danner schüttelte den Kopf: »Einem Möchtegern-Hannibal-Lector wäre was Spannenderes eingefallen, als Mongabadhi zu erschießen.«

Das stimmte vermutlich.

»Aber bei Justin Jankowski sieht es anders aus«, dachte ich laut weiter. »Der könnte ein Motiv haben.«

»Weil Mongabadhi ihm den Platz als Goldsteins Schnuckelchen streitig gemacht hat?«

»Weil ihm – im Gegensatz zu den anderen – seine Bordellbesuche peinlich sind«, erklärte ich.

Danner pfiff durch die Zähne.

»Drei, zwei, eins – und hoch! Drei, zwei, eins … komm schon! Zieh durch!«

Das Trainingscenter an der Universitätsstraße bestand aus einem einzigen, schlauchförmigen Raum mit einer verspiegelten Seitenwand. Das Ambiente erinnerte an einen schlecht beleuchteten Tunnel, vor dessen Eingang ein zusammengezimmerter Empfangstresen stand. Weil sich rechts vom Fitnessstudio eine Secondhandboutique und links ein Elektronikshop befanden, gab es keine Fenster und von den zahlreichen Neonröhren unter der Decke funktionierte nur etwa die Hälfte. Trotzdem klackerten die Trainingsgeräte, die Stahlgewichte schepperten unermüdlich aufeinander und im Hintergrund lief Musik, die nur aus Bassbeats zu bestehen schien. An der Eingangstür stand Dietmar Wöhlers Name.

Ich hatte genug Zeit mit Kampfsporttraining verbracht, um auf den ersten Blick zu erkennen, dass hier wirklich trainiert wurde. Menschen, die ein Fitnessstudio hauptsächlich zur Beruhigung ihres Gewissens, vorzugsweise nach Silvester besuchten, wählten eher ein Familiencenter mit Spielecke, einen Wellnesstempel oder eine Rehasporteinrichtung mit Schwerpunkt Wirbelsäule.

In einer Gym wie dieser hingegen schwitzten Typen, die alle *Rocky*-Filme auswendig mitsprechen konnten. Die brauchten nur ausreichend Eisen und ein paar Sandsäcke, um ihr Ziel zu erreichen. Hier gab es das Notwendigste, rund um die Uhr, für neunzehn Euro fünfundneunzig im Monat.

Dietmar Wöhler stand breitbeinig auf dem federnden Kunststoffboden, den Rücken stramm durchgedrückt, und erteilte Kommandos. Im Gegensatz zu dem Fantrikot, das der Fanclubchef bei unserer letzten Begegnung getragen hatte, war sein Achselshirt heute nicht dazu geeignet, seine Muskulatur zu verstecken.

An der Vorderseite seines Oberarmes konnte ich die beiden Stränge seines Bizeps' klar voneinander getrennt erkennen und am Rücken zeichnete sich die Muskulatur v-förmig ab. Er erinnerte an einen dieser überzüchteten, französischen Bullen, die unter ihren eigenen Fleischmassen zusammenbrachen.

Vor Wöhler – zwischen zwei Hantelständern – trainierte ein Jugendlicher, der sich ebenfalls auf den Weg zum Zuchtbullen machte. Der Junge schien südländischer Herkunft zu sein, Türke oder Grieche vielleicht. Sein langes Kinn hatte den Rest seines Gesichts im Wachstum überholt. Das lackschwarze Haar trug er zum Pferdeschwanz zusammengebunden.

Auf den Schultern balancierte der junge Bodybuilder eine überdimensionale Langhantel. Mit Sicherheit stemmte er gerade mehr Gewicht, als Danner unter unserem Küchentisch lagerte.

Verbissen, allerdings erfolglos versuchte der Junge, sich samt Hantel aus einer Kniebeuge hochzudrücken. In absehbarer Zeit drohten die Metallmassen ihn zu zerquetschen.

Wöhler stand so dicht hinter seinem Schützling, dass seine Brust fast dessen Rücken berührte. Im allerletzten Moment tippte er mit den Fingerspitzen unter die Hantelstange und half, die Hantel zurück auf den bereitstehenden Ständer klirren zu lassen. Keuchend ließ sich der Junge auf die Matte kippen.

»Eine Minute Pause«, kommandierte Wöhler.

»Diet.« Danner streckte dem Trainer die Hand hin. »Wir waren auf der Suche nach dir.«

»Offensichtlich habt ihr mich aufgetrieben.« Wöhler schüttelte Danner die Hand und legte mir einen wulstigen Arm um die Schultern. »Keine Angst, ich will dem Serkan nicht ans Leder, Lila. Das ist ein Hypertrophietraining, da macht man was falsch, wenn man nicht schwitzt. Nix im Ei ohne Quälerei. Morgen hat der Beine wie Baumstämme.«

Ich betrachtete den am Boden liegenden Jungen.

»Dreißig Sekunden«, warnte ihn Wöhler. »Habt ihr schon was Neues gehört? Ich meine, wegen der Sache mit Oran?«

»Ja«, nickte Danner. »Du hast Oran immer noch trainiert, hab ich mir sagen lassen.«

»Damit ihm seine Muckis nicht abhandenkamen. Gerade in jungen Jahren muss ein Profi aufgebaut werden. Außerdem minimiert ein gutes Muskelkorsett natürlich die Verletzungsgefahr.«

»Oran hat mit dir nach Feierabend noch so ein Hypertrophietraining gemacht?« Ich deutete auf den schwer atmenden Serkan, der lang ausgestreckt liegen blieb.

»Nee, der will – wollte ja keine Bodybuildingmeisterschaft gewinnen.« Sein Versprecher ließ Wöhler zusammenzucken, doch er sammelte sich rasch. »Wir haben die Sprungkraft gesteigert, den Antritt verbessert und so weiter. Viel mit dem eigenen Körpergewicht und freien Gewichten gearbeitet und die Gelenke stabilisiert.« Er wandte sich an Serkan: »Deine Pause ist rum.«

Serkan kam wider Erwarten auf die Beine. Seine Arme standen jetzt wie die Henkel eines Kochtopfes von seinem Körper ab. Sein Kopf wirkte plötzlich kleiner, er ähnelte diesen Spielzeugrobotern, die man mit ein paar Klicks zum

Auto umbauen konnte. Mit verzerrtem Gesicht stemmte er sich erneut unter die Langhantel. Sofort rann ihm der Schweiß über sein Gesicht, als hätte ihm jemand einen nassen Schwamm auf den Kopf gedrückt.

»Schön langsam, drei, zwei, eins ...«, begann Wöhler erneut zu zählen.

»Der Oran hat das durchgezogen«, redete er weiter, als Serkan seinen Rhythmus gefunden hatte. »Einen Tag Oberkörper, einen Tag Beine, immer im Wechsel. Der konnte so was von stur sein, was Serkan? Sogar das Fasten hat er sausen lassen.«

Serkan blinzelte. Im nächsten Moment geriet er unter der Langhantel ins Taumeln. Danner streckte die Hände reflexartig nach der Stange aus.

Doch Wöhler brachte seinen Schützling mit einem leichten Schubs wieder ins Gleichgewicht. »Wenn Oran etwas unbedingt wollte, konnte der sich richtig quälen. Talent haben viele, letztendlich gewinnt, wer am konsequentesten trainiert. Aber die meisten lassen sich doch ablenken. Von Autos, Alkohol oder Frauen. Deshalb bin ich überzeugt, Oran hätte über kurz oder lang ...« Wöhler verstummte. Er wischte sich mit dem Handrücken über die Augen.

Zeitgleich verlor Serkan endgültig die Kontrolle, diesmal musste Danner wirklich das Ende der Hantelstange packen und den daran hängenden Jungen wieder aufrichten.

Wöhlers Blick blieb an Danners Unterarmen kleben. »Oran hätte es ganz nach oben schaffen können.«

Serkan schwächelte, doch Wöhler machte keine Anstalten, ihm zu Hilfe zu kommen.

»Den Willen, das ganze Leben hintanzustellen und wie eine Maschine zu trainieren, haben die wenigsten«, referierte er ungerührt weiter.

Als Serkan in die Knie ging, sprang Danner hinter ihn und nahm ihm die Hantel von den Schultern.

»Hölle!«, fluchte er. Er konnte nicht verhindern, dass das Gewicht in Richtung Boden sank.

Wöhler wirkte recht zufrieden, als er Danner die Hantel aus der Hand nahm und in die Halterung wuchtete.

Was ging hier eigentlich vor? Eine neue Variante der Rangordnungsbildung unter männlichen Primaten? Willkommen im Neandertal.

Serkan, der sich mühsam hochrappelte, hatte offensichtlich genug. Er nutzte die Gelegenheit, um sich zu verabschieden: »Sorry, Diet. Ich mach Schluss für heute. Bin nicht gut drauf.«

»Nicht gut drauf?«

Ein ärgerliches Grollen mischte sich in Wöhlers Stimme.

»Nee.« Serkan ließ den Trainer stehen.

»Was heißt, du bist nicht gut drauf?«, brüllte der ihm hinterher. »Glaubst du, ein Schwarzenegger hat auch ständig seine Tage?«

Serkan drehte sich nicht mehr um.

»Wollte Oran eigentlich zu Schalke wechseln, Diet?«, nahm ich unser Gespräch wieder auf.

Doch Serkan hatte Wöhler die Laune verdorben. »Schwachsinn«, schnauzte er mich an. »Oran hätte uns nie verraten.«

Verraten? Hörte ich da etwas zu viel Fußballfanatismus?

»Aber den Elfmeter hat er versiebt«, bohrte ich weiter. »Vielleicht doch, weil er mit Schalke in der Ersten Bundeliga spielen wollte?«

»Pah, versiebt! Der war so gut wie drin! Ohne die neumodische Technik hätte der Linienrichter den gezählt! Ohne diesen Peilsender im Ball wäre das Spiel doch ganz anders ausgegangen!« Wöhler sah aus, als stünde er kurz vor einer Explosion.

Ich überlegte, ob er seine immense Kraft wirklich in jeder Situation unter Kontrolle hatte.

Als hätte er meine Gedanken gelesen, atmete Wöhler zischend aus, es klang, als würde man die Luft aus einem Ballon lassen.

Sein Gesicht erhellte sich, als hätte man im Schädelinnern eine Kerze angezündet. Mit einem Finger klickte er die Verriegelung am Langhantelständer über die Stange, sodass das gewaltige Gewicht nicht versehentlich aus der Halterung zu Boden donnern konnte.

»Entschuldigt mich, Leute. Ich muss«, sagte er nur und – schwupp – weg war er.

28.

»Haben Sie mal über ein Hörgerät nachgedacht?«

Der scharfe Unterton in Danners Stimme war jedenfalls auch ohne technische Hilfsmittel vernehmbar. Außerdem hatte er seine Hände nicht gerade lautlos auf dem massiven Kirschholztisch platziert und sich nach vorn gebeugt.

»Eben gerade habe ich Ihnen erklärt, dass das Sozialamt seit Jahren bei jedem Cent, der über den Selbstbehalt hinausgeht, die Hand aufhält.«

Der große, mollige Mann in Schwarz registrierte, dass sich der Abstand zwischen ihm und Danner verkleinert hatte. Er rückte sicherheitshalber samt Stuhl ein Stück zurück in Richtung des Kirschholzregals, das die Wand in seinem Rücken füllte.

In den Regalfächern glänzten Gefäße in allen Farben und Formen. Ich sah eine antik wirkende Suppenschüssel aus Porzellan. Daneben eine aquamarinblaue Vase, in der sich ein paar weiße Rosen gut gemacht hätten. Etwas höher stand ein schillernder Kubus, der in ein Museum für abstrakte Kunst gepasst hätte. Auf ein anderes Gefäß war ein bekanntes Werk von Picasso gedruckt. Und ganz oben links entdeckte ich einen Fußball. Aus Keramik. Mit Deckel. Und *VfL*-Emblem.

Urnen.

Ich konnte mich tatsächlich in einem Fußball beerdigen lassen. Vorausgesetzt, irgendjemand war bereit, neunhundertzwanzig Euro dafür springen zu lassen.

Bedächtig faltete der Bestatter die Hände vor dem Wohlstandsbauch, den er zu einem nicht unwesentlichen Teil vermutlich den Neunhundertzwanzig-Euro-*VfL*-Urnen verdankte. »Haben Sie denn keine eiserne Reserve?«

»Von meiner eisernen Reserve bezahle ich gewöhnlich die Miete«, knurrte Danner. »Nein, ich habe keine fünftausend Euro im Sparstrumpf und auch kein dickes Schweizer Konto.«

»In solchen Fällen tritt meist das Sozialamt in Vorleistung«, informierte der Beerdigungsunternehmer geschäftig. »Die Rückzahlungsart wird der Sachbearbeiter mit Ihnen festlegen. Die entsprechenden Anträge finden Sie im Internet.« Seine kleinen Schweineaugen funkelten zufrieden.

Eisiges Schweigen ließ die Luft in dem geräumigen, lichtdurchfluteten Raum klirren.

Ich tastete unter dem Tisch nach Danners Oberschenkel. Als ich ihn berührte, reagierte er zu meiner Überraschung tatsächlich: Er ließ seine Stirn stöhnend auf die Tischplatte sinken.

Vielleicht bewertete ich die Sache mit dem Reden über. Im Augenblick war es eigentlich gar nicht schwierig, Danners Gedanken zu erraten.

Die fünftausend Euro, die der Bestatter für das günstigste Begräbnispaket, inklusive Billigurne in Töpferkurs-Optik und Trauerrede verlangte, hatten wir in einem ganzen Jahr nicht übrig.

Blieb der Gang zum Sozialamt. Doch wenn der Staat in Vorleistung ging, würde er sich seine Kohle zurückholen. Im Klartext bedeutete das, dass es in absehbarer Zeit keine Aussicht auf eine Verbesserung unserer finanziellen Situation geben würde.

»Tief im Westen«, röhrte Herbert Grönemeyer in die gerade nicht sonderlich besinnliche Stille.

Danner hob den Kopf vom Tisch und fummelte beinahe erleichtert sein Handy aus der Tasche. Nach einem kurzen Blick aufs Display war er auf den Beinen.

»Lenny?« Mit dem Apparat am Ohr entfernte er sich vom Kirschbaumtisch und schlenderte zu der gewaltigen Glasfront der neu erbauten Geschäftsstelle des Beerdigungsinstitutes, vor der unser schwarzer Oldtimer auf dem gepflasterten Parkplatz stand. Der Lack war poliert, die verchromten Felgen glänzten.

»Wirklich?« Danners Blick blieb am Wagen hängen. »Ja, natürlich holen wir sie ab. Danke dir.«

Danner drehte sich um, schnappte dem Bestatter den Vertrag aus der Hand und kritzelte seine Unterschrift drunter.

»Wir müssen los.«

29.

Oran Mongabadhi kaute auf seiner Unterlippe. Regen und Schweiß kräuselten seine dunklen Haare. Die Wassertropfen glitzerten im künstlichen Licht der Stadionbeleuchtung.

Sein Blick wanderte zum Spielfeldrand zu seinem Trainer, dann hefteten sich seine Augen entschlossen auf das Leder mit den orangefarbenen Applikationen im regennassen Gras.

Sein Gesicht verzerrte sich, als er losrannte.

Mit aller Kraft trat er zu – und als der Torwart den Ball in letzter Sekunde abwehrte, trat er gleich noch einmal nach. Der Ball verschwand über dem Tor im Regen.

Danner tippte das Display seines Smartphones an. Die Zeitlupe stoppte. Mongabadhis Fehlschuss zählte mittlerweile zu den am häufigsten angeklickten Videos im Internet.

»Absichtlich hat der nicht verschossen«, meinte ich.

»Da kommt sie.« Danner deutete mit einem Nicken durch die Frontscheibe unseres Wagens.

Die Eingangstür des flachen Backsteinbaus hatte sich geöffnet. Das Mädchen blieb zögernd unter dem Vordach stehen. Ihr Blick wanderte in die Höhe, zu den drei großen, schwarzen Buchstaben auf weißem Grund, die auf die Funktion des Gebäudes hinwiesen: JVA.

Der Regen prasselte auf das Vordach und Curly zog sich die mit Kunstfell besetzte Kapuze ihrer Jacke über die strubbelige Afromähne.

»Sie lassen Curly laufen«, hatte mich Danner über den Grund unserer plötzlichen Eile aufgeklärt, nachdem wir das Urnenfachgeschäft verlassen hatten. »Sie hat Lenny gebeten, uns Bescheid zu sagen.«

»Steht sie denn nicht mehr unter Verdacht?«

»Offenbar nicht, sonst würde Lenny sie kaum entlassen.«

»Und ist unsere Arbeit damit erledigt?«, hatte ich mich erkundigt.

»Nur, wenn unsere Auftraggeberin die Aufklärung des Mordes jetzt der Polizei überlassen will«, hatte Danner orakelt. »Allerdings hat die Spurensicherung auf einer Packung

Zigaretten am Tatort Fingerabdrücke ihres Stiefvater gefunden.«

»Was?«

»Angeblich hat Ralfi Schmidtmüller daraufhin den Mord gestanden. Deshalb ist Curly jetzt frei, aber sie könnte durchaus Interesse daran haben, dass wir an dem Fall dranbleiben.«

»Das bedeutet, Ralfi Schmidtmüller hat wirklich einen Rachefeldzug gestartet?«

»Klingt das so abwegig?«, erkundigte sich Danner.

Eigentlich nicht.

Curly stand noch immer unentschlossen unter dem Vordach der Justizvollzugsanstalt, ihre Augen glitten über den videoüberwachten Parkplatz.

Ich öffnete die Wagentür, stieg aus und winkte ihr zu.

Die Erleichterung in ihrem Gesicht war auch aus der Entfernung zu erkennen. Vermutlich war es ein blödes Gefühl, aus einem Gefängnis entlassen zu werden, vor dessen Tür niemand wartete.

Curly hielt ihre Kapuze fest und lief auf mich zu. Sie rannte mit den eckigen, unkoordinierten Bewegungen eines zu schnell gewachsenen Teenagers und ich war plötzlich nicht mehr in der Lage, sie mir in High Heels und Plüschbademantel vorzustellen.

»Wo bringen Sie mich hin?«, erkundigte Curly sich, nachdem sie sich auf den Notsitz unseres Zweisitzers gezwängt hatte.

»Nach Hause?«, schlug ich vor.

»Was meinen Sie, warum ich mich nicht von meiner Mutter abholen lassen habe?«, brauste Curly auf.

»Zumindest Ihr Stiefvater scheint sich sehr wohl Sorgen um Sie gemacht zu haben«, bemerkte Danner.

»Mein Stiefvater ist ein Idiot, der labert sich noch lebenslang hinter Gitter! Wie bescheuert, dass die glauben, er hätte Oran umgebracht. Der kann keiner Fliege was zuleide tun.«

»Bei seinem Zusammentreffen mit Simon Goldstein hat man von seiner Tierliebe nicht viel bemerkt«, gab Danner zu bedenken.

Curly presste die Lippen zu einem schmalen Strich zusammen.

»Könnte der Gedanke, dass diese Männer seine Tochter gekauft haben, bei Ihrem Vater nicht ein paar Sicherungen durchbrennen lassen?«, wollte Danner es genau wissen. »*Mir* würden ein paar Sicherungen durchbrennen.«

Curly schüttelte den Kopf: »Mein Vater besitzt gar keine Waffe.«

»Er hat gestanden, Ihren Freier Mongabadhi getötet zu haben, und ist erwischt worden, als er sich kurz darauf Simon Goldstein vorgenommen hat, weil dieser ebenfalls zu Ihren Kunden zählte«, erinnerte ich. »Als Nächstes wäre vielleicht Ihr Zuhälter Stani drangewesen.«

Curly zuckte zusammen, als ich Stanis Namen erwähnte.

»Hat Paps Goldstein etwa mit einer Knarre bedroht?«, erkundigte sich das Mädchen nach ein paar Sekunden skeptisch.

Okay, das war der klitzekleine Haken an der Geschichte. Eine Waffe hatte Ralfi Schmidtmüller beim Überfall auf dem Sportplatz nicht dabeigehabt.

»Siehste!«, triumphierte Curly. »Der erschießt niemanden. Der hatte nur ein schlechtes Gewissen, weil er mich rausgeschmissen hat, als ich die Schule verkackt habe. Und weil plötzlich die Nachbarn in der Zeitung lesen konnten, was los ist. Jetzt will er wiedergutmachen, dass ich ihm eigentlich am Arsch vorbeigehe.«

»Dann würde er nicht Amok laufen«, widersprach Danner.

Darüber musste Curly nachdenken. »Wie haben Sie denn meinen ... meinen Vermieter kennengelernt?«, fragte sie dann kleinlaut. »Hat Stani etwa nach mir gesucht?«

Danner trommelte mit den Fingern auf das Lenkrad. »Ich hätte lieber durch Sie von Stanis Tätigkeit erfahren«, bemerkte er.

»Jetzt führt Ihr Vermieter jedenfalls gerade lange Gespräche mit der Polizei«, informierte ich Curly.

Das Mädchen atmete zischend ein.

Danner parkte auf dem Bordstein vor einem zweistöckigen Mehrfamilienhaus in Bochum-Wiemelhausen.

»Mo! Oh, mein Gott, Mo!«

Moesha Schmidtmüllers Mutter Elvira war eine füllige Frau mit kurzem, blondiertem Haar und extravagantem Augen-Make-up. Ihre Nase erschien mir unnatürlich klein und ihr Mund blieb immer leicht geöffnet. Ihr Gesicht erinnerte an eine Perserkatze, deren Riechorgan so winzig gezüchtet worden war, dass es zum Atmen nicht mehr taugte und die deshalb das Maul geöffnet hielt, um Luft zu bekommen. Ich fragte mich, ob ein experimentierfreudiger Chirurg versucht hatte, Elvira Schmidtmüllers Gesicht dem Perserkatzenideal anzugleichen.

Die Frau drückte Curly an ihren wogenden Busen. Na ja, um genau zu sein, drückte sie Curlys Bauch an ihre Brust, denn das Mädchen war einen Kopf größer als sie.

Tatsächlich legte Curly ihre Arme um Elvira Schmidtmüllers runde Schultern: »Es tut mir so leid, dass ich Paps da mit reingezogen habe.«

Das hochgewachsene dürre Mädchen mit der Afromähne, den teuren Jeans und dem Kapuzensweater ähnelte seiner Mutter ungefähr so sehr wie eine Giraffe einem Rhinozeros.

Curlys leiblicher Vater musste groß, dünn und dunkelhäutig gewesen sein, so viel war klar.

»Mo! Du bist wieder da!« Ein vielleicht elfjähriges, dickliches Mädchen mit einem rosa Haarreifen in den langen blonden Haaren kam den Flur entlanggesaust. Sie umarmte Curly und presste ihr Ohr auf Bauchhöhe an sie.

Ich korrigierte meine erste Einschätzung: Curly war die einzige Giraffe in einer ganzen Rhinoherde.

Der Anblick der Mutter mit ihren beiden Töchtern fesselte meine Aufmerksamkeit. Das Gefühl, das Alien der Familie zu sein, war mir ja prinzipiell nicht unbekannt. Aber mich hatte es immer einige Mühe gekostet, mich optisch von meinen Eltern abzugrenzen. Curly hingegen hatte nie auf äußerliche Gemeinsamkeiten stoßen können.

»Ich mach das wieder gut, Mama«, versicherte Curly über den Blondschopf ihrer jüngeren Halbschwester hinweg. »Das sind Ben Danner und Lila Ziegler. Sie haben mich aus dem Gefängnis geholt. Sie werden Paps auch rausholen. Das können Sie doch, nicht wahr?«

Ich spitzte die Lippen. Das klang nach dem erhofften Folgeauftrag, Danner hatte richtig gelegen

Curlys Mutter schossen Tränen der Erleichterung in die Augen: »Oh, Gott sei Dank! Kommen Sie! Kommen Sie doch herein.«

Wir traten aus dem Flur in ein Wohnzimmer, in dem ich auf den ersten Blick nur Meer, Sonne, Strand und Palmen sah. Wow. Die Wände über den alten, mit Troddeln und Bommeln verzierten Möbeln waren mit Urlaubsfotos tapeziert.

»Setzen Sie sich, bitte.«

Die geschnitzten, mit Goldlack bepinselten Füße des Sofas wollten so ganz und gar nicht zu dem Palmenposter darüber passen.

»Hat Ihr Mann davon gesprochen, dass er sich am Abend des Spiels mit Moeshas Lebensgefährten treffen wollte?«, erkundigte sich Danner.

Moeshas Mutter kaute auf einem lackierten Fingernagel. Die weißliche Haut im zu weiten Ausschnitt ihrer Bluse bekam hektische rote Flecken.

»Cindy, gehst du bitte mal in dein Zimmer und malst ein Bild?«, schickte sie Moeshas rosa Schwester hinaus, bevor sie antwortete.

»Ja.«

Ja? Es dauerte einen Moment, bis ich den Gesprächsfaden wiedergefunden hatte. Moeshas Vater war tatsächlich mit der Absicht, Mongabadhi zu treffen, zum Spiel gefahren? Oder ihm danach aufzulauern?

Curly schüttelte entsetzt ihre dunkle Mähne. »Was erzählst du denn da, Mama?«

Danner nahm auf der olivgrünen Wolldecke Platz, die die Sitzfläche des Ecksofas vor Gebrauchsspuren schützte. Oder ebendiese verdeckte.

»Du bist einfach verschwunden, Moesha«, fuhr die Mutter die Tochter an. »Wir haben ganz Bochum nach dir abgesucht. Die Polizei macht ja nichts, weil du volljährig bist. Wir dachten, dir wäre was zugestoßen. Wir sind aus allen Wolken gefallen, als wir dich mit dem Fußballspieler in der Zeitung gesehen haben.« Sie schniefte. »Aber ausgeflippt ist Ralfi erst, als er gelesen hat, dass du eine Nutte sein sollst. Er hat angefangen, nach dem Bordell zu suchen. Als er es endlich gefunden hatte, ist er an so einen tätowierten Schläger geraten, der hat ihm die Finger gebrochen.«

Curly erstarrte.

»Als letzte Woche der Gips abgenommen wurde, hat Ralfi geschworen, sich die Typen vorzuknöpfen.« Sie verbarg das mittlerweile hochrote Gesicht in den Händen. »Am Samstag hat er mit seinem Bruder und seinem Cousin das Spiel besucht.«

Sein Bruder und sein Cousin? Wenn das mal nicht die beiden Hilfswilligen waren, die Ralfi Schmidtmüller auch bei dem Angriff auf Goldstein zur Seite gestanden hatten.

»Wann ist Ihr Mann an dem Abend nach Hause gekommen?«, stellte Danner die entscheidende Frage. Denn Gutschenk und Jankowski gaben ja an, dass Oran Mongabadhi noch am Leben gewesen war, als sie das Stadiongelände gegen vierundzwanzig Uhr verlassen hatten.

Curlys Mutter schluchzte.

»Wir können Ihrem Mann nur helfen, wenn Sie uns die volle Wahrheit sagen, Frau Schmidtmüller«, sagte ich behutsam.

Sie sah schwer atmend auf.

»Nach Mitternacht. Seine Hose war schmutzig«, antwortete sie tonlos. »Es ... es sah aus wie Blut.«

»Können wir die Wäsche sehen?«

Sie schüttelte den Kopf. »Die Polizei war da. Die haben alles mitgenommen.«

O je.

In der ratlosen Stille glaubte ich, die Worte von Curlys Mutter in meinem Kopf nachhallen zu hören.

»Die Presse wird bestimmt bald hier auftauchen«, sagte Danner schließlich. »Sie sollten ein paar Sachen zusammenpacken und sich mit Ihren Töchtern ein Hotelzimmer nehmen. Wir melden uns, sobald es etwas Neues gibt.«

»Wir könnten vorübergehend zu meinen Eltern gehen«, überlegte Elvira Schmidtmüller.

Curlys Rücken wurde steif. Sie drückte den Nacken durch und schlang die Arme um ihren Körper. Sah aus, als hätte sie

Bauchschmerzen. Ich konnte ihr ansehen, dass sie nicht zu ihren Großeltern gehen würde. Jede Wette.

Würde sie erneut zu Esmeralda zurückkehren? Waren Schampus und Partys noch immer verlockend?

»Besser, wir bringen Moesha an einem sicheren Ort unter«, entschied ich spontan. »Haben Sie noch Sachen zum Anziehen hier?«

Curly sah mich erstaunt an.

Danner ebenfalls.

»Oben«, beantwortete ihre Mutter meine Frage.

Curly sprang beinahe fluchtartig vom Sofa und verschwand im Flur.

Mysteriös. Die meisten Menschen, vor allem die in meinem Alter, blieben mir immer etwas fremd. Selbst bei meinen besten Freundinnen konnte ich das Alien-Gefühl nie ganz abstellen. Lena, Karo und Franzi gingen zur Schule, planten ihre Ausbildung und zankten mit ihren Eltern, während ich Danner vögelte und Verbrecher fing.

Bei Curly war das anders. Keine Spur von kommunikativer Legasthenie, ich hatte das Gefühl zu verstehen, was in ihr vorging.

»Was soll die Scheiße?«, zischte mich Danner an, als Curlys Mutter ihrer Tochter in deren altes Kinderzimmer folgte. »Wo willst du sie denn unterbringen?«

»Sie kann auf dem Sofa pennen«, flüsterte ich zurück.

»Meine Bude ist doch kein Obdachlosenasyl!« Danner tippte sich an die Stirn.

»Aber meine«, erinnerte ich giftig an unsere neu geregelten Mietverhältnisse.

Danner stutzte.

»Sie ist eine Prostituierte, Lila«, protestierte er nicht mehr ganz überzeugend. »Und ihr letzter Freier ist zufällig tot.«

»Dann lass besser deine Finger von ihr.«

»Die hat uns ihr Märchen von der lustigen Frauen-WG erzählt und kein Wort darüber verloren, dass Stani die Miete kassiert! Die lügt wie gedruckt!«

Ich sparte mir eine Antwort.

»Und sie hat zugegeben, Oran Mongabadhi beklaut zu haben«, fiel Danner noch ein.

»Was soll sie bei uns denn bitte stehlen?«

Danner kapitulierte. »Bringt sie mich um, kriege ich die Fußballurne, verstanden?«

30.

»Was haben Sie gegen Ihre Großeltern, Moesha?«

Ich fragte möglichst beiläufig, während ich einen frischen, dunkelblauen Bezug auf mein Daunenkissen zog.

Curly deponierte ihre Reisetasche neben unserem zerschlissenen Sofa. Danner war im Erdgeschoss gleich in Richtung Kneipe abgebogen.

»Sie haben nicht ausgesehen, als würden Sie sich über den Urlaub bei ihnen freuen.« Ich warf mein Kopfkissen auf das durchgesessene Polster.

Curlys Lippen formten ein lautloses Wort, das verdächtig nach ›Fuck‹ aussah, während sie eine Kinderzahnbürste mit Prinzessinnenaufdruck aus ihrer Tasche kramte.

»Ist Oma ein Drachen? Spuckt sie Feuer?«

Curly zuckte die Schultern.

»Oder frisst Opa kleine Kinder?«

»Sie mögen mich einfach nicht«, erklärte Curly knapp.

Ich ließ nicht locker: »Weil Sie Schlagzeilen machen und die Nachbarn komisch gucken könnten?«

Curly ließ die Arme sinken und richtete sich auf. »Nee. Schon immer.«

Ich musterte sie abschätzend. Hatte sie auch den Klavierunterricht und die Ballettstunden sabotiert, bis sie rausgeflogen war? Hatte sie ihre Haare lila gefärbt? Gekifft, geraucht, gesoffen und mit zwölf einen Punk mit Läuseproblem auf dem nagelneuen Sofa flachgelegt?

Das mit dem Ballettunterricht bezweifelte ich.

Curly seufzte: »Meine Mutter kam mit zweiundzwanzig schwanger von einem Karibikurlaub zurück. Als ich schwarz zur Welt kam, musste meine Großmutter mit Riechsalz wiederbelebt werden.«

Ach so. Daher wehte der Wind.

»Dabei kommt meine Großmutter selbst aus Schlesien«, setzte Curly verständnislos hinzu.

»Was ist mit Opa?«, erkundigte ich mich.

Curly zupfte an ihrem Kapuzenpullover. Heute war er grün, sauber und mit Baseballmotiv versehen. Und wieder zu groß.

»Hat er zugeschlagen?«, riet ich.

In den langen Ärmeln ballte Curly die Fäuste.

»Gegrapscht?«

»Wer hat dir das alles erzählt?«, explodierte Curly.

Verdammt. Ich griff mir an die Stirn.

Der Grund, aus dem ich mich ausgerechnet Curly so ungewohnt nah fühlte, lag auf der Hand: weil auch sie ein Opfer war. Scheiße.

»Woher weißt du das alles über mich?« Ihre sonst angenehm raue Stimme verwandelte sich in ein heiseres Kreischen.

»Bin ich Privatdetektivin oder nicht?« Höchste Zeit für den Themenwechsel. »Bist du eigentlich freiwillig für Stani anschaffen gegangen?«, erkundigte ich mich scharf. »So richtig mit Spaß an dem Beruf?«

Treffer. Curly hatte meine Frage nicht kommen sehen. Vor Überraschung fiel ihr die Prinzessinnenzahnbürste aus der Hand.

»Hättest du schon mal den ungewaschenen Schwanz eines Fremden im Mund gehabt, würdest du dir solche Fragen sparen«, schoss sie blitzartig zurück.

Ihre Worte trafen mich wie eine Faust in die Magengrube.

»Jetzt wirst du mal richtig durchgefickt!«

Ich zähle die Halogenstrahler über meinem Bett, während der Typ auf mir herumrutscht. Wie war noch mal sein Name? Mein Blick wandert auf die verfilzten Dreadlocks, die er mit einem gammeligen Haargummi im Nacken zusammengebunden hat. Sie riechen nach kaltem Rauch. Vom Duschen hält der nicht viel. Und er hat Pickel auf dem Rücken.

Ich stelle mir vor, ich würde neben dem Bett stehen und zusehen, wie er auf mir rumrammelt. Er bewegt sich ruckartig und schnell. Wie ein Karnickel. Wahrscheinlich wird es bluten. Aber er müsste gleich fertig sein. Hoffentlich tauchen meine Eltern rechtzeitig auf, damit sich die Scheiße wenigstens lohnt.

Hatte ich das wirklich getan?

Dutzendfach. Ohne mit der Wimper zu zucken.

Warum wurde mir heute schon bei dem Gedanken daran übel? Ich hatte meinen eigenen Körper benutzt wie eine Puppe zum Aufpusten. Nur, um meine Eltern zu schockieren.

»Nach deiner ersten Flatrate-Nacht kannst du nie wieder lachen.« Curly machte einen Schritt auf mich zu. Sie merkte genau, dass ihre Worte ihre Wirkung nicht verfehlten. »Nach sechs Stunden weißt du nicht mehr, wie viele es waren.«

Ich musste würgen.

»Nach einer Woche fühlst du dich wie ein öffentliches Klo.«

Ich wich vor ihr zurück.

»Und nach einem Monat verlässt deine Seele deinen Körper. Du kannst danebenstehen und zusehen, ohne dass du etwas spürst. Dann bist du tot.«

Mit einem Satz sprang ich auf und rannte ins Badezimmer.

»Und du weißt, dass du nie wieder irgendetwas fühlen kannst«, schrie Curly mir hinterher.

Ich kotzte ins Klo.

Immer hatte ich meinen prügelnden Vater für alles verantwortlich gemacht. Für meine Unfähigkeit, etwas zu fühlen, für meine jahrelange Überzeugung, frigide zu sein.

Dabei hatte ich mich selbst kaputtgemacht.

Das Intimste, was zwei Menschen miteinander anstellen konnten, hatte ich als Mittel zum Zweck betrieben. Ekel und Schmerz hatte ich einfach ausgeblendet, Geist und Körper getrennt, wie Curly es beschrieben hatte.

Bittere Galle prickelte auf meiner Zunge.

Meinen emotionalen Schaden hatte ich mir größtenteils selbst zugefügt. Absichtlich. Denn ein Geist ohne Körper war eben dummerweise nur ein Gespenst. Um ein Haar wäre ich zum Totalschaden geworden.

Ich lehnte meinen Rücken an unsere altertümlichen Fliesen. Über dem Waschbecken starrte mich mein Spiegelbild an. Ich sah untot aus, kreideweiß, mit ins Gesicht hängenden, blonden Haaren und dem mittlerweile grünlichen Bluterguss am Kinn.

Es klopfte an der Klotür. Ich fuhr zusammen. Curly musste gehört haben, dass ich mich übergab.

»Lila?« Sie steckte ihren Lockenkopf herein. »Sorry, ich wusste nicht, dass dir das so nahegeht.«

Von wegen! Sie hatte doch genau gespürt, dass sie mich mit ihren Worten treffen konnte, und hatte mich fertiggemacht.

Gut, ich hatte angefangen. Trotzdem. Und jetzt lauerte sie neugierig auf meine Reaktion.

Na warte.

Schnell spülte ich mir den Mund aus, hielt ein Handtuch unter den Wasserhahn, presste es mir in den Nacken und rubbelte ein wenig Farbe in meine Wangen zurück.

»Wenn du es so gehasst hast, wie konntest du dann mit Oran Mongabadhi zusammen sein?«, attackierte ich sie erneut. »Mit einem Typen, der denkt, dass er dich bezahlen kann?«

»Das hat er nicht«, murmelte sie. »Oran war ganz anders als die übrigen Kerle.«

»Ach ja!« Ich klatschte mir die flache Hand gegen die Stirn. »Der war ja der Prinz aus dem Märchen.«

Curly hob abwehrend die Hände. »Oran ist nur im *Esmeralda* gewesen, weil er vor Gutschenk und Goldstein nicht als Feigling dastehen wollte. Wir haben uns sofort verstanden, in meinem Zimmer eingeschlossen und die ganze Nacht gequatscht.«

Ich runzelte ungläubig die Stirn.

»Wenn einer geklopft hat und auch mal ranwollte, hab ich laut gestöhnt und er hat sich halb totgelacht«, fuhr Curly fort. »Er hat mir gestanden, dass er noch Jungfrau war. Er war total erleichtert, weil nun alle glaubten, er würde mit mir den wilden Hengst machen. Aber er war nicht halb so erleichtert wie ich über die unverhoffte Pause, die er mir verschaffte. Als ich das gesagt habe, war er entschlossen, mir beim Ausstieg zu helfen.«

»Wie bitte?«

»Er hat gesagt, ich könne so lange bei ihm wohnen, bis Stani sich beruhigt hat.«

»Ihr wart gar nicht zusammen?«

»Er war mein bester Freund. Aber er hat nicht mit mir geschlafen.«

»Das kann die einem Bescheuerten erzählen.« Danner zeigte mir einen Vogel.

Nachdem Curly vor dem Fernseher eingeschlafen war, war ich in die Kneipe hinuntergeschlichen.

»Der hat sie doch nicht mit in seine Wohnung genommen und sie durchgefüttert, ohne eine Gegenleistung zu verlangen.«

»Du hast mich auch auf deinem Sofa pennen lassen, ohne eine Gegenleistung zu verlangen«, erinnerte ich.

»Aber nicht besonders lange«, grinste Danner.

Ich zog eine Augenbraue hoch: »Wenn mich mein Gedächtnis nicht täuscht, hab ich dich flachgelegt.«

»Eins zu null«, gab Danner sich geschlagen und griff nach seinem Kamillentee. »Du meinst also, Oran hatte seine soziale Ader entdeckt?«

»Ich habe nicht gesagt, dass ihm die ganze Sache nichts gebracht hat«, korrigierte ich. »Immerhin hat er sich mit der gefakten Beziehung ein überzeugendes Machoimage verpasst.«

»Damit Sophie Meister aufhört, ihm nachzulaufen?« Danner runzelte skeptisch die Stirn.

»Quatsch. Entweder wollte er wirklich als Jungfrau in die Ehe gehen, aber vor den Jungs nicht als Frauenversteher dastehen«, überlegte ich laut. »Oder …«

Danner ließ interessiert die Teetasse sinken.

»Du als Mann«, begann ich anders. »Was denkst du über einen Neunzehnjährigen, der nicht mit Frauen schläft und sich für die Interessen lesbischer Fans einsetzt?«

»Schwul«, kam die Antwort prompt. Danners Tasse klirrte auf den Tisch. »Dass er das mit seinem Superstecherimage vertuschen wollte, wäre logisch.«

»Wer stand Oran nah genug, um uns zu sagen, ob da was dran sein könnte?«, fragte ich mich.

»Dietmar Wöhler?«, schlug Danner vor.

»Stiernacken-Wöhler mit seiner Schwitz-oder-Stirb-Macke?« Ich schüttelte den Kopf.

»Sophie Meister hat wohl auch nichts geahnt, denn für sie wäre seine Homosexualität vielleicht tröstlicher gewesen, als gegen eine Prostituierte ausgetauscht zu werden.«

»Wir könnten seine Familie fragen«, meinte ich. »Die haben schließlich mit ihm zusammengelebt.«

Danner stützte die Stirn in die Hände. »Wenn da was dran ist, hat Curlys Stiefvater Oran Mongabadhi womöglich für etwas umgebracht, was er gar nicht getan hat«, sagte er bitter.

31.

VATER LÄUFT AMOK –
WURDE ORAN MONGABADHI SEIN VERHÄLTNIS ZU
EINER PROSTITUIERTEN ZUM VERHÄNGNIS?

Unwillkürlich sah ich mich nach Curly um, als ich die Schlagzeile las. Doch am frühen Morgen war ich mit Danner allein in der Kneipe. Curly schlief wahrscheinlich noch zusammengerollt wie ein Baby auf unserem Sofa. Und Molle hantierte in der Küche.

Danners Handy kündigte eine SMS an.

Von seiner Benommenheit war heute nichts mehr zu spüren. Im Gegenteil, die Lethargie schlug in Arbeitseifer um. Während ich Zeitung las und Molle in der Küche Kaffee aufsetzte und die Brötchen in den Ofen schob, stellte Danner Marmelade, Nutella, Schinken und Käse auf den Tisch.

Glücklicherweise war Arbeitseifer nicht ansteckend. Ich ließ meine Füße auf dem leeren Stuhl liegen.

Auf einem der Fotos zum Artikel erkannte ich Ralfi Schmidtmüller trotz seines gepixelten Gesichts. Ein größeres, ansprechendes Bild zeigte den Chef der Mordkommission, Lennart Staschek, im Gespräch mit Polizeipräsidentin Klara Peters. Auf der Lieblingsmotivhitliste der Presse standen die beiden mittlerweile gleich hinter Heino und Hannelore.

Dringend tatverdächtig, den Fußballspieler Oran Mongabadhi getötet zu haben, ist seit gestern Ralf S. Bei S. handelt es sich um den Vater, der als ›Curly‹ bekannten Prostituierten, mit der Mongabadhi seit Monaten ein Verhältnis unterhielt. S. hat offenbar gestanden, Mongabadhi nach dem Fußballspiel am Samstagabend auf dem Parkplatz des Rewirpowerstadions getötet zu haben.

Ich seufzte.

Kriminalkommissar Lennart Staschek, Leiter der Mordkommission, und seine Chefin, Polizeipräsidentin Klara Peters, arbeiten wie immer Hand in Hand. Das neue Dreamteam scheint den Fall im Rekordtempo gelöst zu haben.

Hand in Hand!

Das hatte Lenny davon. Inzwischen existierten mehr Fotos von ihm und der Schlampe als von ihm mit seiner Frau. Es konnte nicht mehr lange dauern, bis die ersten kreativen Journalisten ihm eine Affäre mit seiner Klara andichteten.

Molle schob einen Brötchenkorb auf den Tisch und verschwand gleich wieder, um den Kaffee zu holen.

»Es gibt zwei Möglichkeiten«, erklärte ich Danner.

Der hatte sich inzwischen neben mir niedergelassen und tickerte auf seinem Telefon herum.

Ich sprach trotzdem weiter: »Entweder lügt Ralfi Schmidtmüller, weil er glaubt, dass Curly die Mörderin ist, und er sie schützen will. Dann läuft der Mörder noch frei herum.«

»Oder?«, brummte Danner, ohne aufzusehen.

»Er sagt die Wahrheit. Dann war Mongabadhis Tod ein tragisches Missverständnis und wir ermitteln umsonst.«

Danner hatte das Handy sinken lassen und nickte langsam. »Du hast recht. Dass Schmidtmüller am Tatort war, steht zweifelsfrei fest. Bevor wir uns die Mühe machen, Mongabadhis Familie mit dem Homosexualitätsverdacht zu konfrontieren und einen womöglich nicht existenten Mörder zu suchen, würde ich das Geständnis unseres Klienten gern von ihm selbst hören. Ich versuche, einen Termin in der U-Haft zu kriegen, bevor die Polizeipräsidentin darauf kommt, dass sie unser Besuchsverbot ausweiten muss.«

Danner griff erneut nach seinem Handy.

»Aber vorher stell ich dir deine zukünftige Schwiegermutter vor. Sie kommt nämlich zum Frühstück«, fügte er hinzu.

»Meine *was?*« Meine Stimme machte einen erschrockenen Hüpfer.

Danner konnte sich ein Schmunzeln nicht verkneifen, als er mir sein Telefon über den Tisch herüberreichte. Im Display leuchtete ein kurzer Text.

Freue mich sehr, dass du angerufen hast. Komme mit dem Nachtzug um 7:56 Uhr an. Gitta

Eine SMS vom toten King of Rock 'n' Roll hätte mich nicht mehr verblüffen können.

7:30 Uhr zeigte die Zeitanzeige am oberen Displayrand.

Ich rieb meine Fingerspitzen aneinander, sie schienen plötzlich einzuschlafen.

»Locker bleiben«, empfahl mir Danner. »Sie wird dir nicht das Kochen und Bügeln beibringen, das ist in zwei Tagen nicht zu schaffen. Sie kommt nur zur Beerdigung.«

»Unsere Couch ist aber schon besetzt?!«

»Sie kriegt Molles Gästezimmer.«

Dummes Blondchen, das auf ältere Machotypen steht. Naiver Teenie, der sich hat verführen lassen. Vaterkomplex.

Es gab einige Schubladen, in die man meine Beziehung zu Danner quetschen konnte. Nur ernst nehmen konnte man sie eigentlich nicht.

Nicht in zwei Tagen.

Es herrschte Hochbetrieb am Hauptbahnhof, die Berufspendler bevölkerten noch immer die Bahnsteige. Weiß in der Sonne blitzende Züge summten auf die Gleise, platzten auf und bunte Menschen quollen hervor, um die Treppen zu überschwemmen und im Innern des Gebäudes zu versickern.

»Wie hast du deine Mutter nach all den Jahren gefunden? Noch dazu in Frankreich?«, fragte ich Danner, als wir um kurz vor acht an Gleis 5 standen.

»Hasenjagd«, erinnerte er mich belustigt. »Wir leben zufällig davon.«

Moment. Mit solchen Sprüchen zog er sich in letzter Zeit dauernd aus der Affäre. Diesmal wollte ich es genau wissen.

»Wie machst du das? Zugang zum Polizeicomputer? Peilsender? Beziehungen zur NSA?«

»Simpelstes Detektivhandwerk, stell dir vor.«

»Das glaubt dir nicht mal der heilige Franz. Hast du ihre Adresse die ganze Zeit in der Schublade gehabt, oder was?«

Ich benutzte noch einmal den blassrosa Lippenstift, den ich im Vorbeigehen in einem Bahnhofsshop gekauft hatte.

Danner grinste. Meine Absicht, mich älter erscheinen zu lassen, war durchschaubar. Und wegen meiner ungekämmten Haare und der Turnschuhe zum Scheitern verurteilt.

Tatsächlich hätte ich den Schock meiner ›Schwiegermutter‹ beim ersten Treffen gern gemildert. Dabei waren mir erste Eindrücke normalerweise herzlich egal. Ich musste wirklich hoffnungslos verknallt sein.

»Spuck es endlich aus«, drängelte ich. »Hast du die ganze Zeit gewusst, wo sie steckt, oder nicht?«

Danner seufzte: »Sie hat mir Postkarten geschrieben. Vier Stück.«

Wenn man bedachte, dass sie seit zwanzig Jahren weg war, nicht gerade reichlich.

»Der Poststempel war jedes Mal aus Frankreich. Und das abgebildete Motiv zeigte immer weiße Pferde. Für Faule steht auf der Rückseite neben dem Namen des Fotografen eine Erklärung zum Bild. Die Viecher sind typisch für die Camargue, eine Gegend im Süden Frankreichs. Ich hatte also eine ungefähre Ahnung, wo ich suchen musste.«

Er verstummte, weil eine S-Bahn aus Westen kommend einrollte.

Danner war nervös. Dabei sagte uns die Anzeigentafel, dass der ICE, in dem seine Mutter saß, erst in sieben Minuten erwartet wurde.

»Und du hast sie in der Camargue ausfindig gemacht? Von Bochum aus? In drei Tagen?« Ich holte ihn aus seinen Gedanken zurück auf den Bahnsteig.

Er zog sein Smartphone aus der Tasche: »Das war eine bisschen compliqué, aber nur weil meine Französisch ist nischt die Best.«

Dafür imitierte er den Akzent erstaunlich gut.

»Der Name Gitta ist nicht sonderlich weit verbreitet in der Camargue. Und ich bin ziemlich schnell auf das hier gestoßen.«

Er hielt mir das Display hin. Das Handy hatte sich ins Internet eingeloggt und zeigte die Homepage einer Ferienwohnungsvermietung.

Traumurlaub in der Camargue!
Wohnen Sie in einem luxuriösen Appartement, erkunden Sie die traumhafte Landschaft Südfrankreichs vom Rücken unserer gut ausgebildeten Camarguepferde aus und besuchen Sie die berühmten, wilden Stierherden. Ein Tagestripp in den nahe gelegenen Wallfahrtsort Les Saintes-Maries-de-la-Mer ist im Preis inbegriffen.

Verschiedene Links zeigten Bilder der Appartements, der Ausflugsziele und der Pferde.

Aber das Entscheidende stand unter der Rubrik *Kontakt: Auf Ihren Besuch freuen sich Gitta und Jean-Yves Delemarre.* Adresse und Telefonnummer waren logischerweise im Anschluss angegeben.

»Ihre Adresse steht im Internet, aber auf den Postkarten hat sie sie nicht angegeben?«

Danner beobachtete den nächsten, in der Sonne blitzenden Zug, der sich auf Gleis 5 näherte.

Ein ICE. Der Blick auf die Anzeigentafel verriet mir, dass es diesmal der richtige war.

»Ich hoffe, sie wollte sichergehen, dass mein Vater sie nicht findet«, sagte Danner, als ich schon glaubte, er würde nicht mehr antworten.

Die Zugtüren glitten zur Seite, die Menschen strömten

auf den Bahnsteig und spülten um Danner und mich herum in Richtung Rolltreppe.

»Das ist sie.«

Danner deutete auf eine orangefarbene Gestalt. Mit dem Rollkoffer in der Hand sah sie im ersten Augenblick aus wie ein Mitarbeiter der Müllabfuhr, der versehentlich das falsche Gefährt benutzt hatte. Eine Wagonlänge entfernt blieb die Frau ratlos stehen.

Danner machte keine Anstalten, sich ihr zu nähern.

Als die anderen Fahrgäste im Untergrund des Bahnhofsgebäudes versickert waren, kam die orangefarbene Frau zögernd auf uns zu. Orange waren ihr flatterndes Wickelkleid und das Haartuch, das sie um ihre kurzen, weißen Locken geschlungen hatte. Ihr Gesicht war extrem braun gebrannt und runzlig. Ihre roten Lippen wollten nicht so recht dazu passen, es sah aus, als hätte man eine Krokodillederhandtasche geschminkt. Dafür wirkten ihre Bewegungen beinahe jugendlich geschmeidig.

»Ben?«

Danner musterte die Frau unbewegt.

Ich stieß ihn mit der Hüfte an.

»Mutter«, sagte er.

Bevor er etwas Sinnfreies wie »lange nicht gesehen« hinzufügen konnte, gab ich ihm noch einen Schubs. Er stolperte einen Schritt vor und die Orangefarbene erkannte die Gelegenheit und umarmte ihn. Sie blinzelte Tränen weg, während ihre Hände erst seine Schultern, dann seinen kahl rasierten Nacken abtasteten.

»Wo sind deine Haare?« Danners Mutter nahm sein Gesicht zwischen die Hände, strich mit dem Daumen über seine Bartstoppeln.

Irritierend, dass Danner auf einmal eine Mutter hatte.

Ganz geheuer war ihm das anscheinend selbst auch nicht.

»Unfall beim Rasieren«, sagte er und wand sich aus ihrer Umarmung. Rasch lenkte er die Aufmerksamkeit der Frau auf ein anderes Ziel: »Das ist Lila.«

Ihre Augen richteten sich auf mich. Sie waren grau wie Stein, genau wie seine. Und ihr Blick war genauso bohrend.

»Aha«, sagte sie und ich wusste, dass ihr das als Erklärung nicht ausreichen würde.

Ich wünschte mir, ein vergessener Bergbauschacht würde seinen Schlund unter mir auftun und mich mit einem Happs verschlucken.

»Gitta!« Molle schob seinen Bauch hinter der Theke hervor, als wir die Kneipe betraten. »Ich dachte, ich höre nicht richtig, als Ben sagte, du kommst. Trauriger Anlass, aber ich freue mich trotzdem sehr! Wie lange ist das jetzt her?«

»Jochen?« Danners Mutter umarmte Molle, als würden sie sich ewig kennen. Gut, das war ja wohl auch so.

»Du hast wirklich die Kneipe noch?« Kopfschüttelnd strich sie mit den Fingern über das polierte, dunkle Holz der alten Theke.

»Den Kleinen hab ich ja auch noch am Hals«, brummte Molle, der gerade Curly am gedeckten Frühstückstisch mit Nutellabrötchen gefüttert hatte. »Ich hätte nicht gedacht, dass du zur Beerdigung kommst.«

»Ich will nur sichergehen, dass er wirklich unter der Erde landet«, antwortete Gitta. Molles kleine, schwarze Hündin Mücke schnupperte schwanzwedelnd an ihren Sandaletten.

Mich beschlich das Gefühl, das Ende eines alten Films anzusehen, dessen Großteil ich verpasst hatte.

Danner schob seine Mutter auf Staschecks Stuhl zu seiner Linken, am Kopfende des Tisches. Neben Curly.

Prompt hielt sie Curly die Hand hin: »Gitta Delemarre, Bens Mutter und Sie sind …?«

O je. Eindeutig Schnüfflergene.

Curly registrierte das ebenfalls, ihre kaffeefarbenen Augen wurden erschrocken größer.

»Mo, meine Bedienung«, kam Molle ihr zu Hilfe.

Gittas Blick wanderte zu dem leeren Stuhl rechts neben Danner. Dann zu mir.

Ich konnte die Fragen in ihrem Gesicht auftauchen sehen. Wieso war das ausgerechnet mein Platz? Wie alt war ich überhaupt? Was wollte ich von ihrem Sohn? Und wie hatte das um Himmels willen passieren können?

»Ist Lila denn dein vollständiger Name?«, erkundigte sie sich.

Seufzend setzte ich mich.

32.

»Ich habe den Drecksssker kaltgemacht.« Ralfi Schmidtmüller verschränkte die kurzen, dicken Unterarme auf seinem Bauch und schob den Unterkiefer vor.

Die Staatsanwaltschaft hatte nichts gegen unseren Besuch einzuwenden gehabt, solange ein Polizist anwesend war und eine Überwachungskamera mitlief. Und die Polizeipräsidentin hatte offenbar nicht mitbekommen, dass sich unsere Interessen verlagert hatten.

Nach dem Frühstück hatten wir uns auf den Weg gemacht. Danners Mutter war mit Molle, Curly und der Kaffeekanne in der Kneipe sitzen geblieben.

Schmidtmüller starrte uns mit ausdruckslosem Gesicht an. »Ich war an dem Abend auf dem Parkplatss. Ich habe ihn mit Mo gessehen. Ssie haben gesstritten. Dann isst ssie weggefahren und er isst wieder reingegangen. Ich hab weiter gewartet, ssein Motorrad war ja noch da.«

Curly hatte Streit mit Oran gehabt, bevor dieser erschossen worden war? Wieso wussten wir nichts davon? Doch warum sollte Schmidtmüller das erfinden, wenn er doch gestanden hatte? Wer hier nicht alles erzählt hatte, war nicht schwer zu erraten. Große Klasse.

»Ich konnte nicht zulasssen, dasss er ihr wieder wass antut.«

»Ihre Tochter sagt, Oran Mongabadhi hätte sie immer gut behandelt«, warf Danner ein.

»Hasst du keine Augen im Kopf?«, fuhr Schmidtmüller ihn an. »Man besstellt doch sso ein Mädchen nicht für nette Unterhaltungen in sseine Wohnung.«

»Laut Ihrer Tochter soll Mongabadhi ihr beim Ausstieg aus dem Geschäft geholfen haben.«

»Dann lügt ssie ssson wieder!«, Schmidtmüller wollte sich nicht beruhigen. »Wenn der Ssack nichtss von ihr wollte, war der sswul.«

»Das vermuten wir auch«, nickte Danner ernst.

Ralfi Schmidtmüllers Unterlippe sackte nach unten, sodass eine nicht ganz saubere Zahnreihe sichtbar wurde. Er versuchte, die Arme zu verschränken, bemerkte, dass das längst passiert war und rückte schließlich nur auf seinem Stuhl hin und her.

»Also, wie genau haben Sie Oran Mongabadhi umgebracht?«, wollte ich wissen.

»Vermöbelt hab ich ihn!« Schmidtmüller ballte demonstrativ die Fäuste. »Und dann erssosssen. Dass hab ich doch alless ssson den Polississten gesagt!«

»Uns schickt aber Ihre Familie, damit wir Sie hier wieder rausholen. Auch wenn Ihnen das nicht passt.« Unwillkürlich sprach ich langsam und deutlich, als hätte ich ein begriffsstutziges Kleinkind vor mir. »Haben Sie Mongabadhi von vorn erschossen?«

»Von hinten.«

»Und wo ist die Tatwaffe?«, wollte Danner wissen.

»Hab ich weggessmisssen.«

»Reichlich unüberlegt, oder? Hätten Sie das Ding beim Überfall auf Goldstein noch gehabt, wäre der nicht so glimpflich davongekommen. Und wenn Sie sich wirklich mit weiteren Freiern und Moeshas Zuhälter hätten anlegen wollten, wäre die Waffe ebenfalls nützlich gewesen.«

Schmidtmüller schnaufte ärgerlich.

»Wo haben Sie die Waffe entsorgt?«

»Keine Ahnung. Ich hab einen Blackout, dass hab ich doch ssson gesagt. Alsssheimer. Hatte meine Mutter auch.«

Idiot.

»Das muss ein ziemlich langer Blackout gewesen sein oder die Dame von der Spurensicherung hatte ihre Brille nicht auf. Ums Stadion herum ist jedenfalls keine Waffe gefunden worden.«

Schmidtmüller schwieg.

»Wie wäre es im Stadtpark?«, schlug Danner vor. »Oder haben Sie sie in der Ruhr versenkt? Oder ins Auto gepackt und über die Grenze in die Niederlande geschmuggelt? Mit einem Fünf-Stunden-Filmriss wären Sie ein interessanter Fall für die Wissenschaft.«

Schmidtmüller gab ein Geräusch von sich, das wie das Knurren eines Bären klang. »Jedenfallss lag der Ssack am Boden, alss ich ging.«

»Aber war er auch wirklich tot? Oder sagen Sie das nur, weil Sie glauben, dass Ihre Tochter zurückgekehrt ist und ihn erschossen hat?«

Schmidtmüllers Brauen bildeten einen buschigen Balken. Schwer zu sagen, ob er nachdachte oder nur wütend war.

Danner kratzte sich nachdenklich die Glatze. »Nehmen wir mal theoretisch an, wir könnten beweisen, dass Ihre Tochter unschuldig ist«, überlegte er laut, »wären Sie dann bereit, Ihr Geständnis zurücknehmen?«

Schmidtmüller knirschte mit den Zähnen.

»Nur dann«, zischte er.

33.

Wieder öffnete der Engel die Tür.

Die überirdisch anmutende Erscheinung von Oran Mongabadhis Schwester Shirin blendete mich. Sie trug erneut Weiß, eine figurbetonte Bluse zu einem bodenlangen Rock. Ihr Haar fiel offen über ihre Schultern und sie war geschminkt.

Ich erinnerte mich an die Frage, die mir beim Anblick der muslimischen Trauergemeinde auf dem Stadionparkplatz durch den Kopf gegangen war: Gab es im Islam gar keine schwarze Trauerkleidung?

»Wer ist da, Shirin?«

»Die Leute von der Polizei.« Sie sprach akzentfrei.

Shirin führte uns ins Wohnzimmer, wo Anoush Mongabadhi mit einer Brille auf der Nase und der Tageszeitung in der Hand an dem niedrigen Wohnzimmertisch hockte. Als wir eintraten, legte er die Zeitung zusammen und lud uns mit einer Handbewegung ein, Platz zu nehmen.

Mongabadhis Frau erhob sich rasch, sie räumte ein paar Teetassen ab und verschwand damit in der Küche. Im Gegensatz zu ihrer Tochter entsprach sie ziemlich genau meinen Vorstellungen einer unterwürfigen Ehefrau: In bunt gemustertem Wickelkleid und Kopftuch huschte sie herum, bediente leise und unauffällig den Hausherrn, sammelte Geschirr, Puschen, schmutzige Unterhosen und womöglich noch seine abgekauten Zehennägel ein, kochte, putzte und drehte die Zahnpastatube auf und zu.

»Entschuldigen Sie, aber eine Frage beschäftigt mich schon seit einiger Zeit«, begann ich das Gespräch, bevor Danner etwas sagen konnte.

Mongabadhi schien irritiert, aber nicht sonderlich verärgert. Er wandte sich mir zu.

»Tragen Sie nach dem Tod eines Angehörigen kein Schwarz?«

»Nicht zwingend. Am ehesten verbinden wir Weiß mit dem Tod.« Er deutete auf Shirin, die an der Tür stehen geblieben war. »Weiß gilt als Farbe der Göttlichkeit, der Engel, deshalb wird der Leichnam vor der Grablegung auch in weiße Tücher gehüllt.«

Er zupfte am Stoff seines eigenen, schwarzen Hemdes. »Aber ich finde, die unendliche Trauer eines Vaters, dessen Kind gestorben ist, drückt das in Ihrer Kultur übliche Schwarz besser aus.«

Hm, irgendwas passte hier nicht richtig zusammen. Vater und Tochter suchten sich sinnvollerweise aus beiden Kulturen heraus, was ihnen gefiel, aber die Mutter huschte stumm in die Küche?

In diesem Moment kehrte sie mit einer Teekanne in der Hand zurück. Shirin, die immer noch in der Tür stand, dachte gar nicht daran, aus dem Weg zu gehen. Einen Augenblick lang verharrte die alte Frau unentschlossen hinter ihrer Tochter. Der Kontrast hätte nicht größer sein können: Shirin stand trotzig gerade, ihre Mutter hingegen hielt den

Kopf gesenkt, das herunterhängende, bunte Kopftuch verhüllte ihr Haar und einen großen Teil ihres Gesichts.

Das bunte Kopftuch …

Oran Mongabadhis Mutter war die Einzige im Haus, die durch ihre Kleidung keine Trauer ausdrückte, begriff ich. Weder fernöstliche noch westliche.

Ich versuchte, unter das Kopftuch in ihr Gesicht zu sehen, als sie die Teekanne auf dem Tisch abstellte: »Und Sie trauern nicht, Frau Mongabadhi?«

Einen kurzen Moment sah ich ihre dunklen Augen vor Wut über meine Unverschämtheit glühen.

»Ich denke, das bleibt jedem selbst überlassen«, hob Anoush Mongabadhi anstelle seiner Frau empört die Stimme.

Sie duckte sich davon. In der Wohnzimmertür versperrte ihr Shirin erneut mit verschränkten Armen den Weg.

»Wann haben Sie zum letzten Mal mit Ihrem Sohn gesprochen, Frau Mongabadhi?«, rief Danner ihr nach.

»Meine Frau spricht nicht gut Deutsch«, erklärte Anoush Mongabadhi sichtlich verärgert.

Shirin sprach ihre Mutter auf Persisch an, ich sah sie auf Danner und mich deuten. Doch die kleine Frau drängelte sich an ihrer Tochter vorbei und verschwand.

»Sie ist Fremden gegenüber ängstlich«, sagte ihr Mann.

»Ängstlich?« Shirin kam auf den Tisch zu. »Oran ist tot, Baba! Das sind Polizisten, die seinen Mörder suchen. Wenn du nicht den Arsch in der Hose hast zu sagen, wie es ist, mache ich es eben.«

Mongabadhi senkte den Kopf, als hätte sie mit einer Zwille auf seine Augen gezielt.

»Wie du willst.« Shirin strich sich kämpferisch eine Locke aus der Stirn. »Fünf Mal am Tag jammert meine Mutter nach Mekka, dass ich eine Hure bin, weil ich kein Kopftuch trage.

Ständig muss ich mir anhören, dass wegen mir schon die Tanten tuscheln.«

Ein interessanter Gedanke, dass die viel beschworene Familienehre vielleicht nicht ausschließlich Männern wichtig war.

»Aber bisher hat ja zumindest der heilige Sohn noch funktioniert. Sogar als Jungfrau in die Ehe wollte Oran gehen, obwohl er haufenweise deutsche Freundinnen hatte. Bis er sich vor zwei Wochen endlich getraut hat, Mutter zu beichten, dass er das nicht Allah zuliebe macht!«

Blitzschnell stürzte Shirins Mutter auf das Mädchen zu und verpasste ihm eine schallende Ohrfeige. Zeternd schlug sie auf ihre Tochter ein.

»Elisha!«, herrschte Anoush Mongabadhi seine tobende Frau an, doch mit seiner männlichen Autorität schien es tatsächlich nicht weit her zu sein. Die Mutter fegte Shirin eine Kopfnuss nach der anderen durch die Haare, während die ihr Gesicht mit den Händen zu schützen versuchte.

Weil der Vater noch immer im Schneidersitz auf dem Boden hockte, sprang ich auf, packte die wütende Frau am Arm und zerrte sie von Shirin weg. Unter ihren ganzen Kleidungsschichten war sie klein, mager und zu meinem Glück wirklich nicht kräftig. Doch ihre Fingernägel bohrten sich wie Krallen in meine Unterarme.

Danner und Mongabadhi kamen mir zu Hilfe, doch die Frau kreischte weiter.

»Wenn Sie sich nicht beruhigen, müssen wir Verstärkung rufen, Frau Mongabadhi!«, warnte Danner sie.

Shirin wischte sich trotzig die Haare aus dem Gesicht. Ihre Miene verriet, dass sie nicht vorhatte, sich von ihrer Mutter den Mund verbieten zu lassen.

»Alles, was meine Mutter interessiert, ist, dass Nachbarn und Gemeinde sie für eine Versagerin halten und sie ihr

Gesicht verlieren könnte. Dass Oran tot ist, ist ihr scheißegal!«

»Shirin!«, fuhr ihr Vater sie an.

»Hab ich scheißegal gesagt?«, giftete die aufgebrachte Tochter zurück. »Entschuldigung, ich meinte: Sie ist froh, dass er tot ist! Weil ihr dadurch die Schande erspart bleibt.« Shirin schnappte die Zeitung vom Tisch und schleuderte sie ihrer Mutter entgegen. »Schlimm genug, dass im Iran Menschen umgebracht werden. Wir sind hier in Deutschland, Mutter! Hier hätte Oran eine Chance gehabt!«

Elisha Mongabadhi verstummte. Mit einem Schulterzucken schüttelte sie die Zeitung ab, die in ihrem Gesicht gelandet war. Der Auslandsteil segelte vor meinen Füßen zu Boden.

Mein Blick fiel auf die Schlagzeile: *Homosexuelles Paar im Iran gesteinigt.*

Nachdem Shirin die wacklige Fassade einer gut integrierten Vorzeigefamilie mit der Abrissbirne zertrümmert hatte, war ihre Mutter in eine Art Schockstarre gefallen. Wie ein Opossum, das sich tot stellte, wenn es der Gefahr nicht mehr entkommen konnte.

Weil der herbeigerufene Notarzt die Opossumstarre mithilfe von Beruhigungsmitteln nicht hatte lösen können, hatte er beschlossen, die apathische Frau in der psychiatrischen Notfallambulanz abzuliefern. Ihr Mann hatte sie dorthin begleitet.

»Vor zwei Wochen hatte Mutter einen heftigen Streit mit Oran. Er hat ihr gebeichtet, dass er einen Mann kennengelernt hatte, mit dem er zusammenleben wollte«, berichtete uns Shirin. »Er könne sich nicht bis zum Ende seiner Karriere verstecken, hat er gesagt. Und wenn sogar die Fußballfans allmählich offener werden würden, könnte sich wohl auch Mutter damit abfinden. Mutter ist vollkommen ausgeflippt.«

Sie zuckte die Schulter, als sie meine verständnislose Miene bemerkte: »Meine Mutter ist in einer sehr traditionellen Familie aufgewachsen. Hier in Deutschland sind alle ihre Freundinnen und Bekannten streng gläubig. Für viele von denen ist Homosexualität noch ein Zeichen für ein Versagen der Mutter. In der Gemeinde hätte sie ihr Gesicht verloren.«

Ich bekam eine Gänsehaut. »Halten Sie es für möglich, dass Ihre Mutter Oran getötet hat, um ihr eigenes Gesicht zu wahren?«

Ein Ehrenmord mit durcheinandergeratenen Rollen?

Shirin starrte mich entsetzt an. Doch ihr Zögern verriet, dass sie wirklich ernsthaft über meine Idee nachdachte.

Dann schüttelte sie den Kopf: »Sie weiß genau, dass mein Vater ihr das nie verziehen hätte und eine Scheidung hätte sie nicht riskiert. Das wäre ja ebenfalls eine Schande gewesen.«

»Wissen Sie denn, in wen sich Ihr Bruder verliebt hatte?«, erkundigte sich Danner.

»Nein. Er hat keinen Namen genannt, nur gesagt, er hätte beim Training jemanden kennengelernt.« Sie zögerte kurz, bevor sie weitersprach. »Eigentlich kann es nur jemand aus der Fußballmannschaft sein.«

34.

Kollege Internet brachte uns an dieser Stelle nicht weiter.

Zwar schlug die Diskussion zum Thema *Homosexualität und Fußball* hohe Wellen. Einzelne Spieler hatten sich zu ihrer Homosexualität bekannt und damit war das Thema auf dem Tisch. Offenbar glaubte niemand mehr, dass Homosexualität ausgerechnet im Profifußball nicht vorkäme. Oran Mongabadhis Chancen, seine Karriere nach einem Outing fortzusetzen, waren realistisch gewesen.

»Nehmen wir mal an, Mongabadhi hätte tatsächlich eine Affäre mit einem Mannschaftskollegen gehabt. Dann war derjenige von Mongabadhis Outingplänen möglicherweise nicht begeistert.« Danner lenkte den Spitfire die Castroper Straße hinunter in Richtung Innenstadt. »Die Angst, dass die Homosexualität die Karriere killt, ist immer noch groß, schätze ich.«

Ich betrachtete zweifelnd meine Google-Ausbeute zu dem Thema: »Groß genug, um als Mordmotiv zu reichen?«

»Es ist unser Job, das rauszufinden«, meinte Danner. »Wem außer seiner Familie könnte Oran sich anvertraut haben?«

Danner wurde langsamer, weil die Wagen vor uns stoppten, eine S-Bahn überholte. Ich blickte aus dem Seitenfenster, wir hatten das Stadion fast erreicht, am rechten Straßenrand sah ich die Fankneipe. Gerade gingen zwei Männer in blauen T-Shirts hinein. Der Kleinere schleppte ein Netz voller Fußbälle, der andere war riesengroß und kräftig.

Danner kurbelte das Lenkrad herum und ließ den Oldtimer auf den Bordstein hoppeln.

Als wir die Kneipe betraten, lehnte Dietmar Wöhler zusammen mit seinem kleineren Begleiter und dem Wirt der Gaststätte an einem Stehtisch, unter dem das mit Fußbällen gefüllte Netz auf dem Boden lag.

Wöhler zog eine Was-wollt-ihr-denn-schon-wieder-Miene, als er uns entdeckte. Trotzdem bedeutete er den beiden anderen Männern mit einem Handzeichen, auf ihn zu warten, und trat uns entgegen.

»Lila. Ben. Was führt euch her?«, erkundigte er sich.

»Immer noch Oran Mongabadhi.«

Wöhler stützte die Hände in die Seiten: »Ich dachte, der Fall ist aufgeklärt? Der Vater von der Nutte hat gestanden, hab ich gelesen.«

»Es gibt noch ein paar Ungereimtheiten«, stellte Danner richtig. »Wenn uns da einer weiterhelfen kann, dann du. Du kanntest Oran doch besser als jeder andere.«

Wöhlers Grimasse sollte wohl ein geschmeicheltes Lächeln werden.

»Oran Mongabadhi war schwul«, ließ Danner die Bombe platzen.

»Was? Du tickst wohl nicht richtig, so eine Scheiße zu behaupten!?« Wöhler kam auf ihn zu. »Ich setze alle Hebel in Bewegung, um sein Ansehen zu retten, und du Arsch willst ihn in den Dreck ziehen?«

Danner war ja über Wöhlers körperliche Kraft im Bilde und wich vor ihm zurück.

»Oran wollte ein Vorbild für Tausende von Jungen und Mädchen sein. Verbreitest du solche Lügen über ihn, polier ich dir die Fresse!«

Das war eine klare Ansage.

»Bleib mal locker, Diet. Wir sind hier unter uns, nicht auf einer Pressekonferenz.«

Doch Wöhler drängte Danner mit dem Rücken gegen die Tür zum Biergarten. Bevor der aufgebrachte Trainer ihn so unsanft hinausbefördern konnte wie neulich den besoffenen Günni, trat Danner lieber selbst ins Freie.

Ich schnappte Wöhlers Arm. »Beruhige dich, Diet«, versuchte ich ihn mit meinem niedlichsten Lächeln zu besänftigen. »Beim *VfL* wird Oran unvergessen bleiben.«

Die frische Luft schien Wöhlers erhitztes Gemüt abzukühlen.

»Aber …«, sprach ich weiter, »… in die Geschichte des deutschen Fußballs wäre er natürlich eingegangen, wenn …«

Ich gab Wöhler einen Augenblick Zeit, die Bedeutung meiner Worte zu erfassen.

»… wenn das Bekanntwerden seiner Homosexualität zum Umdenken der Öffentlichkeit beigetragen hätte. Aber die Frage hat sich ja erübrigt.« Ich zuckte die Schultern. »Wenn einer hätte merken müssen, dass Oran schwul war, dann du.«

Meinen Gedankensprung nachzuvollziehen, schien Wöhler anzustrengen. »Also wenn ich genau darüber nachdenke … Ihr könntet mal den Serkan fragen.«

»Serkan?«

»Na, der Junge aus der Gym.«

Der türkische Bodybuilder mit dem Pferdeschwanz, begriff ich.

»Ist nur so eine Idee. Seit Serkan aufgetaucht ist, haben die zwei jeden Abend zusammen trainiert.«

Und so vollkommen unverdächtig eine Menge Zeit miteinander verbracht? War die knallharte *Rocky*-Gedächtnis-Gym etwa ein Ort romantischer Zweisamkeit für ein schwules Liebespärchen gewesen?

Danner zückte seinen Notizblock: »Wo wohnt Serkan denn?«

35.

Es war nach zwei, als wir in die Kneipe zurückkehrten.

Curly und Molle hockten vor den kalten Resten eines Nudelauflaufs.

»Ich wollte schon eine Vermisstenmeldung aufgeben«,

bemerkte Molle und verschwand mit dem Essensrest in der Küche, wo gleich darauf die Mikrowelle piepste.

Danner ließ sich Curly gegenüber auf einen knackenden Stuhl fallen. »Wo ist Gitta?«

»Duschen.«

»Tief im Westen«, meldete sich Danners Handy.

»Lenny«, begrüßte er den Kommissar.

Staschecks samtweiche Stimme verursachte normalerweise kein schnarrendes Geräusch beim Telefonieren. Deshalb wurde ich aufmerksam, als ich den Kommissar auf einmal deutlich verstehen konnte.

Danner nahm das Gebrüll ungewöhnlich schweigsam hin. An seinem Ohr vorbei drückte ich die Lautsprecherfunktion an.

»… hat das Video aus dem Besucherzimmer in die Finger gekriegt und sofort geschnallt, warum Schmidtmüller sein Geständnis zurückgenommen hat!«

Danner verzog keine Miene.

Dafür ließ Staschecks überkippende Stimme keinen Zweifel an seinem Gemütszustand: »Sie hat natürlich rausgefunden, dass ich euch den schnellen Termin im Knast klargemacht habe. Wegen mangelnder Loyalität hält sie eine weitere Zusammenarbeit mit mir für unmöglich.«

Danner schnitt eine Grimasse.

Das klang nicht nach einer Nachricht von der Lottofee.

»Heißt das, Klara hat Lenny gefeuert?«, fragte ich bestürzt.

»Beurlaubt!« Staschek hatte mich gehört. »Und nun rate mal, wer – Hokuspokus – die Einsatzleitung bekommen hat?«

»Schnabelnase«, rutschte es mir heraus.

Danner stützte die Stirn auf seine Faust. »Dann kannst du ja vorbeikommen und dich besaufen«, schlug er seinem Kumpel schließlich pragmatisch vor.

»Damit ich meinen Schreibtisch gleich ganz räumen kann, weil mich die Schlampe besoffen bei dir in der Kneipe erwischt?«

»Stell dir vor, die hat mich seit Monaten nicht mehr besucht.«

»Dann guck mal aus dem Fenster, mein Lieber. Aber zieh rechtzeitig den Kopf ein, sie läuft Amok.«

Automatisch sah ich in Richtung von Molles mit Topfpflanzen zugestellten Fensternischen. Tatsächlich ließ zuckendes Blaulicht die bröselnden Fassaden der Annastraße aufleuchten.

Danner warf das Handy auf den Tisch. »Sie hauen besser ab, Moesha.«

Curly sprang hastig auf, der Tisch rumpelte zur Seite, ihr Wasserglas kippte und der Inhalt schwappte um die Auflaufform herum, die Molle gerade wieder hingestellt hatte. Ratlos sah sie sich um. Durch die Kneipentür konnte sie schlecht verschwinden, ohne den Polizisten in die Arme zu laufen.

»Komm.« Molle schob sie hinter der Theke in die Küche, nur Sekunden, bevor die altmodische Türglocke klimperte.

Herein marschierte die amtierende Polizeipräsidentin höchstpersönlich: Klara Peters, bekannt als die Schlampe. Und heute schien sie ihrem allmählich abgegriffenen Spitznamen noch einmal alle Ehre zu machen.

»Die fehlte mir noch zu meinem Glück«, seufzte Danner. »Warum hab ich das nicht eher bemerkt?«

Die Frau steuerte zielstrebig auf unseren Tisch zu.

Zugegeben, ihr Auftritt war perfekt. Sie war stilsicher gekleidet im grauen Businesskostüm mit silbrigem Schimmer und passenden Pumps, seriös genug, um gestandene Polizisten kommandieren zu können, und extravagant genug, um allen anderen Männern ins Auge zu fallen. Sogar ihr Lidschatten war auf die Farbe ihres Kostüms abgestimmt.

Ihre energischen Schritte verrieten, dass sie vor Wut kochte. Ein falsches Wort und sie würde dafür sorgen, dass Gewerbeaufsicht und Ordnungsamt Molles Kneipe in Schutt und Asche legten.

Klara Peters Blick wanderte beinahe sofort auf das umgestürzte Wasserglas und die fünf Teller auf dem Tisch, von denen vier gefüllt waren.

»Du warst in der JVA«, bemerkte sie spitz.

»Tach, Klara.« Danner hatte sich zu ihr umgedreht, jetzt streckte er die Beine aus, damit sie Abstand zu ihm halten musste. »Zum Glück haben wir uns lange nicht gesehen.«

»Du hast Schmidtmüller angestiftet, sein Geständnis zurückzunehmen.« Sie musterte abschätzend sein Gesicht.

»Weil Schmidtmüller niemanden umgebracht hat.«

»Das zu klären, überlässt du gefälligst uns!«

»Wenn ich gestehe, in meinem vorigen Leben Jack the Ripper gewesen zu sein, buchtest du mich dann auch ein und freust dich, dass der Fall endlich gelöst ist?«

»Die Beweise sind auch ohne Geständnis erdrückend«, zischte sie, jetzt ernsthaft erbost. Sie stellte einen Absatzschuh zwischen Danners ausgestreckte Beine.

Die Spannung zwischen den beiden ließ die Luft knistern wie ein überladenes elektrisches Feld. Klara beugte sich so weit zu ihm herunter, dass ich die Funken überspringen sehen konnte.

»An deiner Stelle würde ich Sicherheitsabstand zu mir halten, verstanden?«

»Ich lasse meine Glocken jedenfalls nicht unter deiner Nase klingeln«, stellte er mit einem Blick in ihren dekorativ präsentierten Ausschnitt fest.

Sie richtete sich auf und rückte mit einem anzüglichen Grinsen ihren BH zurecht. Mir warf sie einen triumphierenden Blick zu, den ersten überhaupt.

Tusse!

Doch ihr Seitenhieb saß. Der Hexe konnte ich nicht das Wasser reichen. Die war giftig wie eine Feuerqualle, bloßes Berühren führte bereits zu Hautausschlag und Erbrechen. Sie flachzulegen, wäre für einen Adrenalinjunkie bestimmt ein ähnlicher Nervenkitzel, wie ungesichert den Förderturm des Bergbaumuseums hochzuklettern. Oder?

»Lenny hat ein Mal zu viele Interna ausgequatscht«, stellte Klara fest. »Ich schicke dir seinen Kopf als Paket mit Schleifchen. Verlass dich drauf.«

Sie wandte sich ab.

»Weißt du, was dein Problem ist, Klara?«, rief Danner ihr nach. »Du kannst die echten Arschkriecher noch immer nicht von denen unterscheiden, die nur deine Füße küssen, weil sie dabei so bequem an deinem Stuhl sägen können.«

36.

Der Eingang zu dem Mietshaus, in dem Serkan Göcay wohnte, lag in einem Hinterhof. Ein Hinterhof von der mit Graffiti beschmierten Sorte, mit Unkraut in Blumenkübeln und überquellenden Mülltonnen.

Auf einem Balkon ziemlich weit oben entdeckte ich eine dicke, rauchende Frau und irgendwo weit entfernt terrorisierte ein Kind die Nachbarn mit einem Wutanfall.

Ich warf einen Blick auf die neben der Tür aufgereihten Klingelschilder. Einige waren gar nicht erst beschriftet worden, andere unleserlich.

S. Göcay stand auf einem von Wasser durchweichten Einlegeblättchen ziemlich weit unten.

Ich drückte die Klingel, während Danner sich bückte und nachdenklich das Türschloss betrachtete.

Die Tür war so alt wie das Haus, braunes Holz, das schon vor längerer Zeit einen Anstrich nötig gehabt hätte. Auf Höhe des Schlosses war das Holz ausgebrochen und zersplittert, als hätte sich jemand mit einer Brechstange daran zu schaffen gemacht. Die Spuren sahen ziemlich frisch aus, denn die zersplitterten Stellen waren noch nicht nachgedunkelt.

Ich klingelte noch einmal, während Danner sein Portemonnaie aus der Tasche zog und seine EC-Karte betrachtete. Ich holte meine eigene Geldbörse hervor, fummelte eine Kundenkarte vom Klamottendiscounter heraus und hielt sie ihm hin.

Danner schob die Plastikkarte zwischen Türblatt und Rahmen. Es klackte, als er mühelos die Falle aus dem Schloss drückte und die Tür entriegelte.

Mein Blick wanderte automatisch zu der Frau auf dem Balkon hinauf. Doch da oben konnte sie unmöglich was mitbekommen haben.

Ich spähte in den schmalen Hausflur. Er war düster und unbeleuchtet, das schwarz-weiße Muster der gefliesten Treppenstufen war abgetreten, die grauen Wände beschmiert. Ein etwa hüfthoher, gelbbrauner Fleck sah aus, als hätte sich jemand den Weg zur Toilette erspart. Und wenn ich ehrlich war, sprach nicht einmal der Geruch gegen diese Theorie.

Hier wohnte Serkan?

Im Fitnessstudio hatte der junge Mann mit dem lackschwarzen Pferdeschwanz, dem lang gezogenen Kinn und dem athletischen Körper einen durchaus gepflegten Eindruck auf mich gemacht.

Im Flur herrschte eine geradezu gespenstische Ruhe.

Als wir die vier Wohnungstüren auf dem ersten Treppenabsatz erreichten, erklärte sich die Stille: Von vier Parteien war nur eine bewohnt. Ich bemerkte einen weiteren Fleck, einen ziemlich großen, diesmal an der Flurdecke. Der Putz hatte sich dunkel verfärbt, die graue Stelle zog sich an der Wand herunter. Sah nach einem alten Wasserschaden aus.

Weiter oben wurde wieder Kinderlärm laut.

Wir stiegen die Stufen hinauf. Ich überflog die Klingelschilder im zweiten Stock auf der Suche nach *S. Göcay*, als unter uns plötzlich Bewegung im Treppenhaus zu hören war. Jemand rannte, dann fiel die Haustür krachend zu, sie schloss nicht und sprang wieder auf.

Danner war ans Treppengeländer gehechtet und sah hinunter.

Mich beschlich ein mulmiges Gefühl, das sich zwischen meinen Schulterblättern festkrallte.

»Vielleicht ist der Schaden an der Haustür frischer als gedacht?« Ich flüsterte automatisch.

Danner schüttelte den Kopf: »Welcher intellektuelle Tiefflieger bricht denn am Spätnachmittag ein?«

Obwohl Danner natürlich recht hatte, beschleunigte sich mein Herzschlag, als wir weiter die Treppe hochliefen. Das Kindergeschrei wurde lauter. Eine Mutter versuchte für Ruhe zu sorgen, indem sie die kreischenden Kleinen übertönte. Die Quelle des Lärms war leicht zu identifizieren: Vor der Wohnungstür türmte sich ein Haufen bunter Schuhe. Vor einer anderen stapelten sich Zeitungen auf der Fußmatte.

Danner pfiff durch die Zähne, woraus ich schloss, dass er Serkans Wohnung identifiziert hatte. Mein Blick fiel auf die Tür.

»Ben!«

Türkante und Rahmen war ebenfalls beschädigt. In die Wohnung war definitiv eingebrochen worden.

»Das gibt es doch nicht«, fluchte Danner. Er tastete automatisch unter seine Jacke, hob jedoch im nächsten Moment schon die Hände, weil er natürlich keine Waffe aus der Hosentasche zaubern konnte.

Ich drückte einfach mal probehalber die Hand gegen das Türblatt. Zu. Das ramponierte Schloss war eingeschnappt.

Danner schob mich zur Seite. Er selbst stellte sich an die Wand auf der anderen Seite der Tür, bevor er den Taster mit dem Glockensymbol neben dem Lichtschalter drückte.

Wie ein Tatortkommissar, der eine Wohnung stürmte. Nur dass die im Fernsehen in solchen Fällen eine Dienstwaffe oder ein SEK-Kommando dabeihatten.

Die Klingel schnarrte und ich lauschte mit angehaltenem Atem. Doch weil das tobsüchtige Kind nebenan begann, die Einrichtung zu demolieren, konnte ich nichts hören.

Die Tür blieb zu.

Ich sah Danner erwartungsvoll an.

Er zog erneut meine Kundenkarte aus der Tasche und hebelte auch dieses Schloss auf. Mir bedeutete er mit einer Handbewegung zu warten, während er die Tür aufschubste.

Kurz blickte er um die Ecke.

»Oh, Scheiße!«, keuchte er dann und verschwand in der Wohnung.

Verwundert spähte ich durch die Eingangstür – und erstarrte. Ein kurzer, gerader Flur, den ein vollgehängter Wäscheständer verengte, führte in den Wohnraum von Serkans Einzimmerappartement. Ich sah ein *Bushido*-Poster an einer Wand, von der sich die Tapeten lösten, einen alten Gebetsteppich vor einem schmalen Bett und Serkan Göcay, lang ausgestreckt auf dem zerkratzten, aufgequollenen Laminat.

Danner hatte im Vorbeigehen einen Blick ins Bad geworfen, jetzt ging er neben dem Jungen in die Knie. Es dauerte einen Augenblick lang, bis ich begriff, was los war, denn Serkan trug ein schwarzes T-Shirt mit Zombieaufdruck. Erst als ich die Blutlache auf dem Laminat registrierte, schnallte ich, dass die Zombiefratze auf seinem Shirt nicht rot sein sollte.

»Serkan? Können Sie mich hören?« Danner klatschte dem Jungen eine Hand ins Gesicht. Serkan lag mit offenen Augen auf dem Rücken und reagierte nicht.

Danner zerrte das klebrige T-Shirt aus der Hose.

»Schussverletzung. Gib mir ein Handtuch!«

Seine klare Ansage löste meine Starre, ich riss ein halb trockenes Badelaken vom Wäscheständer und warf es ihm zu. Danner presste es Serkan auf die Brust.

»Notarzt, Lila! Ich sehe mindestens zwei Einschüsse. Brust und Bauch. Keine Atmung, kein Puls.«

Mit bebenden Händen zog ich mein Telefon aus der Tasche, verdrückte mich zwei Mal, bevor ich den Notruf betätigte.

Danner packte Serkan an Hinterkopf und Kinn, überstreckte seinen Nacken und pustete ihm Luft in die Nase. Ich schluckte, weil ich sehen konnte, wie Danners Atem Serkans Oberkörper aufblähte. Dann ertastete er mit einem kurzen Handgriff das blutverschmierte Brustbein des Schwerverletzten, legte die Hände übereinander und begann mit der Herzdruckmassage.

»Was hat Serkan Göcay mit Oran Mongabadhis Tod zu tun?« Schnabelnase Wegners Raubvogelblick schnellte zwischen Danner und mir hin und her. »Das ist doch kein Zufall, dass Sie hier sind, Danner! Sowohl auf Mongabadhi als auch auf Göcay ist geschossen worden. Und jedes Mal tauchen ausgerechnet Sie am Tatort auf. Spucken Sie aus, was Sie über Göcay wissen. Ansonsten verbringen Sie eine ungemütliche Nacht in der U-Haft.«

Danner sah wortlos zu, wie die zwei Sanitäter Serkan vorsichtig auf eine Trage hoben, während ein Dritter die Infusionsbeutel hochhielt.

Serkans Blut war überall. An meinen Händen, meiner Hose, meinem Shirt. Ich hatte Danner bei der Herzdruckmassage abgelöst. Noch immer konnte ich das glitschige Gefühl an meinen Fingern spüren, das harte Brustbein unter der klebrigen, warmen Haut. Es hatte eine Ewigkeit gedauert, bis der Notarzt endlich eingetroffen war. Beinahe zehn Minuten hatten die Sanitäter die Wiederbelebung fortgesetzt und an beiden Armen Infusionen gelegt.

Dann hatte Serkans Herz offenbar wirklich wieder schwach zu schlagen begonnen.

Danner sprang auf und zerrte den Wäscheständer aus dem Flur ins Wohnzimmer, damit die Sanitäter Serkan hinausrangieren konnten.

»Hat er eine Chance?«, wollte er vom Notarzt wissen.

Der Arzt wiegte den Kopf hin und her. »Wenn er es bis ins Krankenhaus schafft und die Notoperation übersteht, vielleicht. Es kommt natürlich auch drauf an, wie schnell Sie mit der Herzdruckmassage anfangen konnten. Wenn sein Kreislauf länger als vier Minuten stillgestanden hat, ist das Gehirn irreparabel geschädigt.«

Vier Minuten. War der Angreifer tatsächlich noch im Haus gewesen, als wir das Treppenhaus betreten hatten? Ich versuchte zu schätzen, wie lange wir gebraucht hatten, um die richtige Wohnung zu finden.

Im Nachhinein kam es mir ewig vor.

Ganz sicher länger als vier Minuten.

Danner griff sich an die Glatze, wo seine Finger rote Abdrücke hinterließen. Der Notarzt hielt ihm einige in Plastik verpackte Desinfektionstücher hin.

Nachdenklich sah ich mich in Serkan Göcays Wohnung um. Es war eine Mischung aus Jugendzimmer und Bruchbude mit Relikten einer muslimischen Kindheit.

Muckis, Goldkettchen und ein Gebetsteppich.

Hatte der Junge den Macho gespielt und das mit der Muttermilch aufgesaugte Patriarchat einfach nicht abschütteln können?

Oder hatte er es gezielt benutzt, um zu vertuschen, dass er in Wirklichkeit Männer liebte?

Oder eine Mischung aus beidem? Konnten sich Homosexuelle nicht wie andere Menschen auch für Kraftsport, Fußball und *Bushido* begeistern?

Na ja, zumindest für Fußball und Kraftsport?

»Ihr Kumpel Staschek hält seine schützende Hand nicht mehr über Sie, Danner«, frohlockte die Wegner gehässig. »Der braucht im Augenblick selbst Hilfe von höherer Stelle.«

Die hagere Kriminalkommissarin versprühte mal wieder den Charme einer Hyäne.

»Göcay hat im gleichen Fitnessstudio wie Oran Mongabadhi trainiert.« Danner zupfte ein Reinigungstuch aus der Verpackung. »Wenn Sie rausfinden, was er mit dem Mord zu tun hat, können Sie gern bei uns vorbeikommen und Bericht erstatten. Wir geben Ihnen auch ein Bier aus.«

Die Wegner schnaufte verächtlich.

Der Sänger auf dem Poster beobachtete uns mit Gangsterblick.

Oran Mongabadhi war ziemlich geschickt darin gewesen, seine sexuelle Identität zu verbergen. Warum sollte Serkan das nicht auch gelingen?

Das Poster eines Gangsterrappers war zur Verschleierung ebenso gut geeignet wie die Affäre mit einer Prostituierten.

37.

Es war beinahe dunkel, als wir zu Hause ankamen.

Danner blieb einen Augenblick lang in der Tür stehen und ich fragte mich, ob er in diesem Moment auch mitten im Mai das Gefühl hatte, aus einer klirrend kalten Winternacht an ein knisterndes Feuer zu treten.

Molle stand hinter der Zapfanlage und schob die Biergläser auf die Theke, während Curly und Danners Mutter die Gäste bedienten. Zu meinem Erstaunen schien das Kellnern auf beide Frauen den Effekt eines Wellnesswochenendes auszuüben.

Gitta trug jetzt einen aquamarinblauen Wickelrock zu einer Flatterbluse, Curly hatte eine von Molles Schürzen um ihren weiten Kapuzenpulli gewickelt.

Der Dicke zwinkerte mir zu und gab Danners Mutter ein Zeichen.

Kaum sanken Danner und ich erschöpft an den Tisch an der Theke, schob Gitta uns bereits dampfend heiße Teetassen unter die Nase.

»Kein Alkohol?«, erkundigte sie sich mit Blick auf Danners Kamillengetränk.

Danner warf ihr einen verständnislosen Blick zu. »Das Zeug ist pures Gift, Mutter. Gerade du solltest das eigentlich wissen.«

Unsere Blicke trafen sich. Das belustigte Glitzern seiner grauen Augen verursachte ein Kribbeln in meiner Brust.

»Schön, dass du so vernünftig bist«, nickte Gitta anerkennend und verschwand mit drei Jägerschnitzeln in Richtung *VfL*-Stammtisch.

Danner legte die Hände um seine Teetasse, als müsste er sich wärmen.

»Meinst du, auf Serkan ist geschossen worden, weil wir ihn befragen wollten?«, sprach ich aus, was ich schon die ganze Zeit befürchtete. »Oder war das nur ein schiefgegangener Einbruch?«

»Detektivregel Nummer fünf: Zufälle sind seltener, als man glaubt«, murmelte Danner. »Der Täter ist gezielt in Serkans Wohnung gegangen und hat ihn niedergeschossen.«

»Ein Mordversuch? Um vier Uhr nachmittags in einem Mehrfamilienhaus?«

»Mit Schalldämpfer und bei dem Kinderlärm nebenan möglich, wie man sieht. Allerdings muss der Täter extrem abgebrüht sein.«

»Denkst du, jemand wollte verhindern, dass wir mit Serkan sprechen?«, wiederholte ich meine Frage. »Niemand wusste, dass wir ihn besuchen wollten. Außer ...«

»Dietmar Wöhler«, nickte Danner. »Hab ich auch schon dran gedacht. Aber wieso sollte er uns erst den Tipp mit Serkan geben und ihn hinterher schnell zum Schweigen bringen? Da hätte er ja einfach gleich die Fresse halten können.«

Einleuchtend.

Ich rief mir meine Verdächtigenliste ins Gedächtnis.

Wenn wir wirklich davon ausgingen, dass zwischen Orans und Serkans Tod ein Zusammenhang bestand und die gleiche Person für beide Attentate verantwortlich war, konnten wir einige unserer Lieblingsverdächtigen plötzlich ausschließen. Curlys Stiefvater und Zuhälter-Stani saßen nämlich hinter Gittern und Oran Mongabadhis Mutter in der Psychiatrie.

Die Mannschaftskollegen hingegen wollte ich nicht streichen, auch wenn sich vier von ihnen gegenseitig ein Alibi gaben.

»Wenn Serkan eine Affäre mit Oran Mongabadhi hatte«, suchte ich nach einem Motiv, »dann wusste er vielleicht auch, mit wem Oran noch im Bett gewesen ist.«

Danner hob den Kopf.

Der spontanen Eingebung folgend, winkte ich Curly heran. Sie hatte ein purpurrotes Haartuch um ihre Mähne geschlungen, das aussah, als gehörte es eigentlich zu Gittas Garderobe.

»Hast du gewusst, dass Oran schwul gewesen ist?«, wollte ich wissen. Seit unserem Zusammenstoß in der Wohnung waren wir beim Du geblieben.

Curly blinzelte verdutzt. Aber keineswegs entsetzt.

Danner lehnte sich interessiert vor und stützte die Ellenbogen auf den Tisch.

Sie wich automatisch vor ihm zurück: »Wieso hat er mir das nicht gesagt? Das hätte doch alles viel einfacher gemacht.«

»Hatte er mit einem seiner Mannschaftskameraden besonders engen Kontakt?«, fragte ich.

»Na ja, mit Gutschenk, Tilmann und Jankowski hauptsächlich«, sagte Curly. »Von Jankowski hat er am meisten gesprochen, weil der ja als zweiter Stürmer auch viel mit ihm trainiert hat. Die beiden waren wohl so was wie Goldsteins Dreamteam.«

Justin Jankowski? Der könnte tatsächlich ein vielversprechender Herzblattkandidat sein.

»Jankowski war doch auch ab und zu im *Esmeralda*, richtig?«, erkundigte ich mich.

Curly senkte den Blick in meinen Tee, als sie nickte.

»Ist der überhaupt schon volljährig?«

»Jankowski hat an seinem achtzehnten Geburtstag das erste Spiel in der zweiten Liga gemacht. Jetzt ist er gerade neunzehn geworden.« Danners Fußballwissen war detaillierter, als ich geahnt hatte.

»Und wusste er schon was mit den Frauen anzufangen?«, erkundigte ich mich bei Curly.

Ihr Blick streifte Danner.

Unter dem Tisch tippte ich meine Fußspitze gegen Danners Schienbein.

Widerwillig stand er auf. »Ich mach uns noch 'nen Tee«, brummte er und verdrückte sich zu Molle hinter den Tresen.

»Jankowski ist ein ganz Netter.« Curly sprach mit gesenkter Stimme. »Nicht abartig oder brutal oder so. Manchmal wollte er nur eine Massage. Oder …«, sie vergewisserte sich, dass Danner weiter mit Molle hinter der Zapfanlage Teebeutel sortierte, »… kuscheln.«

Sie wurde rot.

Ich spürte das Kribbeln des Adrenalins, das sich in mein Blut mischte.

Jankowski also. Vielleicht hatte Mongabadhi Göcay mit Jankowski betrogen? Oder umgekehrt?

Ich konnte die Lösung des Falles beinahe riechen.

38

Eine grelle Schreibtischlampe blendet mich schmerzhaft.

Das beißende Licht lässt meine Augen tränen, ich blinzle.

»Wo kommst du her? Wie bist du in Bochum gelandet? Was machen deine Eltern beruflich?«

Ich meine, Gittas Stimme zu erkennen, kann ihr Gesicht hinter der Lampe jedoch nicht sehen.

»Auf welche Schule bist du gegangen? Was sind deine Hobbys? Wie bist du darauf gekommen, Privatdetektivin zu werden?«

Ich schwitze. Ich muss raus aus diesem Verhör.

Werden deine Eltern zur Beerdigung kommen?

Das reicht!

Ich springe auf. Im grellen Licht der Schreibtischlampe fällt mein Blick auf meine Hände. Sie sind voller Blut, meine Hände, meine Arme, mein Pullover, überall ist Blut.

Ich fuhr hoch.

Schweißnass saß ich im Bett. Danners Matratzenseite war bereits leer. Im Badezimmer hörte ich die Dusche. Ich wurschtelte mich aus der Decke.

Der *VfL* trainierte.

Um das Grün des Stadionrasens zu schonen, machten sich die Spieler auf dem Übungsplatz hinter der Arena warm. Sie trugen schwarze Armbinden und joggten müde über das Feld. Wieso überhaupt? Die Saison war doch gelaufen? Gab es jetzt nicht normalerweise eine Sommerpause?

Trainer Goldstein trillerte in eine Pfeife.

Etwa hundert Hilfstrainer in Fankleidung hatten sich am Gitterzaun rund um den Platz versammelt und verfolgten das Geschehen.

»Was das wohl soll? Die sollten die Jungs in Urlaub schicken, immerhin ist ein Mannschaftskollege verstorben«, murrte ein Hobbycoach mit blauem Schal.

»Angeblich hat irgendwer Einspruch gegen das letzte Spiel eingelegt«, erklärte ein anderer. »Die prüfen das jetzt. Vielleicht müssen sie es wiederholen.«

»Ich hab gleich gesagt, dass der Schiri gekauft war.«

Die Menge wich zur Seite, als ein Platzwart im Blaumann zwei mit Bällen gefüllte Netze heranschleppte. Danner nahm dem Mann die Trainingsgeräte kurzerhand ab, als er vor dem Gittertor der Umzäunung stehen blieb.

Mir kam er bekannt vor. Die Ballnetze brachten mich drauf: Er hatte sich mit Dietmar Wöhler in der Fankneipe getroffen. Hatte er unser Gespräch über Serkan mitbekommen, obwohl wir in den Biergarten hinausgegangen waren? Dann wäre Wöhler nicht der Einzige gewesen, der gewusst hatte, dass wir Serkan befragen würden.

Ich musterte den kleinen Mann scharf, während er einen Schlüssel hervorkramte und das Tor öffnete. Danner half ihm, die Bälle auf dem Rasen auszukippen.

Der Trainer war aufmerksam geworden und lief auf ihn zu.

»Hey, Ben!« Goldstein reichte ihm die Hand und klopfte ihm mit einer halben Umarmung auf die Schulter. »Wie geht's? Was treibt dich her? Wo ist deine charmante Kollegin?«

Er sah sich suchend nach mir um, was ich als Einladung, mich zu den Männern zu gesellen, nutzte. Goldstein schüttelte meine Hand, ganz ohne ein schmieriges Gefühl zu hinterlassen.

»Noch immer in Sachen Mongabadhi unterwegs? Kann ich euch helfen?«

»Wir würden gern mit Justin Jankowski sprechen. Kannst du ihn ein paar Minuten entbehren?«

»Justin!« Goldstein pfiff den Jungen prompt heran. »Frau Ziegler und Herr Danner haben noch ein paar Fragen an dich.«

Justin Jankowski stoppte atemlos vor uns. Seine kurz geschorenen Haare klebten platt an seinem Kopf, sein verschwitztes Trikot wirkte irgendwie zu breit für ihn.

»Ich habe Ihnen doch alles gesagt.« Jankowskis schöne blaue Augen wanderten unsicher zwischen Danner und mir hin und her.

»Es geht nicht um den Abend des Spiels«, klärte ich ihn auf. »Wir haben noch ein paar Fragen zu Ihren Bordellbesuchen.«

Jankowskis Gesicht leuchtete rot auf. Gleichzeitig schien er erleichtert.

Überrascht nahm ich zur Kenntnis, dass Goldstein offenbar genug Taktgefühl besaß, um zu erkennen, dass das Gespräch persönlich wurde. Er entfernte sich.

»Moesha Schmidtmüller hat uns erzählt, dass Sie einer Ihrer angenehmsten Gäste waren. Sie sollen oft mit ein paar Streicheleinheiten zufrieden gewesen sein.«

Aus Rot wurde Purpur. »Die kleine Schlampe soll ihre Fresse halten!«

Erschrocken über seinen Ausbruch verstummte Jankowski und sah sich hastig um. Goldstein hatte ihn gehört und innegehalten. Als er Jankowskis Blick bemerkte, begann er mit aggressiven Tritten, Bälle in Richtung Tor zu schießen.

»Curly hätte Schlimmeres über Sie sagen können«, fand ich.

Jankowski entfernte sich noch ein paar Schritte weiter von seinem Trainer, bevor er mit gesenkter Stimme weitersprach.

»Hätte sie nicht! Ich bin ja keiner von denen, die die Mädchen fertigmachen.«

»Wie meinen Sie das?«

»Manche mixen sich vorher einen Cocktail aus Viagra oder getrocknetem Hirschpenis oder was weiß ich. Und wenn die Frauen nach sechs Stunden Dauerbumsen nicht mehr lächeln, beschweren die sich. So was ist echt nicht mein Ding.«

»Ach, nee?«, rutschte es mir heraus.

»Nee!«, fuhr er mich an. »Ich gehe hin, weil die Mädchen

nett sind. Niemand macht sich lustig, sondern sie geben einem das Gefühl, was Besonderes zu sein, okay? Das ist für mich der einzige Kick an der Sache.«

Darauf wusste ich tatsächlich nichts zu erwidern.

»Oran Mongabadhi wollte die Frauen auch nicht fertigmachen, oder?«, fragte Danner weiter, als ich schwieg.

»Nee«, Jankowski schüttelte den Kopf.

»Weil er schwul war«, klärte Danner ihn auf.

Jankowski fuhr zusammen. »Was?«

»Oran Mongabadhi war homosexuell. Seine Schwester hat es uns bestätigt.«

»Der war doch mit Curly zusammen, denke ich?«

»Das war eine Schlagzeile für die Presse«, winkte Danner ab. »Waren Sie und Oran ein Paar?«

»Haben Sie getrunken?« Jankowski wurde laut.

Goldstein blickte erneut zu uns herüber.

»Wollte Oran Schluss machen mit dem Versteckspiel?«, bohrte ich unbeirrt weiter.

»Halt die Klappe!«, zischte Jankowski mich an. »Hast du eine Ahnung, was passiert, wenn den Quatsch einer aufschnappt, nur weil du dumme Kuh deine Fresse nicht halten kannst?«

Die Frage brannte auf meiner Zunge, ich musste sie ausspucken, auch auf die Gefahr hin, dass Goldstein mich hören konnte. »Konnte Oran seine Fresse auch nicht halten?«

Jankowski lachte hysterisch auf: »Ich hab ihn nicht umgebracht! Wie oft soll ich das denn noch sagen?«

»Weil Sie mit ihm im Bett waren.«

Jankowski funkelte mich zornig an. »Wir konnten uns nicht ausstehen, kapiert? Das tolle, junge Stürmergespann war bloß Gelaber für die Presse!«

Ich stemmte skeptisch die Hände in die Seiten.

Jankowski seufzte: »Hören Sie, ich bin derjenige, der das Gerücht in die Welt gesetzt hat, dass Oran zu Schalke wechseln wollte, okay? Das gebe ich zu, aber umgebracht habe ich ihn nicht.«

»Wie bitte?«, staunte Danner.

»Seit der mitspielen durfte, hat Goldstein komplett vergessen, dass ich auch hinter dem Ball herlaufe.«

Der Trainer hatte offenbar seinen Namen gehört und kam näher.

»Ist doch wahr!«, schnauzte Jankowski ihn an. »Ich hab keinen einzigen Elfer mehr schießen dürfen, seit Oran in der Start-Elf war.«

»Was erzählst du da?« Mit gerunzelter Stirn trat Goldstein zu uns.

»Du hast sogar gesagt, du wolltest demnächst nur noch mit einer Spitze spielen, Simon!«

»Mann, Justin.« Goldstein legte seinem Schützling einen Arm um die Schultern. »Warum hast du denn nie was gesagt? Wir hätten doch drüber reden können.«

»Pfft! Ich bin eben keiner von denen, die sich auf die Brust trommeln und rumbrüllen.« Jankowski schüttelte den Arm des Trainers ab. »Aber umgebracht habe ich Oran nicht! Und schwul bin ich erst recht nicht!«

Jankowski stampfte wütend davon.

»Eifersucht?«, schlug ich vor.

»Weil er nicht mehr dein Schnuckiputz war, Simon?« Danner klopfte Goldstein auf den Rücken.

Der Trainer blickte Jankowski nachdenklich nach. »Ich glaube, da hab ich echt Mist gebaut. Wahrscheinlich hab ich Oran wirklich bevorzugt, weil Justin sich eben nicht so in den Vordergrund drängelt. Da hätte ich drauf achten müssen.« Er schien ehrlich bestürzt.

»Er hätte auch die Schnauze aufmachen können«, winkte Danner ab.

»Das ist für schüchterne Menschen gar nicht so einfach, Ben«, wies Goldstein ihn zurecht. »Ich hatte früher das gleiche Problem.«

Hah! Ich konnte mir ein Lachen nicht verkneifen. Große-Fresse-Goldstein, der Baggerkönig und Prostitutionsbefürworter, soll ein schüchterner, kleiner Junge gewesen sein? Das konnte er jemandem erzählen, den er noch nicht angegraben hatte!

»Du kannst mir glauben, Lila«, beteuerte Goldstein prompt. »Als junger Spieler war ich ein leiser Mensch. Das ist nicht die beste Voraussetzung fürs Rampenlicht. Dein Arbeitsplatz ist ja in diesem Geschäft niemals sicher, man muss sich aufplustern wie ein Gockel, um den nächsten Vertrag zu bekommen. Das schmeckte mir nicht.«

»Wie lernt man denn das Aufplustern?«, erkundigte ich mich frech.

Goldstein musterte mich belustigt: »Das ist harte Arbeit.«

»Tatsächlich?«

Ein schüchterner Junge konnte sich also in ein Großmaul verwandeln, wenn er wollte?

»Nach dem Ende meiner Profilaufbahn hab ich mein Abitur nachgeholt und Sport studiert. Das ist ab einem gewissen Alter nicht leicht, aber ich wollte endlich einen sicheren Job. In der Studentenvereinigung hab ich gelernt, wie wichtig ein Netzwerk guter Kontakte ist. Tatsächlich hatte ich auch über den *Herrenklub* bald viele Freunde, die mich beim Aufbau eines eigenen Geschäftes unterstützt haben. Als mir ein ehemaliger Studienkollege den Trainerjob in Paderborn angeboten hat, hatte ich mir einen zuverlässigen Freundeskreis und einen gewissen finanziellen Rückhalt aufgebaut, das macht das Aufplustern leichter.« Er zwinkerte mir zu. »Und der eine oder andere einprägsame Spruch gegenüber den Kollegen von der Presse tut sein Übriges.«

Ich staunte. Goldsteins Machoimage war genauso unecht wie das von Oran Mongabadhi?

»Ich versuche, gerade die jungen, noch unsicheren Spieler zu unterstützen, so gut ich kann. Aber Justin hat leider recht, seit Oran in der Mannschaft war, ist er vermutlich zu kurz gekommen.«

Verblüffend. Der war ja doch ein Mensch!

»Bist du je auf den Gedanken gekommen, dass Justin Jankowski schwul sein könnte, Simon?«, erkundigte sich Danner.

Goldstein sah ihn verwundert an. »Komisch, dass du fragst. Ich hab ihn und Oran tatsächlich mal unter der Dusche erwischt, ja. Vielleicht war das aber auch nur ein spätpubertäres Experiment.«

Danner hatte sich Notizen gemacht. »Wärst du bereit, das vor Gericht auszusagen?«

Goldstein schluckte.

»Ihr meint …?« Es schien einen Augenblick zu dauern, bis Goldstein schnallte, dass es einen Zusammenhang mit Mongabadhis Tod geben konnte.

Doch sogar die Attacke auf Serkan wäre erklärt: Entweder hatte Jankowski das von Mongabadhi geplante Outing verhindern wollen oder er war eifersüchtig Amok gelaufen. Wenn Mongabadhi Serkan verlassen hatte, um mit Jankowski zusammen zu sein – oder umgekehrt –, hatte Serkan möglicherweise von der Affäre der beiden gewusst und war für Jankowski zur Gefahr geworden.

Goldstein nickte langsam: »Wenn es sein muss auch vor Gericht … selbstverständlich.«

»Danke dir.« Danner und Goldstein besiegelten die Angelegenheit wie echte Männer: per Handschlag.

Während Goldstein das Training wieder aufnahm und die Spieler im Slalom um gelbe Hütchen flitzen ließ, blieben Danner und ich schweigend nebeneinander stehen.

»Wir haben unseren Mann«, sagte Danner schließlich.

»Jankowski.« Ich nickte langsam.

»So sieht es aus.«

Es passte alles zusammen.

Als wir den Trainingsplatz hinter uns ließen, hatte Danner bereits sein Handy am Ohr: »Lenny? Willst du dich wieder mit der Schlampe vertragen? ... Machen deine Bandscheiben das dauernde Bücken denn noch ein paar Jahre mit?«

Er schnitt eine Grimasse, während Staschek etwas zweifellos Unfreundliches antwortete.

»Ich hab interessante Neuigkeiten für dich. Wenn du sie vernünftig erpresst, bis du morgen wieder im Dienst. Bedingung ist, dass du ihr einen schönen Gruß von mir bestellst.«

39.

»Fünf drei«, sagte Danner zu mir.

»Dein Tipp für das nächste Spiel, oder was?«

Die Orgel dröhnte seit Minuten wie das Nebelhorn eines Überseedampfers. Hoffentlich war ich nach der Beerdigung nicht taub.

»Fünf drei kriegen wir für den Wagen. Damit wäre die Kaffeedose bezahlt.« Er deutete auf die Urne aus gebürstetem Stahl zwischen der Dekoration, die aus weißen Nelken und drei Kerzen bestand.

»Du willst das Auto verkaufen?«, quietschte ich.

Gitta, die auf Danners anderer Seite saß, und Molle neben ihr wandten erstaunt die Köpfe.

»Eigentlich hatte ich vorgehabt, ihn länger zu fahren als mein Alter seinen damals.« Danner zuckte die Schultern.

»Und die Verbrecher verfolgst du dann per U-Bahn?«, mischte seine Mutter sich jetzt ein.

Danner winkte ab. »Ich krieg schon was, was noch TÜV hat.«

Gitta schüttelte missbilligend den Kopf: »Bescheuert.«

Danner zog eine Augenbraue hoch.

»Ich an deiner Stelle würde die seltene Gelegenheit nutzen und meiner alten Mutter die Kohle aus der Tasche ziehen«, erklärte sie augenzwinkernd. »Die würde sich vielleicht sogar freuen, wenn sie dir ausnahmsweise mal helfen dürfte.«

Danner kratzte sich ungläubig die Glatze.

Ich musste auf einmal schlucken.

Als die Orgel verstummte, legte Danner seiner Mutter den Arm um die Schultern und drückte sie an sich.

Der dickliche Bestatter musterte die merkwürdigen Menschen, die sich in der ersten Sitzreihe der kleinen Kapelle auf dem Bochumer Blumenfriedhof versammelt hatten.

Molle hatte tatsächlich einen schwarzen Anzug aus den Tiefen seines Kleiderschrankes gekramt. Er hatte ihn mit dem Bügeleisen und ich mit der Fusselbürste bearbeitet. Rasiert und gekämmt war ausgerechnet Molle der einzige, dem Anlass entsprechend gekleidete Trauergast. Danner war zwar durchaus im Besitz eines Anzuges, reagierte allerdings allergisch auf das Ding und hatte es nicht für nötig gehalten, sich hineinzuzwängen. Außerdem war er ja sowieso ständig passend für den Besuch einer Beerdigung gekleidet: Er trug wie immer ein dunkles T-Shirt zu einer dunklen Jeans. Ich hatte ebenfalls einfach einen schwarzen Pullover und eine dunkle Hose angezogen.

Gitta war im farbenfrohen Wickelkleid erschienen. »Für mich ist das keine Trauerfeier«, hatte sie verkündet.

Als der Bestatter seine Rede begann, meldete Danners Handy mit einem Piepen die Ankunft einer Kurznachricht. Auffällig fummelte er den Apparat aus seiner Hosentasche.

Staschek, mutmaßte ich. Seit zwei Stunden war unser Lieblingskommissar wieder im Dienst. Erstens, weil er schon wieder einen Spitzenverdächtigen geliefert hatte, und zweitens machte Staschek auf den Pressefotos einfach mehr her als das Schnabelgesicht.

Danner ließ mich aufs Display linsen.

Tatwaffe in Jankowskis Spind gefunden. Goldstein hat ausgesagt. Sieht aus, als hätten wir diesmal endlich den Richtigen. Bussi, Lenny. PS: Vater von Moesha S. entlassen, Zuhälter auf Kaution raus

Der Fall war gelöst?

Und Bordell-Stani konnte sich dank Kaution wieder um sein Geschäft kümmern. Hoffentlich kühlte er friedlich seine Eier und ließ Curly in Ruhe.

Gittas Flüstern lenkte meine Aufmerksamkeit zurück in die Kapelle.

Der Bestatter philosophierte vorn mit Begräbnismiene über den Fluch des Alkohols, während Danners Mutter raunte: »Es tut mir so leid, dass ich mich nie gemeldet hab.«

Ich erstarrte.

»Ich hab geglaubt, du würdest genauso werden wie er. Ich wollte das nicht noch mal mitmachen.«

Danners Miene blieb ausdruckslos.

»Ich hab dir auch gesagt, dass du bist wie er, oder?«

»Höchstens ein oder zwei Mal«, brummte Danner.

Seine Mutter kaute auf ihrer Unterlippe. »Ich bin stolz auf dich«, sagte sie dann.

Die Worte trafen mich wie Hammerschläge gegen den Kopf. Plötzlich fiel mir auf, dass das bleiche Teiggesicht des Bestatters beinahe unnatürlich weiß wurde. Als hätte ihn ein blitzartiger Magen-und-Darm-Infekt ergriffen. Dann wurden die bunten Bleiglasfenster hinter ihm dunkler und dunkler. Der Kontrast zwischen Gesicht und Glas verschärfte sich, bis nur noch ein heller Fleck in der Dunkelheit übrig war.

Ich kippte vornüber.

Das Nächste, was aus der Finsternis wieder auftauchte, war mein Turnschuh. Ungewöhnlich dicht vor mir. Unter mir?

Einen Moment lang hatte ich Orientierungsschwierigkeiten. Meine Hände berührten den gefliesten Boden der Kapelle neben meinem Schuh.

Als sich mein Bewusstsein verabschieden wollte, war mein Oberkörper nach vorn auf meine Oberschenkel gesunken. Glücklicherweise hatte durch diese Sitzhaltung anscheinend ein wenig Blut, der Schwerkraft folgend, in meinen Kopf strömen können.

Im gleichen Moment tauchte Molles Mondgesicht hinter dem bunten Wickelrock von Danners Mutter auf. Der Dicke sah besorgt zu mir herüber.

Konnte ich mich aufrichten?

Rasch begann ich, an meinen Schuh zu fummeln, als wollte ich ihn zubinden. Meine Hände fühlten sich taub an.

Locker bleiben. Ich brauchte nur ein wenig frische Luft.

Zu meinem Glück griff der Bestatter in diesem Moment nach der Urne und schaukelte im Wiegeschritt aus der Kapelle. Die kleine Trauergemeinde erhob sich.

Ich blieb ein Stück hinter den anderen zurück und hoffte, dass ich nicht taumelte.

Draußen wartete ich, bis die anderen um die Ecke in Richtung des anonymen Urnenfeldes verschwunden waren. Dann ließ ich mich auf die flache Stufe zum Eingang der Kapelle fallen.

Ich rieb meine Hände am rauen Stoff meiner Jeans. Lieber hatte ich Schmerzen als diese Art von Taubheit. Ein Schmerz bestätigte mir wenigstens, dass ich noch in der Lage war zu fühlen.

Mit zitternden Fingern kramte ich den Federhalter aus meiner Jackentasche und zog die Kappe von der scharfkantigen Stahlfeder. Kurzerhand zog ich die Spitze über meinen Daumenballen und ritzte die Haut auf. Das Blut ließ nicht lange auf sich warten. Aber wo blieb der Schmerz?

Dass Danner zurückgekehrt war, merkte ich erst, als er mein Handgelenk packte. Erschrocken fuhr ich zusammen und versuchte, meinen Arm aus seinem Griff zu drehen. Klappte nicht.

Sein Blick traf mich wie eine Ohrfeige. Blut schoss mir ins Gesicht.

Danner nahm mir den Federhalter weg, als wäre ich ein Kleinkind, das sich an der Besteckschublade bedient hatte.

»Was soll der Scheiß?«

»Kleiner Unfall«, hörte ich mich selbst antworten. Ich ließ meine blutverschmierte Hand im Ärmel verschwinden. »Schon in Ordnung.«

»In Ordnung?« Das Zittern in Danners Stimme verriet mir, wie viel Mühe es ihn kostete, nicht die Beherrschung zu verlieren. »Glaubst du, ich lass mich verarschen?«

Er packte mich am Arm und zerrte mich in Richtung Friedhofsausgang.

»Was ist mit der Beerdigung?«, wandte ich zaghaft ein.

»Ist gelaufen. Der Bestatter wird schon nicht am Grab vorbeilaufen und sich mit der Urne nach Panama absetzen.«

Danner drückte mich auf die polierte Haube unseres Spitfires. Das Blech gab unter meinem Gewicht knackend nach.

»Seit Tagen trinke ich Tee, statt mich volllaufen zu lassen«, schnauzte er mich an. »Ich versuche echt, diese Kommunikationssache auf die Reihe zu kriegen – und du sagst ›in Ordnung‹? Ich muss ein Vollidiot sein!«

Seine Augen waren dunkel geworden vor Zorn.

»Ich will jetzt eine Erklärung hören.« Er deutete auf meine blutende Hand. »Und zwar eine verdammt gute. Du hast dreißig Sekunden, um dir eine einfallen zu lassen.«

Er öffnete die Beifahrertür und kramte unter dem Sitz nach dem Verbandkasten.

»Die Zeit ist um, ich höre«, zischte er, als er den Kasten neben mir auf die Motorhaube stellte.

Ich schüttelte den Kopf. »Ich weiß es nicht.«

»Red keinen Scheiß! Du machst das doch nicht zum ersten Mal. Das hätte ich eigentlich schon nach unserem Besuch bei Sophie Meister kapieren müssen.« Mit den Zähnen riss er eine Mullkompresse auf.

Ich öffnete den Mund.

Er hob warnend den Zeigefinger: »Denk nicht mal dran zu lügen.«

Ich machte den Mund wieder zu.

»Na schön, dann erzähl mir erst mal, wie oft du dich schon selbst verletzt hast«, änderte er seine Taktik unvermittelt, während er meine Hand verband. Als würde er eine Zeugin befragen.

Konnte er nicht wenigstens ›ritzen‹ sagen? ›Sich selbst verletzen‹ klang nach Psychiatrie.

»Wie oft?«, ließ Danner nicht locker, während er die Kompresse mit einer Bandage umwickelte.

Mein Gehirn rotierte auf der Suche nach einer Antwort, die mich nicht wie eine Irre dastehen ließ.

»Herzlichen Glückwunsch! Mit jeder Topfpflanze kann man tiefsinnigere Gespräche führen als mit dir.« Danner donnerte den Verbandkasten frustriert zu. »Klugscheißerin.«

Arsch.

»Na schön«, kapitulierte ich knurrend. »Wenn du es unbedingt wissen willst: oft.«

Allerdings hatte ich früher offensichtliche Stellen gemieden. Ausgerechnet die Hand zu nehmen, grenzte wirklich an geistige Umnachtung.

»Und die Tabletten bei Sophie Meister?«

»Learning by doing«, gestand ich.

Er verzog keine Miene.

Pokerface, er verschaffte sich Zeit zum Nachdenken.

»Meine Mutter verfügt über eine gut sortierte Auswahl an Beruhigungs- und Schlafmitteln«, informierte ich ihn kühl.

Seine Augen wurden schmal: »Du wolltest dich umbringen?«

»Nicht wirklich, sonst würde ich hier ja nicht sitzen«, sagte ich verächtlich, während ich vor Wut kochte, weil er mich zwang, das zuzugeben.

Aber er hatte ja angedroht, mir meine Missachtung seiner Privatsphäre heimzuzahlen, fiel mir ein. Jetzt nutzte er die Gelegenheit, sich zu rächen.

Dann bemerkte ich einen irritierenden Schimmer seiner Augen, der meine Wut augenblicklich verpuffen ließ. »Ich habe schon ewig nicht mehr daran gedacht, Ben. Ehrlich.«

»Vorsicht mit dem Wort«, warnte er.

»Ungelogen.«

»Was ist dann eben da drinnen passiert?«

»Keine Ahnung.«

»Denk mal scharf nach«, forderte er unnachgiebig. »Was ist passiert, bevor du auf die Idee kamst, dir mal eben die Hand aufzuschlitzen?«

Mir war schwindelig geworden.

In der Kapelle.

Während der Trauerrede. Als –

»Oh.«

Ich spürte, wie meine Hände zu zittern begannen.

Danner verschränkte die Arme: »Ich höre dir immer noch zu.«

»Deine Mutter«, murmelte ich.

»Was ist mit meiner Mutter?«

»Sie will uns das Geld für die Beerdigung geben.«

»Hab ich mitgekriegt«, nickte er.

»Und ich … dann …« Ich merkte, dass es mir schwerfiel, es auszusprechen. Ich holte tief Luft. »Sie hat gesagt, dass sie stolz auf dich ist.«

Danach war mir schwindelig geworden.

Danner musterte mich kurz.

»Okay«, sagte er nur und warf den Verbandkasten in den Fußraum.

Okay? Wieso fragte er nicht weiter?

»Was meinst du mit ›okay‹?«, wollte ich wissen.

»Hab's kapiert«, sagte Danner.

Echt?

»Und was genau hast du kapiert?«

»Dass sie dich dran erinnert hat, dass deine Eltern nicht stolz auf dich sind.«

»Wie bitte? Hast du sie noch alle?«, fuhr ich ihn an.

»Und du schaffst es nicht, so zu tun, als würden dir deine Eltern am Arsch vorbeigehen.« Ein klitzekleinwenig Triumph in der Stimme konnte Danner sich nicht verkneifen, als er mir vorhielt, was ich ihm erst vor ein paar Tagen an den Kopf gepfeffert hatte.

Meine Ohren fingen an zu rauschen, als stürzte eine Sturmflut auf mich nieder.

O Gott.

40.

Es macht dir was aus, dass sie dich nicht mögen!

Was ist los mit dir, dass deine eigenen Eltern dich nicht ausstehen können? Was stimmt mit dir nicht?

Ich hörte Stimmen. Dabei war es vollkommen still in unserer Wohnung.

Eindeutig wurde ich verrückt.

Ich zog mir die Sofadecke über den Kopf und hielt mir die Ohren zu. Mir blieb nichts anderes übrig, als zu warten, bis Danner zurückkam und mich ablenkte.

Doch das konnte noch eine Weile dauern, denn Danner war eben erst verschwunden. Seine Mutter verabschiedete sich gerade in der Kneipe von Molle und Curly. Sie würde den Nachtzug zurück nach Frankreich nehmen. Danner brachte sie zum Bahnhof.

Du schaffst es nicht, so zu tun, als ob deine Eltern dir am Arsch vorbeigehen!

Error auf meiner Festplatte. Mit meinen eigenen Argumenten hatte Danner mich schachmatt gesetzt.

Er hatte mein Problem so selbstverständlich diagnostiziert, als hätte ich einen Schnupfen. Während ich einfach davongelaufen war.

Aber es war natürlich was dran.

Meine Eltern mochten mich einfach nicht. Nicht weil ich ein kiffendes Kind mit lila Haaren gewesen war. Sondern von Anfang an. Schon als kleines, niedliches Mädchen mit blonden Zöpfen hatten sie mich nicht gemocht, anders war mein Schädelbruch mit sechs Jahren nicht zu erklären.

Vielleicht hatten sie ja schlicht und einfach kein Mädchen gewollt? Meinen Bruder vergötterten sie schließlich heute noch.

Meine Alkoholexzesse, das Schuleschwänzen, die Punkfrisuren und der wahllose Sex, mein ganzes, skurriles Dasein war nur eine schrille Fassade gewesen, die mir selbst eine Begründung dafür liefern sollte, dass meine Eltern mich nicht leiden konnten.

Dadurch war mein Leben zu einer erbärmlichen Aneinanderreihung missglückter Selbstzerstörungsversuche geworden. Peinlich und erfolglos. Jahrelang hatte ich vor einem ganzen Schrank voll verschreibungspflichtiger Narkotika gesessen und nicht den Arsch in der Hose besessen, mir einen hochprozentigen Cocktail zu mixen.

Lächerlich.

Das alles lag lange nicht so weit hinter mir, wie ich es mir eingebildet hatte. Immer noch konnte ich eine gewisse Bereitschaft zur Selbstzerstörung schlecht leugnen.

Vielleicht hatte Curly ein ähnlicher Selbsthass in die Prostitution geführt, mich jedenfalls brachte er offenbar dazu, mich immer wieder durch leichtsinnige Ermittlungen in die haarsträubendsten Situationen zu manövrieren. In der unbewussten Hoffnung, dass das effektiver war als ein zu lascher Medikamentencocktail?

Ich presste mir die Fäuste gegen die Schläfen.

Danner hatte das durchschaut. Er wusste das alles über mich. Wie sollte ich mit ihm zusammen sein, wenn ihm klar war, dass jeder geprügelte Köter ein stabileres Selbstwertgefühl besaß als ich?

Das Sinnvollste war abzuhauen, solange Danner es nicht mitbekam, schoss es mir durch den Kopf. Einfach irgendwo anders noch mal neu anzufangen und aufzupassen, dass mir niemand mehr so nahe kam.

Nein.

Abhauen kam nicht infrage.

Zurück zur bewährten Methode: einfach nicht drüber nachdenken.

Ich schleuderte die Decke zur Seite und lief in die Küche. Mit beiden Händen zerrte ich die Langhantel unter dem Küchentisch hervor.

Meine Fresse, war das eine Menge Eisen. Zwei große und eine etwas kleinere Scheibe zählte ich an jedem Ende des Trainingsgewichtes. Zehn und fünf Kilo. Also fünfzig Kilo. Plus Stange.

Ich rollte sie quer vor den Herd und spuckte in die Hände.

»Uff!« Über meinen Kopf auf die Schultern hob ich das Ding definitiv nicht. Deshalb hielt ich die Hantel einfach vor meinem Körper, als ich mit den Kniebeugen begann.

Meine Eltern mochten mich nicht?

Das beruhte auf Gegenseitigkeit! Verrecken sollten sie meinetwegen. Aber ich würde ihnen garantiert kein Begräbnis sponsern, das konnte mein Bruder Claudius übernehmen. Ich würde es wie Danners Mutter machen: ein fröhliches Kleid anziehen, eine Pulle Sekt mitnehmen und sichergehen, dass sie wirklich unter der Erde landeten!

Neun.

Mehr schaffte ich beim besten Willen nicht. Der alte Holzfußboden knackte bedenklich, als ich die Hantel rumpelnd fallen ließ.

Meine Muskeln brannten, der Schweiß kringelte meine Haare im Nacken, aber irgendwie tat mir das gut.

Ich startete den zweiten Durchgang. Leider war diesmal bei der fünften Wiederholung Schluss. Den dritten Durchgang beendete ich nach drei Kniebeugen. Mein Blick zur Uhr sagte mir, dass ich genau drei Minuten trainiert hatte. Zeit totschlagen ging anders.

In dem Moment klackte die Wohnungstür.

Ich gab der Hantel einen Schubs mit dem Fuß und spähte aus der Küchen. Curly kickte ihre Schuhe unter die Garderobe.

Die Rettung vor den Stimmen in meinem Kopf.

»Ben und Gitta sind gerade losgefahren«, informierte sie mich, während sie ans Sofa trat und anfing, ihre herumliegenden Sachen in ihren Rucksack zu stopfen. »Paps ist wieder draußen. Er sagt, er bezahlt eure Rechnung. Ich haue dann jetzt auch ab.«

Ich verschränkte die Arme vor der Brust und stellte mich vor die Wohnungstür. »Ach ja? Und wo willst du hin? Sag bloß nicht, arbeiten!«

Curly hielt inne. Einen Augenblick sah sie mich an.

Dann lächelte sie plötzlich. Ein breites, strahlendweißes Lächeln. Ich konnte mich nicht erinnern, es schon einmal gesehen zu haben.

»Keine Sorge. Gitta hat mir angeboten, ein Jahr in ihrer Ferienanlage zu jobben. Als Pferdepflegerin und Mädchen für alles und so.«

Ich ließ die Arme sinken: »Das klingt ja nach einer Spitzenidee!«

Curly nickte: »Ich muss weg, bevor Stani mich findet. Der ist wieder draußen und stinksauer auf mich.«

Moment mal. »Woher weißt du das?«

Curlys Gesicht verdunkelte sich. Sie senkte schuldbewusst den Blick. »Esmeralda hat mir eine SMS geschrieben«, gestand sie zerknirscht.

»Esmeralda hat deine Handynummer?« Ich stöhnte über diese hartnäckige Form der Hirnlosigkeit. »Die will dich nur einschüchtern, damit du zurückgetrabt kommst.«

»Stani wird mich nie in Ruhe lassen.« Curly schüttelte den Kopf. »Übrigens würde ich an deiner Stelle auch aufpassen, immerhin hast du ihn angezeigt.«

Ich runzelte die Stirn. »Wenn ich ihm noch mal die Nüsse knacken soll, kann er gern herkommen.«

Curly ließ kopfschüttelnd ihre Sporttasche sinken: »Du hast keine Ahnung.«

»Dann klär mich mal auf.«

Curly biss sich auf die Lippen.

Ich wartete.

Sie schüttelte die buschige Mähne.

»Ich finde, ich habe eine Erklärung verdient, bevor du dich verpisst«, meinte ich.

Curly schürzte nachdenklich die Lippen: »Stani würde ausrasten.«

Ich rüttelte an meinem Ohrläppchen: »Ich höre immer Stani?«

»Ich will ihn nicht ärgern.«

»Genau. Solange du ihn nicht ärgerst, ist er ja ein ganz Netter, der armen Mädchen einen schicken Job im schönen Deutschland besorgt«, knurrte ich ironisch. »Müssen Nandi und die anderen diese Geschichte eigentlich auswendig lernen?«

Curly zuckte zusammen, als ich die anderen Mädchen erwähnte. Sie funkelte mich wütend an.

»Wie kriegt er es hin, euch so einzuschüchtern?«

Curly griff sich mit beiden Händen in die dicken Locken. »Mädchen, die Schwierigkeiten machen, lässt Stani einfach verschwinden.«

»Verschwinden? Simsalabim?«

»Angeblich hat er einen Onkel in Sankt Petersburg, der auch im – im Geschäft ist. Und der ist nicht so nett wie er selbst, sagt Stani. Angeblich hat der Onkel viele reiche Kunden, die eine Menge für Frauen zahlen, die niemand sucht.«

Ich runzelte die Stirn.

Curlys Stimme vibrierte: »Vor einem halben Jahr wollte Estelle einen Freier anzeigen, der sie zusammengeschlagen hat. Da ist tatsächlich ein Cousin von Stani aufgetaucht und hat sie mitgenommen. Und vor vier Wochen hat Paloma versucht abzuhauen, weil ich es ihr vorgemacht habe, sagt Esmeralda. Aber Stani hat sie erwischt. Jetzt verrotten beide auf irgendwelchen russischen Müllkippen.«

War das ernst gemeint?

»Aber du bist doch jetzt schon eine Weile aus dem Job raus«, versuchte ich sie zu beruhigen. »Glaubst du nicht, er hat sich damit abgefunden?«

Curlys Hände bebten. Ich schob sie aufs Sofa und setzte mich neben sie. Ihr magerer Körper zitterte.

»Als mein Name in der Zeitung stand, sind viele Stammkunden ins Schwitzen geraten und haben Stani die Hölle heißgemacht. Er hat mir gedroht, mich verschwinden zu lassen, wenn ich nicht die Klappe halte.«

»Du könntest ihm den Ruf seines Ladens versauen«, begriff ich. »Aber du hast brav den Mund gehalten, oder was?«

»Na ja, Oran wollte schon wissen, was im *Esmeralda* so lief – aber er hat mir versprochen, es für sich zu behalten«, fügte sie hastig hinzu, als sie meine verblüffte Miene bemerkte.

»Was hast du ihm denn erzählt?«

»Na ja, wie manche Freier mit uns Mädchen umgehen. Und wer so alles regelmäßig da war und so.«

Oran hatte sich für *Esmeraldas* Stammkunden interessiert? Die Info ließ mich stutzen.

Quatsch, der Fall war ja längst gelöst. Jankowski hatte die Mordwaffe gehabt, dazu die Gelegenheit und ein Motiv, sowohl Oran Mongabadhi als auch Serkan Göcay zum Schweigen zu bringen.

Wenn Mongabadhi mit seinem Geliebten über die Kundschaft im *Esmeralda* gesprochen hatte, hatte die verheiratete Hälfte aller Freier allerdings ebenfalls ein Mordmotiv, eine Scheidung konnte leicht teuer werden.

Umgebracht habe ich ihn nicht!

Justin Jankowski hatte nicht gestanden.

Plötzlich kamen mir Zweifel. Hatte die Polizei wirklich den Richtigen verhaftet? Hatte der unsicher wirkende Neunzehnjährige seinen Mannschaftskollegen kaltblütig erschossen? Um danach bei Serkan einzubrechen, mit der Absicht, ihn ebenfalls zu töten? Konnte ich mir Justin Jankowski mit der Waffe in der Hand vorstellen?

Oder gab es einen Freier, einen großen Unbekannten, den wir noch gar nicht auf dem Schirm hatten?

»Solange die Presse über mich berichtet hat, konnte Stani mich nicht verschwinden lassen. Aber jetzt, wo Oran tot ist, interessiere ich doch niemanden mehr.«

»Wer war denn alles Stammgast im *Esmeralda?*«, erkundigte ich mich.

»Ich kenne höchstens Vornamen«, winkte Curly ab. »Aber es haben einige Firmen und Vereine für ihre Feiern gebucht, die Typen unterhalten sich ja. Und sobald sie dir Pasta mit Tomaten-Sahne-Soße von den Titten lecken, vergessen sie, dass du Ohren hast.«

Womit wohl geklärt wäre, was in jener Nacht, als ich bei Esmeralda eingesperrt war, auf dem blank polierten Esstisch passiert war.

Curly zog die langen Beine auf die Couch und umschlang sie mit den Armen, wie eine Spinne, die sich in einer Zimmerecke zusammenfaltete.

Ihre Angst war nicht unberechtigt. Schlagzeilen wie *Versicherungsriese schickt erfolgreichste Vertreter in Sexurlaub* oder *Autohersteller sponsert Betriebsräten Bordellbesuch* wollten die ›Herren‹ sicherlich vermeiden.

Der Gedanke hatte sich in meinem Gehirn festgesaugt wie eine Zecke. Und je länger ich darüber nachdachte, umso fetter wurde er.

Apropos Betriebsräte.

»Du hast mal erwähnt, dass die Chefärzte der Sportklinik ihre Betriebsräte zu euch eingeladen haben«, erinnerte ich mich. »Und dass der *Herrenklub* gern nach Wohltätigkeitsveranstaltungen buchte.«

Curly fuhr zusammen. Offenbar hatte sie nicht damit gerechnet, dass ich mir das gemerkt hatte.

Ich lehnte den Oberkörper vor und stützte die Ellenbogen auf die Knie, um ihr ins Gesicht sehen zu können. »Und diese Studentenvereinigung mit ihren Junggesellenabschieden.«

Curly wurde blass. Na ja, aufgrund ihrer Hautfarbe eher irgendwie grau.

Unter Esmeraldas Kunden waren zweifellos sehr einflussreiche Männer. War einer von ihnen mächtig genug, Oran Mongabadhi und Serkan Göcay auszuschalten und es Justin Jankowski in die Schuhe zu schieben?

Umgebracht habe ich ihn nicht!

Ich ging zum Schreibtisch hinüber und schaltete den PC ein.

In der Sportklinik fand am Wochenende ein Seminar zum Thema *Minimalinvasive Gelenkoperationen* statt. Das war ein Anfang. Durchaus brauchbar, wenn sich nichts Besseres fand.

Eine örtliche Studentenvereinigung lud auf ihrer Homepage zur Teilnahme an verschiedensten Sportveranstaltungen und Benefizevents ein. Der nächste *Lauf für Afrika* fand allerdings erst in zwei Wochen statt.

Die ›Herren‹ trafen sich jeden Montag um neunzehn Uhr im *Hotel am Stadtpark,* entnahm ich der Homepage, die das ›Fenster zur Welt‹ des Vereins darstellen sollte. Am letzten Montag im Monat waren ausnahmsweise sogar – man staune! – die dazugehörigen Damen willkommen.

Mit solchen *Herrenklub*s hatte ich bereits so einige Erfahrungen sammeln können. Mein Vater war gleich in mehreren dieser ehrenwerten Vereine aktiv: Zum einen natürlich in der obligatorischen Studentenverbindung, die ihren Mitgliedern nach Abschluss des Studiums feierlich ihr ›goldenes Buch‹ überreichte, in dem Namen, Adressen und Telefonnummern aller jemals verzeichneten Mitglieder aufgelistet waren. Eine dicke Vitamin-B-Spritze zum Einstieg in ein erfolgreiches Berufsleben. Zum anderen mischte mein Vater selbstverständlich bei den *Rotariern* mit. Deren Untergruppen konnten bis heute selbst entscheiden, ob sie Frauen mitmachen lassen wollten. Mein Vater war Mitglied in dem – wen wundert's? – eher konservativen Zweig des Vereins. Die dazugehörigen Damen trafen sich separat, im sogenannten *Inner Wheel.* Dort engagierten sie sich ehrenamtlich in sozialen Projekten, während die Männer mit Whiskygläsern und Zigarren in den Händen Karrieren anschubsten oder zerstampften.

Außerdem hatte mein Vater Freude an der abenteuerlich-mysteriösen Geheimverbindung der *Freimaurer* gefunden, die Frauen mit den allernobelsten Absichten ausschlossen. Dazu kamen noch die wöchentliche Golfpartie und der Herrenabend in der Sauna.

Ob mein alter Herr – der ehrenwerte Herr Oberstaatsanwalt – wohl noch an einem weiteren Herrentreff teilnahm, der mir bisher entgangen war: der kollektive Bordellbesuch?

Der letzte Eintrag auf der Homepage des örtlichen *Herrenklubs* lenkte meine Aufmerksamkeit auf sich.

Die zugehörigen Damen luden ein zum *Fairtrade*-Abend, einer Benefizveranstaltung, bei der Einzelhändler, die Wert auf *Fairtrade*-Produkte im Sortiment legten, ihre Waren im *Hotel am Stadtpark* vorstellen konnten. Mitglieder und Gäste waren herzlich willkommen, sofern sie ausreichend Kaufkraft mitbrachten.

Termin: Freitagabend, 19:00 Uhr.

Ich warf einen Blick auf die Zeitanzeige des Computers. Der *Fairtrade*-Abend hatte soeben begonnen.

»Sorry, Moesha. Heute kannst du dich noch nicht verabschieden«, erklärte ich Curly bestimmt. »Ich brauche deine Hilfe.«

41.

Ich hatte mich in das kurze, rote Kleid gezwängt, das ich zuletzt zum Polizeiball getragen hatte und das zusammen mit hochhackigen Pumps, Lippenstift und blonden Haaren für jeden Mann ohne Sehschwäche eine eindeutige Einladung darstellte.

Nachdem ich ihr meine Idee erklärt hatte, hatte Curly zu meiner Verwunderung ein kleines Schwarzes aus ihrem Rucksack hervorgezaubert, das sie in Sekunden vom schlaksigen Teenie in Jeans und Schlabberpulli in einen Vamp mit unendlichen Beinen verwandelte.

Irgendwie gruselig.

Weil Curly zögerte, hakte ich mich bei ihr unter. Meine Berührung irritierte sie sichtlich und ich befürchtete eine Sekunde lang, dass sie mir fehlen würde, wenn sie nach Frankreich verschwand.

Arm in Arm stiegen wir die Stufen zum Eingang des *Hotels am Stadtpark* hinauf. Drinnen herrschte geschäftiges Treiben. Ein Page nahm uns unsere Jacken an der Garderobe ab. Ich verstaute mein Handy, mein Portemonnaie und den Federhalter in dem lackschwarzen Handtäschchen, das mir Curly geliehen hatte.

Auf dem Weg zu seiner Kollegin betrachtete der Page nachdenklich meine abgewetzte Cordjacke.

Allein der Eintritt zu der Wohltätigkeitsveranstaltung kostete bereits stolze zwanzig Euro pro Person, dafür gab es ein Glas Sekt umsonst. Schon im Flur waren die ersten Stände aufgebaut. Ich entdeckte Kaffee aus Südamerika und Fahrräder aus Holz.

Die Absätze der Damen klackerten auf dem Marmorboden und das Summen der Stimmen übertönte die gedämpfte Hintergrundmusik.

Mit den Sektgläsern in den Händen betraten Curly und ich den Speisesaal des Hotels, in dem sich vor einer Bühne die Stände aneinanderreihten wie auf einem Flohmarkt. Auf einem überteuerten Flohmarkt, auf dem man Wein probieren konnte und auf Papptellern statt Currywurst gegrillte Garnelenspieße balancierte.

»Den da kenne ich.« Curly drückte meinen Arm fester. Mit dem Kopf deutete sie auf die Bühne. Eine brünette Frau mit Sonnenbrille im Haar überreichte einem gesetzten, älteren Herrn einen Blumenstrauß und eine dekorative Papiertüte, deren Form alkoholischen Inhalt vermuten ließ.

»... für seine besondere Unterstützung des Damenzirkels im Bereich *Fairtrade* ehren wir heute unseren langjährigen stellvertretenden *Herrenklub*-Vorsitzenden Dr. Bertram Grünning.«

Höflicher Applaus wurde laut.

Na großartig, ging es mir durch den Kopf. Man engagierte sich für *Fairtrade*-Produkte. Die Frühstückseier kamen garantiert nicht aus Legebatterien und beim Fleisch wurde aufs Biosiegel geguckt. Nur wenn es in den Puff ging, fragte man lieber nicht nach, ob die achtzehnjährige Sexarbeiterin sich aus Freude am Job für diesen Beruf entschieden hatte.

»Und den da auch.« Curly zeigte auf einen jüngeren Mann mit einer Nickelbrille im Spitzmausgesicht, der an einen computersüchtigen Nerd erinnerte. Neben ihm stand eine blasse, schmale Frau im grauen Kostüm, Typ Bücherwurm, und begutachtete eine bunte Plastikhandtasche, die offenbar aus indischen Abfällen angefertigt worden war.

»Kennst du seinen Namen?«, wollte ich wissen.

»Matthias.«

Hm.

Ich ließ Curlys Arm los und drängelte mich in Richtung indische Handtaschen. Dort griff ich ebenfalls nach einem der Abfallprodukte, das dreißig Euro kosten sollte, und rempelte ›Matthias‹ an.

»Ach, hallo!«, strahlte ich so überrascht, als hätte ich unerwartet einen lange aus den Augen verlorenen Schulfreund getroffen. »Sie sind doch Matthias ...«

Ich schnippte fragend mit den Fingern.

»Matthias Kater.«

Na bitte.

»*Weißbrodt, Kater und Schmidt*«, fügte er gleich an, als gehörte das zu seinem Namen wie ein mühsam zusammengesparter Adelstitel. »Haben wir Sie schon einmal vertreten?«

Weißbrodt, Kater und Schmidt? Irgendwas klingelte da leise bei mir.

»Alles klar«, winkte ich ab. »Mein Vater ist auch Anwalt.«

»Tatsächlich?«

In dem Augenblick spürte ich eine kräftige, kühle Hand, wo ich sie ganz und gar nicht haben wollte: auf meinem Hintern!

»Lila. Was für eine Überraschung. Du siehst ja rattenscharf aus, wenn ich das so sagen darf.«

Wütend fuhr ich herum und stand viel zu dicht vor Simon Goldstein, der heute anscheinend wieder an seinem Machoimage arbeitete. Unter seinem dunklen Anzug trug der *VfL*-Trainer ein dunkelgraues Hemd, das seine zugegebenermaßen faszinierenden Augen betonte. Den seidenen Schal hatte er sich lässig über die Schulter geworfen und sein rotes Haar schimmerte im Glitzerlicht der Kronleuchter.

»Darf ich dir heute einen Drink ausgeben, nachdem du meiner Einladung zum Kaffee neulich einen so schmählichen Korb gegeben hast?«

Goldstein … In meinem Hinterkopf klickte es.

Natürlich war der Trainer Mitglied im *Herrenklub*, er hatte mich ja selbst über die Vorteile des Vereins aufgeklärt.

Moment.

Meine Gedanken rollten wie bunte Steinchen durcheinander, um sich klickernd zu einem verschwommenen Mosaik zu ordnen.

Goldstein hatte den *Herrenklub* und seine Studentenverbindung erwähnt. Er hatte Ralfi Schmidtmüller bei seiner Attacke auch mit *Weißbrodt, Kater und Schmidt* gedroht. Der Nerd neben ihm war Goldsteins Anwalt.

Goldstein nahm mein überrumpeltes Schweigen als Zustimmung und drückte mir ein volles Glas in die Hand.

Höchstwahrscheinlich verfügte der Trainer doch auch über gute Kontakte zur *Sportklinik*. Und zu den Fußballprofis sowieso.

Konnte es sein, dass Simon Goldstein die meisten von Esmeraldas Kunden kannte? Und wenn ja, was hatte das zu bedeuten?

Detektivregel Nummer fünf: Zufälle sind seltener, als man glaubt.

Ich schluckte trocken.

Steckte Goldstein mit drin? Machte er gemeinsame Sache mit Bordell-Stani? Oder sah ich Gespenster in überteuerten Jacketts?

Mein Blick wanderte zu dem Trainer, doch der blickte über meinen Kopf hinweg in die Menschenmenge. Irgendetwas hatte seine Aufmerksamkeit von mir abgelenkt.

O je.

Ich brauchte mich nicht umzudrehen, um zu wissen, dass er Curly entdeckt hatte.

Seine dunkelgrauen Augen flitzen zwischen Curly und mir hin und her. Er hatte geschnallt, dass ich hier herumschnüffelte!

Ich stürzte meinen Sekt hinunter.

Goldstein starrte mich an. Ich spürte das dringende Bedürfnis, den plötzlich auf meiner Oberlippe perlenden Schweiß abzuwischen, verkniff es mir aber.

»Vielen Dank und weiterhin viel Spaß«, verabschiedete ich mich stattdessen hastig.

»Wir sehen uns noch«, sagte Goldstein mit einem Unterton in der Stimme, der mich frösteln ließ.

Es dauerte eine gefühlte Ewigkeit, bis der Page unsere Jacken herausgesucht hatte.

In Wirklichkeit hatten Curly und ich uns keine zwanzig Minuten bei der Wohltätigkeitsveranstaltung aufgehalten.

Nervös schaute ich mich um, doch von Goldstein war nichts zu sehen.

»Was ist denn los?« Curlys Stimme hatte einen schrillen Unterton bekommen, meine Nervosität schien ansteckend zu sein.

»Goldstein«, flüsterte ich. »Der Trainer.«

»Den hab ich gesehen.« Automatisch senkte sie ebenfalls die Stimme. »Was ist mit ihm?«

Goldstein kannte den größten Teil von Esmeraldas Kunden. Und er hätte die Gelegenheit gehabt, sowohl Oran Mongabadhi als auch Serkan Göcay zu erschießen. Er hätte Justin Jankowski sogar die Tatwaffe in seinen Schrank im Stadion schmuggeln können! Überhaupt: Dass Justin Jankowski schwul sein sollte, wussten wir nur aufgrund von Goldsteins Aussage.

Ich griff mir an die Stirn. Konnte das sein?

Endlich schob uns der Page die Jacken über den Tresen. Noch während ich meine anzog, zerrte ich Curly durchs Foyer, hinaus in die sich dem Horizont nähernde Maisonne.

Wieso?, überlegte ich fieberhaft, während wir am Stadtpark entlang in Richtung Innenstadt liefen. Weil Goldstein mit Stani unter einer Decke steckte? Weil Oran Mongabadhi von Curly die Namen seiner besten Kunden erfahren hatte? Und womöglich drohte, diese auszuplaudern?

Ich musste Danner anrufen.

Ein alter, silbergrauer Bulli fuhr an uns vorbei, als ich nach der Handtasche griff. Der Kastenwagen schepperte vor uns mit zwei Reifen auf den Gehweg, um anzuhalten.

Eine Frau in einem weißen Joggingdress stieg aus der Fahrertür. Sie war groß und sehr schlank und trug ihr schwarzes Haar zu zwei mädchenhaften Zöpfen geflochten.

Curly atmete scharf ein.

Ich prallte zurück, als ich sie erkannte.

Im gleichen Augenblick packte mich ein dicker, harter Arm um die Brust, eine zweite Hand presste mir Mund und Nase zu, dass ich keine Luft mehr bekam. Auf die Finger waren in Schwarz die einzelnen Knochen tätowiert.

Ich strampelte, versuchte zu beißen und zu schreien, doch ich brachte keinen Ton heraus!

Ich sah, wie Esmeralda Curly in den Innenraum des Transporters schubste. Ihr Kleid zerriss ratschend. Als sie aufschrie, packte Esmeralda sie mit beiden Händen im Nacken und donnerte ihren Kopf gegen die Wagenwand.

Curly sackte lautlos zusammen.

Ich wollte brüllen, bekam aber immer noch keine Luft. Der brutale Griff um meinen Hals erstickte mich …

Die Schiebetür des Bullis rumste hinter mir zu.

42.

»Kümmere dich darum, dass sie nicht wieder auftauchen.«

»Keine Sorge, Boss. Mein Cousin Vladi bringt sie noch heute Nacht nach Sankt Petersburg zu meinem Onkel. Er beliefert einige Kunden mit sehr ausgefallenen Wünschen. Sie entsorgen die Weiber für uns und zahlen auch noch dafür.«

»Das alles gefällt mir nicht, Stani.«

»Möchtest du sie selbst erledigen?«

»Natürlich nicht! Eigentlich will ich gar nichts davon wissen! Sorg nur dafür, dass nicht wieder irgendwas schiefläuft!«

»Es läuft nichts schief, Chef«, knurrte Stani gereizt. »Die Entsorgung ist unkompliziert und hat sich bewährt. Was glaubst du, wie ich Paloma und Estelle so schnell losgeworden bin?«

Paloma und Estelle? Ich versuchte meinen Kopf zu bewegen.

»Ich will es gar nicht hören, Stani! Mach diesmal nur keine Fehler!«

»Fehler? Ich?« Stanis Tonfall wurde gefährlich. »Versaut hat hier bisher nur einer was, mein Freund!«

»Pass auf, wie du mit mir sprichst, Stani!«

Ich schlug die Augen auf. Über mir schwebte mein Spiegelbild. Das Bett kannte ich, diesmal trug ich allerdings wenigstens mein rotes Kleid. Was die Situation nicht besser machte, denn die beiden Männer besprachen ja gerade, wie sie Curly und mich beseitigen konnten.

Curly lag wie hingeworfen am Fußende. Ihr Kleid war nur noch ein Fetzen, die Stirn blutig.

»Hab ich das kleine Weichei angeschleppt? Ich hätte dir gleich sagen können, dass so einer den Sentimentalen kriegt und mit 'ner Nutte durchbrennt!«

Ich konnte die Männer in der verspiegelten Decke von oben betrachten. Goldstein trug noch immer seinen Anzug, Stani fuchtelte wütend mit den tätowierten Armen.

»Jedes Mal muss ich die Karre für dich aus dem Dreck ziehen! Du hast es allein ja nicht mal geschissen gekriegt, dem kleinen Wichser den Rest zu geben, als er schon halb tot auf dem Parkplatz lag!«

Auch über den Herrenklub hatte ich bald viele Freunde, die mich beim Aufbau eines eigenen Geschäftes unterstützt haben, hatte Goldstein erzählt.

Ein festes Standbein nach all den Jahren im unsicheren

Profisport hatte er sich aufbauen wollen. Im lukrativen und praktischerweise legalisierten Geschäft mit der Liebe. Und natürlich hatten seine guten Freunde seinen Laden unterstützt, indem sie regelmäßig vorbeikamen.

»Und die Schwuchtel ist immer noch nicht tot! Hätte ich das gemacht, wäre die Sache erledigt!«

»Ich bin eben Geschäftsmann, kein Killer, Stani!«

»Dann lass mich die Sachen auf meine Art regeln und halt die Fresse, klar?«

Goldstein hob beschwichtigend die Hände und Stani wandte sich mit einem zufriedenen Grunzen ab.

Der Zuhälter trat meine am Boden liegende Jacke beiseite und hob stattdessen die kleine, lackschwarze Handtasche auf. Er zog mein Handy hervor und schepperte es auf den Boden. Die Tasche ließ er fallen, bevor er den Absatz seines Stiefels ins Display rammte. Knackend zerplatzte das Gehäuse des Apparates.

Scheiße.

Curlys Mobiltelefon folgte.

Stani kickte die Überreste der Geräte in Richtung Bett. Dabei fiel sein Blick auf mich. Offenbar registrierte er, dass ich aufgewacht war, denn seine Schritte näherten sich. Im Spiegel beobachtete ich, wie er die Hand nach mir ausstreckte. Ich rollte mich zur Seite vom Bett herunter und landete auf den Füßen. Jetzt hielt die zwei Meter breite Matratze Stani auf Abstand.

Sein Gesicht verzog sich zu einem hungrigen Grinsen: »Schau an. Mit dir habe ich noch eine Rechnung offen.«

Mein Blick streifte Curlys Gesicht. Eine blaue Beule wölbte sich unter der dunklen Haut auf der Stirn und ihre Oberlippe war aufgeplatzt.

»Dann lass Curly doch laufen«, forderte ich spontan.

»Tickst du nicht richtig? Hätte die Schlampe nicht geplappert wie ein blödsinniger Papagei, hätten wir den ganzen Ärger gar nicht am Hals.« Er bewegte sich mit ausgebreiteten Armen an der Bettkante entlang. »Und sie hat schon wieder gesungen, sonst wärst du doch gar nicht hier.«

Da war was dran. Aber einen Versuch war es wert gewesen.

»Weil Curly Oran Mongabadhi erzählt hat, wer hier im *Esmeralda* ein und aus geht, musste er sterben?«, erkundigte ich mich.

»Er hätte nur seine große Schnauze halten müssen! Aber das wollte er nicht kapieren!« Goldstein trat ans Bett und schob Stani zur Seite. »Ruf endlich deinen Cousin an, Stani!«

Stani brummte widerwillig etwas. Dann hob er warnend einen Skelettfinger: »Wir sind noch nicht fertig. Versprochen.«

Doch er trollte sich gehorsam.

»Oran hat Stani gedroht. Er wollte mit den Namen unserer Kunden an die Öffentlichkeit gehen, wenn Stani Curly nicht in Ruhe ließe. Stani ist natürlich ausgerastet. Ich wollte Oran zur Vernunft zu bringen, aber der hat gewittert, dass ich mich nicht aus reiner Nächstenliebe für Stani einsetzte. Er hat angefangen, mich ebenfalls zu erpressen.«

»Wieso?«, wunderte ich mich. »Was wollte er?«

»Spielen.«

Logisch.

»Von der Ersatzbank in die Stammelf. Jeden verdammten Elfmeter wollte er machen. Mit seinem Größenwahn hat er mir auch noch den Aufstieg versaut!«

»Und deshalb musste er nach dem Spiel sterben?«

»Ich bin kein Killer!«, fuhr Goldstein mich an. »Er lag schon blutend da, als ich auf den Parkplatz kam.«

Weil Ralfi Schmidtmüller ihn sich kurz vorher vorgeknöpft hatte.

»Ich habe nur Stani Bescheid gegeben. Als ich ging, lebte Oran noch. Was dann passiert ist, weiß ich nicht.«

Wie bequem! Die Drecksarbeit erledigte das Personal. Ich spürte meine Wut brodelnd in mir aufsteigen.

»Ich bin Geschäftsmann, Lila. Ich habe hier mein Geld investiert, diese Wohnung gekauft und umgebaut. Ich halte sie instand und aquiriere unsere Kunden. Das ist ein solides Geschäft im Sexarbeitssektor und vollkommen legal. Stani bezahle ich, damit er dafür sorgt, dass die Mädchen funktionieren. Wie er das macht, geht mich nichts an.«

»Aber dass Serkan Göcay angeschossen wurde, ging dich was an, oder?«, giftete ich. »Und danach hast du die Tatwaffe Justin Jankowski in den Schrank gelegt.«

»Schade.« Goldstein senkte den Kopf. Als er wieder aufblickte, war seine Gesichtsausdruck hart. »Dumm gelaufen, dass du das mitgekriegt hast. Ohne dich und deinen Freund wäre Serkan Göcay übrigens noch gesund und munter. Ich wusste nichts von ihm, bis unser Platzwart erwähnte, dass zwei Schnüffler Dietmar Wöhler erzählt hätten, Oran wäre schwul gewesen und hätte einen Geliebten gehabt.«

Der Mann mit den Fußbällen in der Kneipe.

»Ich dachte, ich höre nicht richtig. Gerade hatten wir das Problem mit Oran gelöst, da tauchte ein Mitwisser auf! Natürlich hat mir mein alter Studienfreund Diet Wöhler Göcays Namen und Adresse sagen können.«

»Dummerweise saß Stani im Knast und du musstest es selbst erledigen«, schlussfolgerte ich.

»Esmeralda hat mir Stanis Waffe gegeben. Aber wie gesagt, ich bin kein Killer.« Goldstein zuckte die Schultern. »Serkan Göcay lebt noch, allerdings hoffe ich, dass er nicht noch mal aufwacht. Und glücklicherweise kümmert sich Stani um Curly und dich.«

Eine Gänsehaut kroch mir die Arme hinauf.

»Für die Polizei gehen Mongabadhi und Göcay auf Jankowskis Konto. Und Curly und du, ihr verschwindet einfach. Ihr seid eben ausgerissen, das wird niemanden überraschen.«

»Ben wird mich suchen«, hörte ich mich sagen, doch meine Worte klangen hohl.

Danner konnte ja nicht hellsehen. Mein Handy war tot. Wie um alles in der Welt sollte er auf die Idee kommen, mich noch einmal ausgerechnet in Stanis Bordell zu suchen?

»Dein Freund ist kein Trüffelschwein«, erkannte auch Goldstein. »Er wird kaum riechen können, in welchem Kofferraum du gen Osten unterwegs bist.«

Mir wurde eiskalt.

»Bedauerlich, dass ich mich nicht für die Lebensrettung auf dem Trainingsplatz revanchieren kann.«

43.

Kaum war Goldstein verschwunden, sprang ich über das Bett, schnappte meine Jacke und durchsuchte mit zitternden Fingern die Taschen.

Der Federhalter war noch da. Den hatte Stani anscheinend nicht als Waffe identifiziert. Ich zerrte ihn heraus und ballte die Faust um den stabilen Schaft wie um einen Dolch.

Dann tauchte ich unter das Bett und angelte die Reste meines Mobiltelefons hervor. Das Display war geborsten, das Gehäuse zerplatzt. Schrott.

Scheiße.

Ich drehte mich zu Curly um. Ihr Kopf war zur Seite gekippt, die Platzwunde an ihrer Lippe hatte aufgehört zu bluten. Ich tastete an ihrem Hals, vor den dünnen Muskelsträngen, die vom Schlüsselbein hinters Ohr liefen, nach einem Puls. Er war da.

Ich rubbelte ihre Wangen. »Mo?«

Sie blinzelte stöhnend. Als sie den Spiegel an der Decke wahrnahm, wurden ihre Augen groß vor Entsetzen. »O nein.«

Ich half ihr, sich aufzurichten.

Als der Schlüssel im Schloss knackte, fuhr Curly zusammen. Ich streifte die Schutzkappe des Federhalters ab.

Stani fletschte die Zähne zu einem wölfischen Grinsen, als er Curly und mich auf dem Bett sitzen sah. Er drückte die Tür hinter sich zu, schloss von innen ab und ließ den Schlüssel in der Hosentasche seiner Nietenjeans verschwinden.

Curly neben mir begann zu schlottern.

»Du hast mich enttäuscht, Locke.« Stani schüttelte traurig den Kopf und Curly schossen Tränen in die Augen. »Du warst immer mein Lieblingsmädchen. Ich hab dich aufgenommen, dir eine Chance gegeben, dir vertraut. Und was machst du?«

Meine Faust ballte sich um den Schaft des Federhalters.

»Es tut mir leid, Stani«, wimmerte Curly. »Ehrlich.«

»Ein bisschen spät. Dein Ticket nach Sankt Petersburg ist bereits gelöst. Auch wenn ich den Typ beneide, der mit dir dort Spaß haben wird.«

Curly liefen die Tränen über die Wangen. »Das kannst du nicht machen.«

»Das hat Paloma auch gesagt.« Stani zuckte die Schultern.

Curly sprang schluchzend auf, rannte auf Stani zu und warf sich ihm an den Hals.

Ich blinzelte verdutzt.

Stani ließ mich nicht aus den Augen, als Curly begann, ihn zu küssen.

»Gib mir noch eine Chance, Stani. Bitte.«

»Hab ich dich nicht immer gut behandelt?«, wollte er wissen.

»Doch.«

»Warst du nicht immer selbst schuld daran, wenn ich dich verlatten musste?«

»Ja, natürlich.«

Ich fühlte mich wie gelähmt. Stani behielt mich im Blick, während er Curly an den Haaren packte, ihren Kopf nach hinten riss und ihr seine Zunge in den Mund steckte.

Sie hielt still.

»Du weißt genau, dass ich eine Schwäche für dich habe, du Flittchen!«, fuhr er sie an und schleuderte sie wütend zu Boden. Sie blieb weinend liegen.

Stani zögerte unentschlossen. Als würde er wirklich mit sich ringen.

»Du bist der Einzige, der für mich da ist, Stani«, versicherte Curly unter Tränen. »Das hab ich jetzt kapiert.«

Mir wurde eiskalt.

Stani bückte sich zu Curly, packte mit einer Hand ihr Gesicht und drückte ihre Wangen zusammen: »Verlädst du mich noch mal, bringe ich dich persönlich um, verstanden?«

Sie nickte.

»Ich muss ein Idiot sein, dass ich mich von einem Miststück wie dir bezirzen lasse.« Mit dem Griff ins Gesicht zog er Curly auf die Füße. »Ich hab da noch einen eigenen, kleinen Laden in Essen aufgemacht. Zusammen mit meiner kleinen Schwester Daria. Esmeralda bringt dich hin, sobald du dich bei mir entschuldigt hast.«

Als er ihr Gesicht losließ, küsste Curly ihn auf den Mund: »Danke.«

Sie sah sich nicht um, als Stani sie zur Tür hinausschob.

Ich rührte mich erst wieder, nachdem Stani hinter sich abgeschlossen hatte. Jetzt war ich allein.

Bis Stani zurückkam.

So musste sich eine Ziege im Tigerkäfig fühlen, wenn die Raubkatze jeden Moment zur Fütterung aus dem Freigehege hereinkommen konnte.

Meine Finger krampften sich um den Federhalter, doch irgendwie fühlte ich mich kraftlos.

Was wäre gewesen, wenn ich damals, als ich allein auf der Straße vor dem Bochumer Hauptbahnhof gestanden hatte, an einen Kerl wie Stani geraten wäre? Wenn er mir diesen winzigen Kick verschafft hätte, den er Curly gab: das Gefühl, ihm etwas zu bedeuten? Etwas Besonderes zu sein?

Niemand macht sich lustig, die Mädchen geben einem das Gefühl, was Besonderes zu sein, okay?, erinnerte ich mich an Justin Jankowskis Worte.

Ironie des Schicksals, dass der Junge bei seinen Bordellbesuchen offenbar genau das Gleiche gesucht hatte wie Curly.

Plötzlich wurden Stimmen laut.

Männer. Drei oder vier.

War das schon Stanis Cousin, der mich abholen sollte? Oder waren das nur ein paar Freier? Wie lange war ich schon allein im Zimmer?

Ich umfasste meine lächerliche Waffe. Gegen mehrere Kerle hatte ich keine Chance.

Und der Geistesblitz, der mich hier rausbringen konnte, blieb aus. Mir fiel nichts ein. Außer beten vielleicht.

Hallo Gott? Oder wer auch immer da oben sitzt? Kannst du Danner nicht noch ein einziges Mal dieses Kunststück schaffen lassen, mich zu finden? Einmal nur noch? Er darf mich gerne retten, als sei er ein bescheuerter Prinz in einem Märchen. Ich würde eine dankbare, kleine, blonde Prinzessin sein und zur Not sogar ein rosa Kleid tragen. Wenn er das Hase-und-Jäger-Spiel nur dieses eine Mal noch gewinnt.

Der Schlüssel drehte sich im Schloss.

Bitte!

Als Danner die Tür öffnete, liefen mir Tränen über das Gesicht.

44.

Das Zimmer im Seniorenheim war nicht besonders groß und ein wenig düster. Neben dem Pflegebett, einem altmodischen Kleiderschrank und dem dazu passenden Sideboard gab es noch einen leer geräumten Tisch mit einer dünnen Holzplatte. Die Stühle fehlten. Es war erst ein paar Wochen her, seit ich Danners Vater hier das erste Mal begegnet war.

Danner wandte sich ab, trat an den Kleiderschrank und griff mit einer Armbewegung sämtliche auf Bügeln hängende Hemden und Strickjacken. Er warf sie auf das Bett.

»Das hätte ich fast vergessen.« Der mollige Pfleger, der uns in das Zimmer geführt hatte, kam noch einmal herein. »Das hier haben wir ganz hinten im Schrank gefunden. Ihr Vater muss es schon kurz nach seinem Einzug, als er noch hin und wieder wache Momente hatte, dort versteckt haben.« Der Pfleger trat an das Sideboard unter dem Fenster und nahm einen Schuhkarton aus einer Schublade. »Ich denke, das ist für Sie.«

Danner zögerte einen Augenblick, bevor er zugriff.

In altmodischer, krakeliger Schrift stand etwas auf den Pappdeckel des Kartons gekritzelt. Mit Kugelschreiber. Schief und zittrig.

Für Ben.

Danner starrte die Kiste an, als hätte der Pfleger ihm eine Giftschlange in die Hand gedrückt.

»Was soll das?«, fragte er mich.

Ich zuckte die Schultern. »Detektivregel Nummer sechs: Nimm den Deckel ab, wenn du wissen willst, was in der Kiste ist.«

Danner stellte den Karton auf den Wäschehaufen auf dem Bett und öffnete ihn behutsam.

Darin lagen nur zwei Dinge: das zerknickte Foto eines vielleicht Vierjährigen mit herausgestreckter Zunge und schulterlangen blonden Locken. Und das verstaubte Modell eines knallroten Triumph Spitfire.

»Was für ein blödes Arschloch«, flüsterte Danner.

45.

»*VfL Bochum*, wir glauben an dich.«

Die Ostkurve sang sich warm. Danner drückte mir das obligatorische Brötchen mit Bratwurst und Senf in die Hand und einen Kuss auf den Mund.

Staschek und Molle prosteten sich mit Bierbechern zu.

Ich erinnerte mich noch gut an den feierlichen Moment, in dem Molle den Artikel in der Tageszeitung entdeckt hatte, der ganz Bochum neue Hoffnung gemacht hatte.

PEINLICHE PANNE MIT ELEKTRONISCHEM BALL:
IST DER AUFSTIEG DOCH NOCH MÖGLICH?

Eine peinliche Panne beim Einsatz der elektronischen Bälle, die seit Anfang der Saison in der Zweiten Bundesliga in Gebrauch sind, gab es beim Relegationsspiel des VfL Bochum gegen Schalke. Drei der zwölf Bälle, die bei dem Spiel benutzt wurden, fehlte im Innern die elektromagnetische Spule, die es ermöglicht, das Überqueren der Torlinie zu registrieren. Laut Meinung der Sachverständigen gibt es Hinweise, die auf eine Manipulation hindeuten. Dass dies überhaupt entdeckt wurde, ist Zeugwart Hartmut Zupp zu verdanken.

»Mir ist ein Gewichtsunterschied der einzelnen Bälle aufgefallen«, berichtet Zupp, der die Bälle daraufhin überprüfen ließ.

Ich hatte überlegt, ob die Bälle mit den orangefarbenen Applikationen, die Zeugwart Zupp zusammen mit Dietmar Wöhler in die Fankneipe geschleppt hatte, irgendeine Bedeutung für diese plötzliche Wendung haben konnten.

Damit sind im Relegationsspiel möglicherweise zwei entscheidende Tore nicht gegeben worden. Aus diesem Grund wurde gestern am grünen Tisch entschieden, das Spiel zu wiederholen. Der Aufstieg ist wieder möglich.

Allerdings sitzt der Schock über den gewaltsamen Tod des Mannschaftskollegen Mongabadhi bei den Bochumer Spielern noch tief. »Die Mannschaft steht unter Schock«, bestätigt Kapitän Timo Gutschenk. »Aber wir wissen natürlich, dass sich Oran nichts mehr gewünscht hätte als den Aufstieg.«

Der Anpfiff holte mich aus meinen Gedanken zurück ins Stadion. Die Ostkurve schien entschlossen, die Gegner einfach vom Platz zu brüllen.

Goldstein und Stani waren verhaftet worden.

Und Serkan war wunderbarerweise zu sich gekommen. Sein Herz hatte offenbar bis kurz vor unseren Erste-Hilfe-Maßnahmen noch gearbeitet, denn er hatte keinen Hirnschaden davongetragen.

Esmeralda und Curly jedoch waren verschwunden. Und

so sehr ich mir Curly auch im bunten Wickelrock auf einem Bahnhof in Südfrankreich vorstellen wollte, drängte sich mir immer wieder der Gedanke auf, wie sie nun freiwillig und selbstbestimmt im Bordell von Esmeraldas und Stanis kleiner Schwester Daria anschaffte.

Für Esmeraldas Kunden hingegen war die Gefahr, als Bordellkunden enttarnt zu werden, gebannt. Sie hatten nichts zu befürchten.

»Die Polizeipräsidentin besteht ausdrücklich auf Wahrung der Persönlichkeitsrechte«, hatte Staschek erklärt. »Bordellbesuche sind ja nicht strafbar. Die Namen der Unternehmen, die die Dienste der Mädchen in Anspruch nehmen, öffentlich zu machen, würde niemandem nutzen. Im Hinblick auf den Schutz der Unternehmen will Klara einen Skandal vermeiden.«

Die Polizeipräsidentin persönlich hielt also ihre schützende Hand über die Freier. Woran diese sich zur richtigen Zeit erinnern würden. Netzwerken für Fortgeschrittene, würde ich sagen. In nicht allzu ferner Zukunft würde der Bochumer *Herrenklub* vielleicht sein erstes weibliches Mitglied begrüßen können.

Ein erschrockener Aufschrei ging durch die Fankurve. Der Schalker Stürmer flitzte an der Außenlinie bis in den Bochumer Strafraum und kickte beherzt in die Mitte.

Ein weiterer Gegner in Weiß stieg in die Höhe und köpfte ins linke Eck.

Danner und Staschek griffen sich an die Stirn. Zehntausend weitere Fans in der Ostkurve senkten die Köpfe. Ein Stöhnen raunte über die Sitzreihen.

0:1.

Rückstand nach zweiundzwanzig Minuten.

Das war ja fast ein Déjà-vu.

Das Spiel wurde fortgesetzt und – es folgte der Herzstillstand! Gutschenk überließ den Ball beinahe kampflos dem Gegner, der startete sofort den nächsten Angriff.

Doppelpass, ein gewagter Schuss aus der Entfernung!

Tor!

0:2.

Grabesstille. Ein paar Pappbecher flogen in Richtung Spielfeld – doch Rauchbomben und Morddrohungen blieben aus.

Mit dem deprimierenden 0:2 ging es in die Pause.

Eine Gelegenheit, auf die ungeklärte Frage zurückzukommen, um deren Antwort sich Danner hartnäckig herumdrückte.

»Wie hast du mich denn nun gefunden?«, startete ich einen neuen Angriff. »Du hast diesmal kaum eine halbe Stunde gebraucht, um im *Esmeralda* aufzutauchen, ich habe nachgerechnet.«

Danner rückte mein rosafarbenes Shirt mit Herzchenaufdruck zurecht. Ein Prinzessinnenkleid anzuziehen, das hatte ich doch nicht über mich gebracht. Ich hoffte, das Shirt reichte aus, um meine Schuld beim lieben Gott zu begleichen. Nur für den Fall, dass ich irgendwann noch mal Hilfe von höherer Stelle in Anspruch nehmen musste.

»Und komm mir nicht mit der Hase-und-Jäger-Sache«, warnte ich. »Das Ganze riecht verdammt nach Hase-und-Igel.«

Das Grübchen auf Danners Wange verriet mir, dass wirklich irgendetwas an der Sache faul war.

»Ist das vielleicht Detektivregel Nummer hundertdreiundzwanzig? Wenn jemand verschwindet, guck immer zuerst im Bordell?«, riet ich.

»Du hast mich erwischt.« Er kaute auf seiner Unterlippe. »Es ist ein Trick.«

»Was für ein Trick?«

»Ein mieser. Für den du mich umbringen würdest, wenn ich dir damit nicht deinen süßen Arsch gerettet hätte.«

Ich kniff die Augen zusammen: »Umbringen werde ich dich, wenn du es nicht endlich ausspuckst.«

Danner holte so tief Luft, als müsste er mir gestehen, für die Ausspähaktion der NSA verantwortlich zu sein.

»Ich kann dein Handy orten«, sagte er.

»Was?«, quietschte ich. »Wie? Warum? Seit wann?«

Erst dann begriff ich das Ausmaß seiner Worte.

»Du überwachst mich, du verdammter Mistkerl!« Ich boxte ihn vor die Brust, dass sein Plastikbecher überschwappte. Glücklicherweise war da heute nur Wasser drin.

»Ich würde es eher beschützen nennen.« Das amüsierte Glitzern seiner Augen verriet mir, dass er weit davon entfernt war, ein schlechtes Gewissen zu haben.

»Wie?«

»Eine Spionage-App. Ich wollte sie mal ausprobieren und hab sie auf dein Handy gespielt. Die sendet ständig auf fünf Meter genaue GPS-Daten.«

»Wohin?«

»An mein Handy.«

»Seit wann?«

»Seit der letzte Psychopath dich in einem von Tausenden gleich aussehenden Reihenhäuschen festgehalten hat. Das Programm ist grandios. Absolut unsichtbar für den Überwachten.«

Na toll.

»Aber mein Handy war doch total hin, nachdem Stani draufgelatscht ist?!«, fiel mir ein.

»Scheißegal, solange der Akku nicht entfernt wird.« Danner legte mir einen Arm um die Schultern. »Bist du sehr sauer?«

»Nicht, wenn du mir sagst, wo ich so eine Spionage-App herkriege.«

Danner tippte mir einen Finger auf die Nasenspitze: »Das erfährst du nur über meine Leiche.«

»Toooor!«

Aufbrandender Jubel lenkte unsere Aufmerksamkeit wieder auf das Spielfeld. Die zweite Halbzeit war bereits in vollem Gange. Offenbar war die Mannschaft mit neuem Mut aus der Kabine gekommen und der hatte Justin Jankowski gleich den Anschlusstreffer machen lassen.

Die Fans fielen sich vor Begeisterung in die Arme, als der Schiedsrichter mit drei schrillen Pfiffen das Spiel unterbrach.

Die Spieler blieben auf dem Feld stehen, wo sie gerade waren, offenbar wussten sie Bescheid. Der Stadionsprecher kündigte eine Schweigeminute für Oran Mongabadhi an.

Die Fans um uns herum senkten die Köpfe.

Als das Spiel weiterging, nutzten Jankowski und Gutschenk den nächsten Angriff. In kurzer Folge spielten sie ab, um sich durch die Schalker Abwehr zu kämpfen, immer dichter ans Tor heran, bis der Schalker Verteidiger Panik bekam und Jankowski am Trikot zurückriss.

Trotzdem trat der Nachwuchsstürmer noch zu, bevor er zu Boden ging. Der Ball flog zu Gutschenk und der Bochumer hielt voll drauf.

Das Ding war unhaltbar.

»Tooooor!«

»2:2!«

Ausgleich.

Alles wieder offen.

Jetzt folgte ein Angriff auf den anderen. Sowohl Bochum als auch Schalke spielten volles Risiko, das Spiel schwappte von einer Spielfeldseite zur anderen und wieder zurück.

Eckball für Bochum! Kurz vor dem Abpfiff!

Gutschenk zwirbelte das Ding direkt vors Tor, mehrere Spieler stiegen zum Kopfball auf. Ein Schalker schmetterte den Ball aus der Gefahrenzone – allerdings eindeutig mit dem Ellenbogen!

»Handspiel!«

Buhrufe wurden laut. Der Schiri zeigte auf den Boden.

Elfmeter.

Jankowski gab seinen Mannschaftskollegen ein Zeichen. Er wollte schießen?

Der Kotrainer, der die Mannschaft kommissarisch übernommen hatte, besprach sich mit Dietmar Wöhler, der spontan auf die Trainerbank nachgerückt war.

Mit einem Kopfnicken gaben die beiden ihr Okay.

Sekundenlang stand Jankowski dem Schalker Torwart Auge in Auge gegenüber.

Dann nahm er Anlauf und rannte los.

Herzlichen Dank!

An dieser Stelle möchte ich all den Menschen danken, die mich bei der Arbeit an diesem Kriminalroman unterstützt haben:

Ein ganz großes Dankeschön gilt dem *VfL Bochum 1848* für die freundliche Unterstützung bei meinen Recherchen und den spannenden Blick hinter die Kulissen des *Rewirpowerstadions*. Besonders Christian Schönhals danke ich für die vielen Informationen rund um den Bochumer Fußball.

Recherchehilfe kam außerdem von:

Meinem Mann Detlef, der seine Fußballbegeisterung in diesen Kriminalroman hat einfließen lassen

Peter Junge, der mich als echter ›Bochumer Junge‹ bei Stadionbesuchen und Stadtführungen mit Infos versorgt hat

Regina Junge, bei der wir auf unseren Recherchefahrten auch mit zahlreichen Kindern willkommen waren

Den drei unbeugsamen VfL-Fans, die bei einem unserer Stadionbesuche dem Schiri einen Häkelkurs verordnen wollten

Prof. B. A. M. van Wingerden von der *International Academy for Sportscience (IAS)*, der meine bis heute anhaltende Freude an richtig schweren Hanteln geweckt hat

Außerdem danke ich den Menschen, die mich beim Schreiben unterstützt haben:

Detlef – für den *Tödlichen Kick*

Meiner Mutter Dagmar, Annette und Farina – fürs Testlesen

Carsten – fürs Beantworten so ziemlich jeder Computerfrage
Ulrike – für ihre Hilfe, Wichtiges von Überflüssigem zu unterscheiden
Und natürlich dem gesamten Team des GRAFIT-Verlags

Mehr Lila-Ziegler-Krimis

Lucie Klassen (jetzt Flebbe)

Der 13. Brief

ISBN 978-3-89425-349-3

Die 20-jährige Lila Ziegler erschleicht sich bei Privatdetektiv Danner erst einen Schlafplatz, dann einen Job.

»*Intelligent, respektlos, humorvoll.*« Neues Deutschland

Lucie Flebbe (vormals Klassen)

Hämatom

ISBN 978-3-89425-367-7

Lila wird Zeugin, wie eine junge Putzfrau an einem Herzinfarkt stirbt. War das tatsächlich ein natürlicher Tod?

»*Lucie Flebbe schreibt sich ... ganz ungeniert weiter in die Spitzengruppe des deutschen Krimis.*« Focus online

Fliege machen

ISBN 978-3-89425-381-3

Lila mischt sich unter die Obdachlosen und Straßenkids, um einen Mann namens ›Fliege‹ zu finden – ein eiskalter Job!

»*Als Krimi kein Fliegen-, sondern ein Schwergewicht.*« www.krimi-couch.de

77 Tage

ISBN 978-3-89425-411-7

Ungewöhnlich hohe Todesfallzahlen bei einem Pflegedienst, ein mysteriöser Blog und unerwarteter Besuch: Für Lila Ziegler kommt es knüppeldick …

»*Fesselnd, dramatisch, unsentimental und mit viel echtem Herz. Gratulation.*« WDR

Das fünfte Foto

ISBN 978-3-89425-417-9

Lila Ziegler und Ben Danner ermitteln unter Schrebergärtnern. Wo ist Sabine Kopelski? Hat ihr Mann sie unter dem Teich begraben?

»*Cool, modern, lässig, frech!*« buch-ticker.de

grafit

Knurrig und polternd: Max Quercher

Martin Calsow

Quercher und die Thomasnacht

ISBN 978-3-89425-423-0

Die Rückführung eines nach Jahrzehnten entdeckten toten Soldaten vom Tegernsee in die USA – keine große Sache für den LKA-Beamten Max Quercher, den nur noch dieser eine Auftrag von seiner heiß ersehnten Frühpensionierung trennt.

Vor Ort beschleichen ihn Zweifel, ob der Fall tatsächlich so einfach ist: Denn dass sich ausgerechnet der Mann, der die Leiche entdeckt hatte, bei einem Arbeitsunfall enthauptet haben soll, ist Quercher zu viel des Zufalls.

Als er zum Unmut der einflussreichen lokalen Politprominenz beginnt, die Vergangenheit der Dorfgemeinschaft zu durchleuchten, haben sich seine Gegner längst formiert. Und was anfing wie ein Routineauftrag, entpuppt sich für den sturköpfigen Max Quercher als ein Kampf ums nackte Überleben …

»Gegen Max Quercher ist Schimanski so spießig wie eine mit Wolle umhäkelte Klorolle, die einen hinter der Heckscheibe anlacht.«
Kerstin Halstenbach, Stadtspiegel Herten

»Ein Kriminalroman, der jede Zeile wert ist. Fantastisch geschrieben, sehr spannend umgesetzt und dabei realitätsnah.«
www.buchtips.net

»Ein Krimidebüt der Extraklasse.« Recklinghäuser Zeitung

»Man wird fragen dürfen, ob der Buchmarkt eigentlich noch ein Mehr an Regionalkrimi verkraften kann. – Er kann. Gesetzt den Fall, er kommt so engagiert recherchiert, so süffig erzählt, so temporeich getaktet wie dieser daher.« Lars von der Gönna, WAZ Kultur

»Wirklich lesenswert, und für die Leser dürfte es auch ein Wiedersehen mit Max Quercher geben – ich freue mich darauf.«
Andreas Kurth, www.krimi-couch.de

»Ein Regional- oder Dorfkrimi, klar. Aber was für einer!«
WDR 5 Mordsberatung

grafit